JN171347

エゴイストは秘書に恋をする。

Hayumi & Fumitaka

市尾彩佳

Saika Ichio

EB

エタニティ文庫

Eternity

目次

エゴイストは秘書に恋をする。

1　物語が向かう先とその始まり

「ん、ふっ……」

唇と唇との間から、情欲に濡《ぬ》れた吐息が漏《も》れ出る。

室内灯に煌々《こうこう》と照らされたオフィスの一室で、羽優美《はゆみ》は深い口づけに溺《おぼ》れていた。

男は自らの身体で彼女を押さえつけてブラウスのボタンを外し、その手を中に差し込んでくる。ブラとキャミソール越しに胸を揉みしだかれた羽優美は、首を振ってキスから逃れ、か細い拒絶の声を上げた。

「い……や」

「〝嫌〟？　どうして？」

酷薄《こくはく》な笑みを浮かべた彼は、低く艶《つや》っぽい声で羽優美の耳元に囁《ささや》く。そしてブラウスから手を引き抜き、羽優美の滑《なめ》らかなセミロングの髪をかき上げ、耳の裏側を舐め上げた。

熱く、ねっとりとしたその感触に、羽優美はぞくっと身を竦《すく》ませる。

彼女の反応に、彼は満足げな声を漏らした。

「君だってその気になってるくせに」

彼の言う通りだ。キスをされ、ほんの少し愛撫《あいぶ》されただけだというのに、羽優美の身体には既に火が点《つ》き、その先の快楽を求めて疼《うず》き始めている。

でも、羽優美にだって譲れないことはある。

羽優美は力の入らない手で彼の身体を押しながら言った。

「会社《ここ》では……嫌です」

定時を過ぎ、日はとっくに暮れ、廊下には人の気配など一切ない。が、だからといって会社は淫《みだ》らな行いをしていい場所ではない。

それにこの部屋は、羽優美の働く場所だ。大きなデスクが二つと、壁の一面を埋めるキャビネットの他は何一つない、無機質で味気ない部屋。それでも、ここで働くことへの誇りだけが、この愛撫に溺《おぼ》れそうな羽優美を支えていた。

この場所を汚したくない。

縋《すが》るような思いで訴えたのに、羽優美の首筋に顔を埋めていた彼は冷たく言葉を返す。

「何を今更――ここでするのは初めてじゃあるまいし」

彼の言う通りだ。けれど、ここでは二度としたくない。

「でも常務……会社でこんなことをするなんて嫌です……」

羽優美が懇願《こんがん》の声を絞り出すと、彼は小さくため息をついて顔を上げた。

優雅な弧《こ》を描きながらも強さを感じさせるきりりとした眉。切れ長の目。まっすぐな鼻梁《びりょう》。薄い唇。頬から顎《あご》にかけては、男らしいすっきりとした輪郭が描かれている。昼間は整髪剤できっちり整えられている艶《つや》やかな黒髪は、今は乱れて一筋二筋、目元に掛《か》かっていた。普段はストイックな感じのする彼だけど、髪が乱れただけで、美しい顔立ちに野性味が加わる。その上、獲物を狙う肉食獣のような目で見つめられて、羽優美は胸の高鳴りを抑えることができない。

一瞬ぼうっと見上げてしまった羽優美に、彼は侮蔑《ぶべつ》の笑みを向けた。

「君にそんな節度があったなんて、驚きだよ」

彼から突きつけられた言葉が、羽優美の心を抉《えぐ》る。

泣きたい。でも泣いちゃ駄目。

私には、そんな資格はない——

泣くのをこらえていると、彼は大きなため息をついて羽優美から離れた。

「ここが嫌なら、場所を変えよう」

彼はこちらを見もしないで、廊下に続くドアへ向かう。

羽優美は壁に身体を預けたまま、その後ろ姿をぼんやりと見つめた。

ドアを開けると、彼は振り返る。

「どうした？　来ないのか？」

〝来ないなら、それでもいい〟と言われているようだ。

羽優美は、バッグとコートを手にして彼のほうへ歩いていった。

たっぷりと愛撫《あいぶ》された羽優美の裸身が、ぐずぐずに蕩《とろ》けてモノトーンのベッドに沈む。

彼は、まだ荒い息をついている羽優美の両脚を抱え、愛液でたっぷりと濡《ぬ》れた羽優美の秘所に、避妊具《ひにんぐ》を着けた自身を擦《こす》りつけた。

「欲しいって言えよ」

挑発するようなその声に、羽優美はわずかに正気に引き戻される。

羞恥《しゅうち》のあまり、返事を躊躇《ためら》っていると、彼は自身の切っ先で羽優美の膨《ふく》れ上がった快楽の芽を嬲《なぶ》り、入り口にぐいっと押しつける。その弾みでくちゅり、と音を立てて新たな蜜が溢《あふ》れ出した。指や舌での繊細《せんさい》な愛撫とは違う、荒々しくももどかしい刺激。羽優美の心臓は、期待に疼《うず》いて早鐘を打つ。

しばしの葛藤《かっとう》の後、羽優美は抗《あらが》い切れずに口を開く。

「欲しい、です」

彼はニヤッと不敵な笑みを浮かべると、自身を一気に羽優美の中へ突き入れた。

「ひぁ……っ！」

達する寸前で放置されていた身体は、彼を迎え入れた瞬間に弾け飛ぶ。軽い絶頂に羽優美は脚を突っ張らせ、びくびくと身体を震わせた。

「あっ、やぁ！　ま、待ってっ、おねが――あぁっ！」

続けざまに何度も突き上げられる。淫《みだ》らな粘着音が寝室に響き渡る中で、羽優美は喘《あえ》ぎながら懇願《こんがん》した。

だが、その途端、敏感になってる最奥に彼の硬い先端をぐりっと押しつけられ、羽優美はたまらず嬌声《きょうせい》を上げる。

そんな羽優美を暗い愉悦《ゆえつ》のこもった瞳で見つめながら、彼は荒々しい呼吸とともに嘲《あざけ》りの言葉を吐いた。

「〝待て〟って？　よく言うよっ、腰揺らして〝もっと〟って欲しがってるくせに……っ」

「いやっ、言わないでくださ……っ」

そんなこと、言われなくても分かってる。絶頂を迎えた身体を攻め立てられて苦しいのに、腰が勝手に動いてさらに快楽を貪《むさぼ》ろうとしている。

それがたまらなく恥ずかしい。恥ずかし過ぎてどうにかなってしまいそうだ。

なのに自分では止められない。その動きも、中の襞《ひだ》の収縮も――

羞恥《しゅうち》に染まっているだろう顔を両手で隠して身悶《みもだ》えると、彼はからかうような声を浴びせてくる。

「こんなに淫らになっておいてっ、清純ぶるなんて今さらだろ……っ」

　彼は羽優美にのし掛かりながら、羽優美の両手を掴み、頭の上に押さえつけた。すると、羽優美の中に入り込んでいた彼の角度が変わる。それまでとは違う快楽のポイントを突き上げられ、羽優美は仰《の》け反《ぞ》り甲高い声を上げた。

「あぁっ！　やっ、んんっ」

「清純そうなふりして男を誘惑して、ここにどれだけ男を咥《くわ》え込んできたんだ？」

「そ——んなことっ、してな——んぁ！」

　奥の感じるところを硬い切っ先で抉《えぐ》られて、羽優美は否定の言葉もろくに紡げず、あられもない声を上げる。目の前が白く明滅し、二人が繋がり合った場所から響く水音はさらに激しくなる。

　不意に、突き放されるように羽優美の身体は解放された。彼の熱く滾《たぎ》ったままの昂《たかぶ》りがずるりと抜けていく。羽優美は肉壁を大きく擦《こす》るその刺激に身体をぞくぞくと震わせながら、それまで下ろすこともままならなかった両脚を、力なくベッドに落とした。

　絶え間なく与え続けられた刺激から解放され、羽優美は懸命に息を吸って失いかけていた酸素を取り戻す。しかし、これはつかの間の休息でしかないと彼女は知っている。

　羽優美の呼吸が整わないうちに、彼は彼女の身体を俯《うつぶ》せにした。そして腰だけを引き上げると、羽優美の両脚の間に自身の身体を割り込ませる。そして恥じらう羽優美に身じろぎする間も与えず、後ろから勢いよく自身を沈めてきた。

いく。
が激しくぶつかり合うことで羽優美の中から溢《あふ》れた愛液が飛び散り、内股を濡《ぬ》らして
三度と突き込まれるうちに、多少のキツさを伴《ともな》った強い快楽へと変わっていった。二人
仰向けの時にはなかった苦しさに、悲鳴のような嬌声《きょうせい》が漏《も》れる。その苦しさも、二度
「ひぅ……っ」

「んっ、あんっ、ふっ……はぁ……」

顔が半分ベッドに沈んで、さっきよりも息がしづらい。何とか上体を起こそうと腕に力を込めると、背後で「くっ」という呻《うめ》き声が上がった。理由は分かっている。羽優美の今の動きで膣《ちつ》に力が入ってしまい、彼自身を締め上げたからだ。

彼の昂《たかぶ》りの形をはっきりと感じてしまい、羽優美も息を呑む。すぐに大胆なことをしてしまったのだと気付き、羞恥《しゅうち》に頬を染めた。

「男を悦《よろこ》ばせるのが上手いな」

「言わな……っ、あっ……ンやっ、あっ……あふっ……」

彼が笑うとその振動が体内に伝わって、抗議の言葉は喘《あえ》ぎ声に変わる。

自分が無意識にどんな淫《みだ》らな反応をしてしまうか不安で、身動きが取れない。じっと快感に耐えていると、彼はそのまま羽優美の上半身を抱き起こし、あぐらをかいた自身の腿《もも》の上に座らせた。

「やぁ！　ヤメてっ、深い……っ！」

痛くはないけれど、彼自身が際限なく入り込んでくるような錯覚に、恐怖を覚える。

羽優美は怯えて彼から逃れようと身を捩《よじ》った。けれど、彼の腿は羽優美の両膝を大きく割り、胸に回された逞《たくま》しい腕は羽優美の身体を逃がそうとはしない。羽優美は怖がるあまり、彼の腕に指を立てて縋《すが》り、少しでも身体を浮かそうとつま先でシーツを必死に掻いた。その動きが、彼をより刺激しているとは気づきもせずに。

半ばパニックに陥《おちい》っている羽優美のうなじに顔を埋め、彼は吐息交じりに囁《ささや》いた。

「大丈夫だ。怖がらなくていい」

嫌がっているのではなく怖がっていると理解《わか》ってくれた――その言葉と優しい声音に、羽優美は安堵を覚えてふっと身体から力を抜く。そのタイミングに合わせ、彼は下から大きく羽優美を突き上げた。

「あンっ、あ……はぁ、んんっ……」

あんなに怖かったのが嘘のようだった。羽優美の身体は奥深くまで突き進んでくる彼を味わい、頭まで貫《つらぬ》く強い快楽に痺《しび》れる。彼はうなじに吸いつき、両胸を揉みしだいていた指で敏感な蕾《つぼみ》をきつく摘まむ。立て続けに与えられる刺激に、羽優美はたちまち我を忘れた。

「ああっ！　はぁ、あっ……あっ、ああんっ」

体内で新たな愛液が次々と生まれ、彼の律動によってかき出されていく。二人の繋がりを滑《なめ》らかにするそれは、もはや彼の太腿《ふともも》全体を濡《ぬ》らし、シーツにまで染み込んでいた。部屋に響きわたるいやらしい水音は、今の羽優美には別の世界で奏でられる音色にしか聞こえない。

誰かに結合部を見せつけるような淫《みだ》らな体勢は、羽優美を急速に絶頂へと追い立てる。

「常…っ、常、務っ、も、もう……！」

頂点に向けて速度を上げる彼が、余裕のない声を上げた。

「いい加減、名前を呼べよっ」

「文《ふみ》——あ、ああ、あぁあぁぁ————————！」

彼の名を呼びかけた羽優美の声は、歓喜の叫びにすり替わった。

部屋を暖めるエアコンが静かにうなる寝室に、二人が忙《せわ》しなく息を継ぐ音が響く。ともに果てた後、羽優美と彼は重なり合ったまま俯《うつぶ》せに倒れ込んだ。

彼の熱く汗ばんだ身体が、羽優美の小柄な身体を押しつぶす。息は苦しかったけれど、羽優美は幸せだった。これ以上ない親密な触れ合い。本来であれば彼とこんな風になるはずじゃなかった。だからこそ、どうしても失いたくないと思ってしまう。

けれど息を落ちつかせた彼は、未練などないとばかりにすぐに羽優美から離れた。ベッドを下り、無造作な手つきで羽優美に上掛けをかけて、寝室から出ていってしまう。かけられる言葉は一つもない。愛の言葉はもちろんのこと、未だ激しい呼吸を繰り返す羽優美への労《いたわ》りの言葉さえも。やがて細く開いたドアの向こうから、シャワーの音が聞こえてくる。

分かり切ってたことじゃない……

羽優美は仰向けになって、涙が溢《あふ》れそうになる目元に腕を押し当てる。

彼とは結婚してるわけでも、恋人同士でもない。友好的にセックスを楽しむセフレの関係ですらない。彼は羽優美を軽蔑して関係を迫るけれど、羽優美はそれを拒むことも、その軽蔑が誤解からくるものだと打ち明けることもできない。

だって、私は――

言葉にできない想いに胸を詰まらせていると、シャワーの水音が止まった。少しすると、スウェットパンツを穿《は》いた彼が、タオルで頭を拭きながら寝室に戻ってくる。

「シャワーを浴びてこい」

ついさっきまで情熱的に抱き合っていたとは思えない、冷ややかな声。腕をずらして声のほうを見れば、彼は整髪剤を洗い流した前髪の奥から、辛辣《しんらつ》な瞳で羽優美を睨《にら》みつけてくる。

「……はい」

羽優美は素直に返事をして、上掛けで胸を隠しながらのろのろと身体を起こした。

＊　＊　＊

事の始まりは、一ヶ月半前にさかのぼる――

十月上旬のある月曜日、始業直後のこと。

「え？　異動、ですか？」

高梨《たかなし》羽優美は、戸惑って目の前の営業課長に訊《き》き返した。課長は、困ったような笑みを浮かべて答える。

「急なことだからわたしも驚いたんだが。ほら、親会社の社長令嬢の仁瓶《にべ》綾奈《あやな》さん、彼女が今日退職することになって、急いで後任が欲しいと言われたんだ。三上《みかみ》常務の専属秘書だよ。突然のことでびっくりしたと思うが、行ってくれるね？」

上司に言われれば行くしかないけれど、羽優美は戸惑いを通り越して混乱していた。

私が秘書……？

寝耳に水とはこのことだ。羽優美は営業アシスタント。秘書課とは何の関わりもない。

秘書課には優秀な人材がたくさんいるだろうに、何でその人たちでなく羽優美に専属秘書の話が来たのだろう？

口元に手を当てて考え込みかけた羽優美に、課長ははっきりとした口調で言う。

「今すぐ来てほしいそうだ。私物を持って秘書課へ行くように」

「え……？」

驚いて顔を上げると、課長はさらに急《せ》かしてくる。

「特に必要な引き継ぎはないだろう？」

「は、はい……」

課長が言うように、引き継ぎは必要ない。営業アシスタントは、誰が何を頼まれてもこなせるよう、日頃から業務連絡を徹底しているからだ。

営業課のみんなへの挨拶もそこそこに、羽優美はデスクの下に置いていたバッグを持って、秘書課のある最上階へと向かった。


営業アシスタントの羽優美は、重役たちとは接点がない。そのため、最上階である七階を訪れるのは初めてだ。

右も左も分からないまま、それぞれの部屋に付けられたプレートの中に『秘書課』の文字を見つけると、唾を呑み込んで、ぐっと覚悟を決める。それから思い切ってドアをノックした。中から「どうぞ」という声がしたので、おそるおそるドアを開ける。

秘書課は二十畳くらいの広々としたスペースで、中には同じ方向を向いたデスクが整然と並べられていた。そこで働く女性たちは仕事に集中しているのか、ある人はまるで羽優美に気付いていないかのようにファイルを抱えてきびきびと歩き、またある人は一心不乱にパソコンのキーボードを叩いている。

どうしたらいいんだろう……

営業課長から秘書課に行くよう言われたからには、ここで次の指示を仰《あお》ぐしかないのだけれど、誰に訊《き》いたらいいのか分からない。それでもそっと一歩足を踏み入れてみると、女性の苛立《いらだ》った声が飛んできた。

「あなた誰？　何の用？」

声のほうを見ると、一つだけ他のデスクと対面する形で置かれたデスクがある。そこに、カールしたブラウンの髪をサイドでエレガントにまとめた女性が座っていた。目元がきりっとした美人で、黒のカットソーに、上品なグレージュのジャケットを着ている。

その女性は傍らに立っていた女性との話を中断して、羽優美を睨《にら》むように見つめてきた。

怖かったけれど、質問できそうな相手が見つかり羽優美はほっとする。

「え、営業課から来た高梨羽優美です。秘書課に行くように言われて来たんですが……」

「聞いてないわ。誰にそんなこと言われたの？」

叱責にも似た口調で言われ、羽優美は萎縮《いしゅく》してしまう。

「か、課長から言われたんです。今日から私、専属秘書になるとのことで内辞をいただいたんですが、詳しいことは秘書課で訊くようにと……」

そういうことだよね？　と心の中でつぶやいたその時、女性がバン！　とデスクを両手で叩いて立ち上がった。

「専属秘書にですって？　誰の？」

怒りのこもった低い声にびくびくしながら、羽優美は記憶を辿《たど》る。

「ええっと、確か三上常務だったと」

思います——と最後まで言わせてもらえなかった。

「何で秘書課に所属したこともないあなたに三上常務の専属秘書の話が行くの？　おかしいじゃない。そんなたわごとを言うために来ないでちょうだい。仕事の邪魔よ。出ていって！」

「え……でも……」

羽優美は仕事をするために来たのだから、すごすごと引き下がることはできない。返す言葉を探して立ちつくしていたけれど、目を吊り上げた女性がつかつかと近寄ってきて、羽優美を乱暴に秘書課の外へと押しやる。

バタン！　と目の前で勢いよく扉を閉められてしまい、羽優美は途方に暮れた。

今の様子からして、彼女は本当に何も聞いていないのだろう。もう一度ノックして入っていったところで、また追い出されるだけだ。

羽優美はしばし悩んだ末に、営業課に戻ることにした。


――すまん、聞き間違いだった。三上常務のオフィスに来てくれ、だそうだ。『三上文隆《ふみたか》』のプレートがかかってる常務室のドアを開けると、すぐ秘書室になっていて、その奥に常務のオフィスがある。

改めて問い合わせてくれた営業課長にそう謝られ、羽優美は再び最上階を訪れていた。えんじ色の高価《たか》そうな絨毯《じゅうたん》が敷かれた廊下をおそるおそる進み、目的のプレートのかかったドアをノックする。だが、待っていても返事がない。そこで羽優美はそっとドアを開けてみた。

そこは縦長の、八畳くらいはありそうな部屋だった。左側にデスクが二つあり、その後ろの壁にはキャビネットが隙間なく並んでいる。正面は一面窓になっていて、右手の壁にはドアが一つあった。他にドアは見当たらないので、〝奥〟というのはあのドアの向こうのことだろう。

前任の秘書である仁瓶綾奈の姿はない。羽優美は小さく「失礼します」と言って秘書室に入ると、続いて奥のドアをノックした。

今度はすぐに返事があった。

「誰？」

男性の声だ。響きのいい声音で、多分若い人。

「あ、あのっ、え、営業課から来ました高梨羽優美ですっ」

どもりながら返事をすると、一拍置いてから声が返ってきた。

「入ってきて」

そっけない返事。拒絶されているような冷たささえある。

「し、失礼します……」

先刻の秘書課でのことを思い出してしまい、羽優美はこわごわとドアを開けた。

こちらの部屋は、いかにも重役室といった重厚な内装だった。木目のくっきりとした壁に風景画が飾られ、応接セットも営業課にあるものより一回りも二回りも大きい。

部屋の中にいたのは、男性が一人だけだった。中に入ってドアを閉めた羽優美は、窓辺のデスクに着いてパソコンを操作する男性に改めて目を向けた。その視線に気付いてか、男性がふと顔を上げる。

その瞬間、羽優美は時の流れを忘れた。

社内報に載っていたので、顔は以前から知っている。けれど羽優美は今、一瞬で目を奪われた。

年の頃は三十代半ば。整髪剤で整えられた艶《つや》やかな黒髪。優雅な弧《こ》を描きながらも強さを感じさせる眉。切れ長の目。まっすぐな鼻梁《びりょう》。薄い唇。頬から顎《あご》にかけては、男らしいすっきりとした輪郭が描かれている。

社内報の顔写真の人には違いないけれど、その数倍も美しい男性がそこにいた。

こんなにかっこいい人が存在するなんて、信じられない……。

テレビや映画などで俳優やアーティストを見て、かっこいいと思ったことはあっても、今みたいに衝撃を受けたことはなかった。

ぼうっと見つめていると、男性は眉をひそめて冷ややかな声をかけてきた。

「高梨さん？」

「はっはい！」

我に返った羽優美は、慌てるあまりどもってしまう。男性は厳しい表情をして席を立った。

「常務取締役、三上文隆だ。君にはこれから僕の専属秘書を務めてもらう」

その声からは親しみのかけらも感じられず、羽優美はまたもや萎縮《いしゅく》してしまう。

「よ、よろしくお願いします」

羽優美は詰まりながらも挨拶し、遠慮がちに頭を下げる。

顔を上げた時には、三上常務は席に着いて再びパソコンに向かっていた。

えっと……私はどうすればいいの？

数秒待ってみたが、彼は仕事に没頭していて羽優美のことなどすっかり忘れているように見える。

羽優美は思い切って訊《たず》ねた。

「お忙しいところすみません。仁瓶綾奈さんはどちらにいらっしゃるのでしょう？」

彼は顔を上げて、不審げな目を羽優美に向けてきた。

「……仁瓶さんに何の用？」

何でこんな警戒した言い方をするのか分からない。前任者に会いたいと思うのは、おかしなことだろうか？

羽優美は困惑しながらおずおずと言った。

「仕事の引き継ぎが……それに、秘書ってどんな仕事をするのか分からないんです……」

――教えてくれなかったということは、知っていて当然だと思われていたのかもしれない。

そのことに気付いた羽優美は慌てて謝った。

「秘書はお仕事をサポートするのが仕事なのに、お手を煩《わずら》わせてすみません！　基本的なことを教えていただければ、後は自分で何とかしますから！」

羽優美の言葉を聞き終えると、何を思ったのか三上は気まずげに表情を歪《ゆが》めて目を逸《そ》らした。

「……基本的には営業アシスタントと同じだ。電話応対と資料の管理。分からないことは必ず訊《き》いて。自己判断はミスにつながるから」

言われて羽優美は、営業アシスタントをしていた時も自己判断禁止が徹底されていたことを思い出す。

仕事のことをまるで知らないのに、〝自分で何とかする〟なんてミスの元だ。自分のさらなる失言に気が動転してしまう。

「すっ、すみません！　そうさせていただきます！」

またもや勢いよく頭を下げる羽優美に、三上は突き放すように言った。

「隣の部屋は好きに使ってくれていいから、まず確認を。――行って」

「は、はい」

三上の声に追い立てられるようにして、羽優美は隣の部屋に向かう。

ドアを静かに閉めた羽優美は、ほうっと息を吐いた。

なんだか、気難しそうな人だな……

けれど分からないことは訊いていいと言ってくれたし、気まずくても何とかやっていけるはずだ。

かかってくる電話の応対をしながら、デスクの引き出しやキャビネットを開けて中を覗く。

キャビネットの中はほとんど空《から》で、残っている資料も古いものばかりだった。デスクの引き出しは筆記用具がやたらと多く、他には変に折れた書類、仁瓶の私物と思われる化粧品や小物がばらばらと入っているだけだ。

なんだか、仕事をしてた人のデスクとは思えない……

仁瓶の私物は後で段ボール箱をもらってきて詰めることにして、まずはくしゃくしゃな書類を全部出して広げた。大事な書類があるかもしれないから、三上に指示を仰がなければならない。書類を全て広げ終えると、羽優美は困ってしまった。

管理する資料って、これのこと……じゃないよね？

これだけでは資料と言うにはおそまつだが、他に資料らしきものは見当たらない。そのためさっき顔を出したばかりで申し訳なかったけれど、羽優美は思い切って三上のオフィスのドアをノックする。

返事があったのでおそるおそる中に入ると、三上に鋭い視線を向けられた。

「何か分からないことでも？」

何だか怒られているみたいで怖い。でも、羽優美は勇気を出して話し始めた。

「お忙しいところ、申し訳ありません。秘書室の確認を終えました」

「もう？」

確認が速すぎて、ちゃんと仕事してないと思われたのだろうか。羽優美は懸命に続ける。

「あの……秘書室にはほとんど物がなかったんです。資料は古いものがほんの少ししかなかったですし、その他はたくさんの筆記用具と仁瓶さんの私物だと思われる物があっただけで……。よろしければ、次にすべき仕事のご指示をいただけないでしょうか？あと、キャビネットがうっすら汚れているので、掃除道具を借りてきて掃除もしたいです」

緊張しながらまくし立てていた羽優美は、三上がぽかんとしているのに気付いて言葉を切る。一度に言うのはマズかっただろうか。でも、何度も訊《き》きに来るよりは仕事の邪魔にならないと思ったのだけれど。

「あの……一度にたくさんお訊きしてすみません」

羽優美の謝罪を聞いて我に返ったような顔をした三上は、視線を逸《そ》らして後ろ頭を掻いた。そして気を取り直したように立ち上がる。

「いや、こちらこそすまなかった。管理してほしい資料はここのキャビネットにある。多忙なため未整理になっているので、それを全部整理して、秘書室に保管してもらいたい。ただし五年より前の資料は別にしておいて。秘書室にあった分もだ。処分するか保存するかは、後で僕が判断する。量が多いから、一日にできると思う分を毎朝持っていって。仁瓶さんの私物はまとめておいてもらえれば後で僕が持っていこう。短時間席を外す分には、いちいち僕の許可はいらない。掃除もそうだ。君の判断でしてくれていい」

そう説明する三上からは、先ほどの怒りは消えていた。そのことにほっとしつつ、羽優美は「分かりました。ご指示ありがとうございます」と言って頭を下げた。


三上のオフィスから資料を運んだり、キャビネットを掃除したりしているうちに、時間はいつの間にか正午を回っていた。

オフィスから出てきた三上は、「これからは、正午になったら一時間の昼休憩を取るように」と告げる。

羽優美はオフィスに引き返そうとした三上に「それでは今から昼休憩に行ってきます」と申し出て、お弁当箱の入った巾着《きんちゃく》を持って秘書室を出た。

三階にある社員食堂は、広々とした明るい室内に、丸テーブルや大きな柱に沿ったカウンター席が設置されたおしゃれな空間だ。メニューも、サラダやスープ、肉や魚のメイン料理が少しずつ載ったワンプレートランチなどおしゃれなものもあって、利用する人は多い。

食堂に入った羽優美が中を見渡していると、丸テーブルの一つに座っていた友人の岸《きし》川圭子《かわけいこ》が、手を上げて手招きしてきた。羽優美も小さく手を上げて、まっすぐその席に向かう。

圭子はショートボブの似合う快活な女性で、営業アシスタント同士という以上に羽優美と仲が良かった。今朝方、羽優美が不安そうに秘書課に向かおうとしていた時も、いつものように一緒にご飯を食べようと言ってくれたのだ。

羽優美はお弁当をテーブルに置きながら、日替わりランチを前にした圭子に声をかける。

「ごめん。遅くなって」

「大丈夫、大丈夫。今から食堂に来るってメールくれたから、自分のランチ買って待ってたよ。はい、これ羽優美の分のお茶」

圭子は自分のトレイに載せていたコップを一つ、羽優美のお弁当の隣に置く。

この社員食堂では持参したお弁当を食べていいし、ここのメニューを頼まなくてもセルフサービスのお茶を無料で飲むことができる。

「ありがとう」

羽優美はお礼を言うと、すぐに席に座ってお弁当を広げた。

「で、新しい仕事はどう？」

箸《はし》を取りながら早速訊《き》いてきた圭子に、羽優美は曖昧《あいまい》な笑みを浮かべた。

「秘書の仕事なんて私に務まるのかなって心配だったけど、営業アシスタントとほとんど変わらないみたいだからホッとしてるとこ」

「それで、三上常務はどう？　間近で見た感想は？」

「え……」

思ってもなかったことを訊かれ、羽優美の頬は赤らむ。

そんな羽優美を見て、圭子はにやにや笑う。

「その顔！　まさか一目惚れ？」

「ううん！　そういうんじゃないから！」

慌てて否定したけど、圭子は納得してくれない。

「ウソウソ。顔真っ赤だよ？」

圭子が羽優美をからかうと、思わぬ方向から厳しい声が飛んできた。

「あなた方、うるさいわよ！」

「すみません！」

圭子と二人して謝りながら声のしたほうを見ると、先ほど秘書課で見た三人の女性がこちらに近付いてくるところだった。先頭に立つのは、羽優美を秘書課から追い出した女性だ。いかにも憎々しげに羽優美を睨《にら》んでくる。

「特にあなた。三上常務の秘書になったからには、それにふさわしい品位を身につけてもらわなくては困るわ」

「す、すみません……」

肩をすぼめてもう一度謝ると、女性はつんとそっぽを向き、他の二人を引き連れて離れていった。それを見送ると、羽優美はほっとして圭子に向き直る。圭子も肩を竦《すく》め、声をひそめて言った。

「食べ終わったら場所移動して話そ」

「うん」

その後は当たり障《さわ》りのない話をしながら、羽優美はお弁当を、圭子はランチをそそくさと食べた。

休憩室でコーヒーを買うと、二人で営業課近くの給湯室に行った。来客へのお茶出しも営業アシスタントの仕事だから、給湯室はさしずめ営業アシスタントのテリトリーだ。誰でも使っていいことになっているけど、休憩室に社員用の給茶機が設置されていることもあって、他の人はほとんど来ることがない。

一畳ほどの狭い給湯室で、シンクにもたれながら圭子が言った。

「さっき睨《にら》みつけてきたあの三人組。多分秘書課の人だよ」

「うん……午前中に秘書課で見かけた。さっき私たちに注意してきた人が、すごい剣幕《けんまく》で私を秘書課から追い出したの」

その時のことを話してしゅんとしていると、圭子は肩を竦めて苦笑した。

「それはやっかみだよ。仁瓶さんの後任に指名されたのが羽優美だったから八つ当たりしてるだけ」

それを聞いて、羽優美はさらにしゅんとする。

「でも、秘書課にいたわけでもない私があの人たちを差し置いて専属秘書になれば、いい気がしないのは当然だと思うけど……」

悩む羽優美に、圭子は手をひらひらさせて励ますように言った。

「羽優美が気にすることはないよ。あの人たちが仁瓶さんの後任に選ばれなかったのは、言ってみれば自業自得なんだから」

「え？　どういうこと？」

訳も分からず訊《たず》ねると、圭子は廊下に人の気配がないか気にしながら話を始めた。

「ほら、三上常務ってイケメンで独身じゃない？　社長の息子さんだし、親会社の創業者一族でもあるし」

羽優美たちが勤めている〝株式会社三上《みかみ》〟は、〝仁瓶酒造《にべしゅぞう》株式会社〟の子会社だ。酒類をはじめとした輸入食品を取り扱う部門が独立して設立された。三上の家は創業者である仁瓶の親類筋にあたり、〝仁瓶酒造〟と〝三上〟の経営陣は、三上の家を含めた創業者一族が過半数を占めている。

「しかも三十歳で取締役に就任なんて、創業者一族の中でもダントツの若手有望株だしね。だから三上常務が取締役に就任した四年前、彼の専属秘書の座を巡って、秘書課の中で熾烈《しれつ》な争いがあったようなの。お互いの仕事の足を引っ張って業務を滞《とどこお》らせたり、陰湿なイジメをしてやめさせたりね。で、人事《じんじ》の目も節穴じゃないから、そんなのに関わってなかった人材から一番優秀な人を選んだらしいのよ。で、それがさっき怒鳴りつけてきた秘書課の人。あの人ってば専属秘書になった途端、三上常務の女房気取りでね。服装や食事の世話を焼きたがったり、プライベートの予定も知りたがったり。取引先との接待の最中にも、〝常務とはプライベートでもお付き合いがあります〟って言わんばかりに馴《な》れ馴れしい態度を取って、常務はずいぶんばつの悪い思いをさせられたらしいわよ」

あっけにとられて聞いていた羽優美は、圭子の話が途切れたところでふうっと息を吐く。

「よくそれだけの情報を集めたね」

常務の人気ぶりにもびっくりしたけど、圭子のその手の情報収集能力にも驚かされる。

感心する羽優美に、圭子は苦笑した。

「うん、まあ褒められたことじゃないけど、あたしもゴシップ好きだからね——でね、常務もその人に一応注意したようだけど、服とか食事とかの件はともかく、態度のほうはね……『女房気取りはやめてください』って言えば侮辱にもなりかねないし、注意するにも苦労してたみたいよ。それで通常業務とか取引に支障が出たわけじゃないから余計にね。そんな時に仁瓶綾奈さんがウチの会社に来るって話が持ち上がったの。で、『仁瓶さんを専属秘書にするから君は秘書課に戻って』ってことで決着をつけたらしいわ。相手は常務の従妹《いとこ》で、しかも親会社の社長令嬢でしょ？　だから、その人も文句を言えずに秘書課に戻ったらしいわ」

圭子はざまあみろと言わんばかりに笑い飛ばす。

そんな圭子に、ちょっと困った笑みを向けながら羽優美は言った。

「でも、何で仁瓶さんの後任が私なんだろ？　私なんて優秀でもなんでもない、ただの一社員に過ぎないのに」

短大を卒業してから新卒でこの会社に入社し、研修が終わった後に営業課に配属された。この四年間、営業アシスタントの仕事しかしてこなかったのだから、秘書としての経験なんてあるわけがない。真面目だけが取り柄で、圭子ほど仕事をてきぱきこなせるわけでもない。例えば、〝営業アシスタントの誰でもいいから一人寄越すように〟と言われた営業課長が、有能な圭子を手放したくなくて羽優美を出したというなら話は分かるけど。

悩む羽優美に、圭子はあっさりと言う。

「羽優美だけ先週、三上常務が来た時に騒がなかったからじゃない？」

そう、先週末に突然彼が営業課のあるフロアにやってきて、社員一同——特に女性社員が騒然となったのだ。羽優美は仕事で手が離せず見られなかったのだが、それを圭子に言ったら「なんてもったいない！」とすごく残念がられてしまった。

「常務の顔を間近で見られるチャンスだったのに、羽優美ってば仕事を優先させるんだもん」

「だって、急ぎの仕事を引き受けてたから……」

すぐ側で仕事を頼んできた人が待ってるというのに、手を止めてひと様の顔を観賞しに行くのは気が引ける。

もじもじと俯《うつむ》く羽優美に、圭子は呆れたようなため息をついてから、にっと笑った。

「でもま、自分を見てキャアキャア騒がない女性社員って、常務にとっては貴重なんじゃない？」

「私、秘書の経験なんて全然ないのに……」

「それはやっぱり羽優美が秘書に向いてると思ったからでしょ。仕事は丁寧だし、機密を扱う秘書業務に就いても絶対会社を裏切らないだろうし」

「そ、そういうことなのかな……」

羽優美はちょっと照れて、紙コップを揺らし底に残ったコーヒーを回す。

多忙な重役に、一般社員一人ひとりを細かく見ている暇があるとは思えないけれど、羽優美の仕事ぶりを認めて指名してくれたのだとしたら嬉しい。

口元が緩んでくるのを抑えられずにいると、圭子がにやにや笑いながら言った。

「やっぱり常務にホレちゃった？」

「だからそういうんじゃないってば。そりゃあかっこいいとは思うけど、付き合いたいとか、ましてや結婚したいなんて全然！」

羽優美は頬を赤らめ、むきになって否定する。

一方圭子はにやにやしつつ、とぼけたように言った。

「あたし、そこまで言ってないんだけどな～」

「圭子っ！」

その時、廊下のほうから咳払いする音が聞こえてきて、羽優美と圭子は慌てて口をつぐんで肩を竦《すく》めた。それから小さく笑みを交わし合う。

圭子がスマートフォンで時刻を確かめると、休憩もあと十分で終わるところだった。

「圭子の紙コップちょうだい。休憩室の側を通るから、リサイクルのごみ箱に捨てていくよ」

「ありがと。――でさ、羽優美。マジな話、秘書課の人たちには気を付けなよ？　やっかみすぎて何かしてこないとも限らないから」

「うん、分かった。ありがとう」

「休憩時間が同じ時は、また昼一緒に食べようね」

圭子は社交的で、一緒に昼ご飯を食べる相手は羽優美の他にもいるのに、心細い思いをしている羽優美を気遣ってそう言ってくれる。

「ありがとう」

圭子の優しさを嬉しく思いながら、手を振り合って別れた。

その日の午後、三上は会議のためにしばらく席を外していた。

帰ってきた時、羽優美は席を立って遠慮がちに挨拶をした。

「お、お帰りなさい……」

何か考え事をしていたらしい三上は、ぎょっとして羽優美に目を向ける。

「……ああ、君か」

三上の驚きぶりを見て、いけないことをしてしまったのだと思い、羽優美は慌てて謝った。

「す、すみません。営業課では、帰ってきた人たちに『お帰りなさい』と挨拶することになってたんです。常務が目の前を通られるのに挨拶もしないのでは失礼かと思ったんですが……しないほうがよければそうします」

挫《くじ》けそうになって俯《うつむ》くと、三上はうろたえたように言った。

「いや、ずいぶん久しぶりに言われたせいでちょっと驚いただけだから……これからはそうしてくれ」

なんだか照れくさそうにそっぽを向いた三上を見て、羽優美も妙に気恥ずかしくなり頬を赤らめる。

「あ、あの。お留守の間にお電話が二件ありました。こちらのメモにまとめてあります。それと、仁瓶さんの私物と思われるものをまとめておいたのですが……」

「ああ、もらっていこう」

羽優美から伝言メモと仁瓶の私物を受け取った三上は、何故だか落ちつかない様子でオフィスに入っていった。

＊　＊　＊

秘書になって最初の週は、電話応対の合間にひたすら資料を整理した。

三上のオフィスのキャビネットはどれも、ファイリングされた古い資料の上に新しい資料が雑多に積まれて、溢《あふ》れんばかりになっていた。整理されていない資料の日付は、仁瓶綾奈が専属秘書をしていた期間と重なる。

何だか、仁瓶さんが仕事してなかったみたい……

しかも、一向に引き継ぎがない。急な退職であっても、引き継ぎくらいはしていってもよさそうなものなのに。それもできないほどの何かがあったのだろうか？

そんな風に疑問はあるけれど、詮索《せんさく》は秘書の仕事ではない。上司の周辺の事情にはあまり踏み込みすぎないように、と秘書検定の参考書にも書いてあった。

秘書の仕事について何も知らない羽優美は、秘書になったその日の帰り道、駅前の書店に立ち寄って秘書検定の参考書を買った。秘書について勉強しておけば、少しは仕事の役に立つのではないかと思ったからだ。

内容は秘書業務というより、ビジネスマナーに関することが主だったけれど、言葉遣いとか、社会人になって五年目だというのに知らなかったことも多くて、とても勉強になっている。

金曜日には、資料の整理はあらかた終わっていた。初めて見る資料も多かったけれど、分かりやすく分類されていた古いファイルがお手本になった。……それらのファイルは、あの秘書課の人が作った可能性が大いにある。大量の資料の扱いに慣れない羽優美にも分かりやすく系統立てて分類してあるところからして、彼女はかなり優秀な人なのだろう。三上が迷惑を被《こうむ》っても左遷《させん》したりせず秘書課に戻したのは、会社としても優秀な人材を手放したくなかったからかもしれない。

その日の午後、頼まれたファイルをオフィスに運んだ羽優美は、三上にこう告げた。

「そのファイルは、一昨年の資料が不足しているのですけど……」

早速ファイルを開いて確認していた三上は、眉をひそめて顔を上げる。

「他の資料に紛れているとか、誤って処分してしまった可能性は？」

ミスを疑われたことに傷つきながらも、羽優美は説明をした。

「私も他のところに紛れていないか何度も確認しているのですが、どうしても見つからなかったんです。それとご指示があったように、お預かりした資料はまだ一枚も処分してないです。……もっと早くに報告しなくて申し訳ありません」

見つからない資料は他にもある。一つのキャビネットを整理するごとに、分類を始める時と分類し終えた時とで数や内容をチェックしているし、他のキャビネットに紛れ込んでいた資料も見つけて、正しいファイルへと戻す作業も終わっている。それでも見つからないので、もう一度全てチェックしてから三上に報告するつもりだった。

だが、羽優美がそうやってファイリング作業に手間取っている間にも三上は仕事をしていて、資料がいつ必要になるかも分からないことを失念していた。

報告が遅れたことを反省し、羽優美は深く頭を下げる。そこに三上のすまなそうな声が聞こえた。

「いや、ちょっと事実確認をしたかっただけなんだ。——するとその資料は僕のデスクにあるか……」

引き出しを開けてしばし中を探っていた三上は、すぐに諦めて顔を上げた。

「秘書課にも同じ資料があるはずだ。借りてきてもらえないか?」

羽優美は一瞬躊躇《ちゅうちょ》したけれど、これも大事な仕事だ。

「はい、今すぐ行って参ります」

羽優美は会釈《えしゃく》をして三上のオフィスから退室すると、深いため息をついた。

あの秘書課の人とまた顔を合わせなければならないかと思うと、羽優美は気が重かった。

まともに相手にしてもらえなかったらどうしよう……

怒鳴られるのは怖いが、資料を借りてくるだけの仕事もできないのかと三上に失望されるのも辛い。

勇気を振り絞って秘書課のドアをノックし、「どうぞ」と返されてからおそるおそるドアを開ける。

今回は、怖《おそ》れていたように追い返されることはなかった。その代わり、あの女性が自分の席に座ったまま、不機嫌さを隠そうともしないで睨《にら》んでくる。

「何の用?」

今日はボルドー色のカシュクールを着て、髪をギブソンタックにしている。いつもブラウスにカーディガンを羽織り、セミロングの髪を頭の後ろでひとまとめにしているだけの羽優美は、服装からして気後《きおく》れしてしまう。

だからといって、ここで引き返すわけにはいかない。

逃げちゃダメ、逃げちゃダメ……

羽優美は自分に言い聞かせながら中に入ってドアを閉め、勇気を振り絞って言った。

「あのっ、三上常務に頼まれて、資料を借りに来たんですけど……」

「どの資料？」

羽優美が資料名を告げると、女性は無言で立ち上がり、たくさん並んでいるキャビネットの一つから資料を取り出した。

貸してもらえそうな様子なので、半ばホッとしつつ待っていると、女性はドアの前で待っていた羽優美を押しのけて廊下に出る。

「え？　……え？」

戸惑いながら、閉まってしまったドアと秘書課に残っている人たちを交互に見る。彼女たちはちらっと羽優美を見たものの、気まずげに目を逸《そ》らして何事もなかったかのように仕事を続ける。そのうち、女性が自ら三上に資料を届けようとしているのではと気付いた羽優美は、秘書課の人たちに会釈をすると、慌てて秘書課を出て女性の後を追った。

急いでいるからといって会社の中で走るわけにもいかず、早歩きで懸命に戻る。が、羽優美が秘書室に辿《たど》り着いた時には、ファイルを持った彼女は三上のオフィスの中に消えていた。

オフィスの側に寄ると、ドアの向こうから女性の声が聞こえてくる。

「秘書としての経験もない、ましてや秘書課に配属されたこともない彼女を信用できるわけがありません」

その反論の余地もない批判に、ドアノブを回そうとしていた羽優美の手は凍りついた。

あの女性が、三上に訴えているようだ。

秘書課の女性の容赦ない指摘はなおも続く。

「信用とは、実績と人間関係を以《もっ》て培《つちか》われていくものではありませんか？　彼女には何の実績もなく、さらには秘書課に所属することもなく三上常務の専属秘書になりました。これではわたくしたちと信頼関係を築けるわけもありません。ですから、彼女にこの機密資料を預けることはできず、わたくし自らお持ちしたんです」

羽優美は唇を噛みしめながら話に聞き入った。

彼女の言う通りだ。羽優美も彼女の立場だったら、羽優美のような相手に大事な資料を貸すのは躊躇《ためら》っただろう。

三上も羽優美には電話の応対と資料管理しかさせない。それは、羽優美を信用していないからではないだろうか。

落ち込んだところに、追い打ちをかけるように女性の声が聞こえた。

「僭越《せんえつ》ながら彼女を一度秘書課にお預けいただけませんか。秘書課でしっかり教育して、一人前になったらお戻しいたしますわ」

自信に溢《あふ》れたその声に、羽優美は力なく項垂《うなだ》れる。そうしてもらったほうがいいのかもしれない。彼女の下で働くのは怖いけど、こんなふうに三上に迷惑をかけてしまうくらいなら。

「もしよろしければ、彼女を教育する間、わたくしが代理をいたしますわ。前回のような失態は二度といたしません。ですから今一度チャンスを」

ずっと黙っていた三上が、彼女の言葉を遮《さえぎ》るように口を開いた。

「君は、この僕のことも信用できないと言っているのか？」

「え――？」

呆然としたような彼女の呟《つぶや》きが聞こえてくる。羽優美も、三上が何を言っているのか分からず、戸惑いつつもドアノブからそっと手を離した。

三上の厳しい声が響き始める。

「僕が高梨さんに資料を借りてくるよう頼んだのは、彼女を信頼してのことだ。僕だって、その資料が機密情報で、関係者以外の目に触れてはならないものだというのはよく分かっている。しかし、これまでの高梨さんの仕事ぶりを見て、彼女だったらそんな機密情報の取り扱いも任せられると思った。君は、その僕の判断を間違っているとでも言いたいのか？」

「い、いえ……そんなつもりは……」

さっきまで自信に溢《あふ》れていた彼女の声が、今はかわいそうなくらい弱々しい。三上はさらに続けた。

「君の実務能力の高さは評価している。だが、同じ会社の仲間を信頼し、協力し合うことで、その能力も生かされると覚えておいてもらいたい」

「……申し訳ありませんでした。お言葉、肝《きも》に銘《めい》じます」

「分かってくれたなら行っていい」

「――失礼いたしました」

羽優美が慌てて一歩下がるのと同時に、ドアが開いて女性が出てくる。彼女は羽優美に気付くと、一瞬憎々しげに睨《にら》んでから三上のほうに向き直り、優雅な一礼をして扉を閉めた。

そして振り返り、後退《あとずさ》った羽優美につかつかと近寄ってくる。

「常務に庇《かば》ってもらったからって、いい気にならないことね。この無能が」

侮辱の言葉が羽優美の心を抉《えぐ》る。だが羽優美には、その言葉を否定することができない。

羽優美の傷ついた表情を見て少しは溜飲《りゅういん》を下げたのか、見下した笑みを浮かべて女性は続けた。

「常務の専属秘書になったからっていい気にならないで。秘書課に在籍したこともない、資格も知識も持たないあなたが、専属秘書として務まるわけがないんだから。そのうち常務もあなたが使えないって気付いて、仁瓶さんの時と同じように持て余すことになるわ」

女性が勝ち誇ったように言い終えた直後、こんこんとドアが叩かれる音がした。はっとして振り返った女性の向こうに、三上の姿が見える。いつの間にかドアが開いていて、彼はそこにもたれかかって腕を組んでいた。

「そうやって他の社員を脅《おど》しつけることもやめてもらいたい。態度が改善しないようなら、降格も有り得るのでそのつもりで」

女性はわなわなと震えると、「失礼します」と小さく言って、足早に出て行った。

その後ろ姿を目で追いながら、羽優美は別のことを考える。

常務は、私のことを信頼してるの……？

にわかには信じがたい。でも、本当だったら嬉しくてたまらない。

羽優美はにやけそうになる顔を引き締めて、そろそろと三上に目を向ける。三上はその視線に気付いて、気まずげに微笑んだ。

「嫌な思いをさせて、悪かったね」

謝ってもらうことなど何もない。羽優美は慌てて首を横に振る。

「いいえ……こちらこそお役に立てなくて申し訳ありません」

資料を借りに行く役目は果たせたと言えば果たせたけれど、三上に余計な手間を取らせてしまった。

頭を下げた羽優美に、三上は申し訳なさそうに続ける。

「君は悪くないよ。……問題は、僕の指導力不足でね。さっきの女性は優秀な秘書なんだが、専属秘書に昇格させたら、その……いろいろ問題があって。指導はしたけど改善が見られなくてね。重大な過失があったわけじゃないから扱いに困って、それで仕方なく仁瓶さんを僕の秘書にするからと理由を付けて、彼女を秘書課に戻したんだ」

確かに、『女房面《にょうぼうづら》するから異動させる』なんて理由を挙げたら、何を根拠にそう言うのかという話になるだろう。下手をすれば不当待遇だと訴えられかねない。あの女性なら、理詰《りづ》めでそういう話に持っていきそうだ。雇われる側には雇われる側の苦労があるけれど、雇う側にも苦労があるんだなとつくづく思う。

何だか彼が疲れた様子だったので、羽優美は彼を励ますつもりで話しかけた。

「ちょっとだけ噂《うわさ》を聞いてます。常務が取締役に就任した時、常務の専属秘書の座を巡って熾烈《しれつ》な争いがあったって」

〝でも、狙うのはあの人たちの勝手で、常務は何も悪くないです〟と続けたかったのに、彼は弱り顔をして後ろ頭を掻いた。

「そんな噂が流れてるのか……まいったな」

羽優美は自分が余計なことを言ったのに気付いて、慌てて謝った。

「す、すみません！」

「いや……まあ知ってるなら話してもいいか。――問題なのは彼女だけじゃなくて、この件に関しては秘書課の社員は誰も信用できなくてね。それで秘書課以外の部署から専属秘書を採用させてもらったんだ」

「そうだったんですね……」

圭子の想像は当たりだったというわけだ。足の引っ張り合いやイジメに関わっていなかったはずのあの女性も、専属秘書になった途端、三上のことを狙い出したのだから、秘書課の人間を信用できなくなるのは仕方がないと思う。

しみじみ考えにふけっていた羽優美は、はっと気付いた。三上がこんな話をするのは、羽優美にもあらかじめ釘を刺しておきたいからではないかと。

次の瞬間、羽優美は口走っていた。

「あのっ！　私は常務のことを狙ったりしませんから！　……あ」

口にしてしまってから馬鹿なことを言ったと気付き、しどろもどろに謝罪する。

「へ、変なこと言ってすみません。あの……常務のお仕事を邪魔するようなことは絶対しないと言いたかったんです。それはお約束します」

一瞬、目を見開いた三上は、片手で後ろ頭を掻いてからオフィスの中に引き返した。そして羽優美を中に招く。

「……高梨さんが見つけられなかった資料、僕も処分した覚えはないから、ここの引き出しにあるはずなんだ」

そう言いながら、三上はデスクの引き出しから資料の束を取り出し、どかっどかっとデスクの上に置いていく。

まだこんなにも未整理の資料があったなんて……！

唖然《あぜん》としていると、三上が気まずげな顔をして羽優美に微笑んだ。

「もう気付いてると思うけど、仁瓶さんはあまり仕事ができなくてね。僕も忙しさにかまけて仕事を教えてあげられなくて、そうこうしてるうちに収拾がつかなくなってしまったんだ」

話をしながら、彼はどんどん書類を積み上げていく。

羽優美が口を開けて見つめているうちに、三上の広いデスクの半分が未整理の書類で埋め尽くされた。

「処分していい書類も交じってるから整理が大変だと思うけど、頼んでもいいかな……?」

きちんとしているように見えた常務に、デスクの引き出しに物を溜め込む癖があったなんて……

ばつの悪そうな様子から、彼も自分のそういうところはマズいと思っているらしい。

三上の意外な一面を見られて、可笑《おか》しさで口元が緩みそうになる。それをこらえて、羽優美は「お任せください」と力強く答えた。

＊　＊　＊

翌週は月曜日が祝日だったので、会社は火曜日から始まった。その日の昼休憩、羽優美は社員食堂の片隅で一人お弁当を食べる。

この週は、圭子と休憩時間が重ならなかったからだ。営業アシスタントはお昼時も仕事を頼まれてもいいように、一人は課内に待機しなければならない。そのため、休憩は交代で取ることになっていて、今週の圭子の休憩は一時からだった。秘書になってからの羽優美の休憩時間は、毎日十二時から一時に固定されている。

この後、どうしようかな……

圭子がいればおしゃべりして過ごすのだが、一人でいると時間を持て余す。

食堂は混み合っているので、いつまでもいるのは気がひける。それに、いつまた秘書課の人たちと会ってしまうかと落ち着いていられないのだ。

先週も四回、ここで彼女たちと行き合った。社員食堂とは思えないくらい内装もメニューもおしゃれなので、女性社員に人気なのだ。初日以降は叱られることはなかったけれど、視線が合うとすごい目つきで睨《にら》まれた。だがそれで済んだのは、圭子が一緒だったからかもしれない。先週末のこともあるし、一人でいる今日は何か言われるかもしれない。

そう思っているうちに、秘書課の人たちが食堂に入ってきた。さいわい、羽優美に気付いていないようなので、お弁当を手早く食べて席を立つ。

このまま秘書室に戻ったほうがよさそうだ。早く戻って先週買った参考書を読み返していれば、時間の有効活用にもなる。

使ったコップを返却口に置き、こそこそと食堂を出る。

歩き出してすぐ、羽優美は廊下の端に立って自分を見つめてくる人物に気付いて、ぎくっと足を止めた。

坂本和志《さかもとかずし》――秘書課の人以外で、羽優美が一番会いたくなかった人。

坂本は、今年四月に中途採用で営業課に入ってきた男性だ。かっこよくて話し上手で、営業課だけでなく、他の課の女性社員の間でもあっという間に注目の的になった。でもすぐに、社長令嬢である仁瓶綾奈との仲が噂《うわさ》されるようになった。あの時は、「残念」とか「さすが」といった声があちこちから聞かれたものだ。

けど坂本本人は、そんな噂が流れて困っているのだと羽優美にこっそり告げてきた。

——向こうから告白してきたんだけど、オレには全然その気がないんだ。でも相手は創業者一族だから、機嫌を損ねたらクビになりかねないだろ？

そんなことでクビにはならないだろうけど、職場に居づらくはなるかもしれない。そうなるのは避けたいという彼の気持ちは分かる。だから羽優美は、彼から相談に乗ってほしいと言われた時、メルアドと電話番号を交換して会社の外で何度か会った。グチを聞いてあげるだけのつもりだったのだ。

けれど坂本は、何かにつけて手をつないできたり肩に腕を回したりしてくる。最初のうちははぐれるといけないとか、人が多いから側に寄ったほうがいいという言葉を信じて我慢していたけれど、ある時それらが羽優美に触れるための単なる口実だと確信して、思い切って言った。

——困ります。

——そんなこと言わないで。もう気付いてるだろ？　オレが本当に好きなのは君なんだ。

坂本を恋愛対象として見たことなどない羽優美は、「ごめんなさい」と謝って、彼を振り切って帰った。

その後プライベートでは会わないと伝えたのに坂本は納得せず、何度もメールを送ってくるようになった。そのうち内容が脅迫めいてきて、悩んだ羽優美は圭子に相談した。そうしたら怒られた。

――このおバカ！　大して親しくもない異性に相談を持ちかけるなんて、親しくなるためのきっかけ作りに決まってるじゃない！

圭子のアドバイスで、坂本と二人きりで会わないよう気を付け、電話もメールも着信拒否にした。すると別の番号やアドレスから電話やメールをしてくるようになったので、許可した番号やアドレスしか受信しない設定にした。

電話とメールという連絡手段がなくなると、坂本は仕事の依頼を口実に羽優美に近付いてきた。それも、庇《かば》ってくれる圭子がいない時を狙って。

坂本に話す口実を与えないという意味では、今回の異動の話は幸運だった。さすがに常務室までは坂本もやってこられないし、食堂では圭子が一緒だ。実際先週一週間、全く彼の姿を見なかった。だから諦めてくれたのかもしれないと安心しかけていたのに。

坂本は、今日は圭子の休憩時間が遅いので、羽優美が一人になると踏んだのだろう。

でも、ここは食堂のすぐ近くで、廊下を歩いている人もちらほらいる。坂本は羽優美に言い寄っていることを他人に知られたくないはずなので、何もできないはずだ。

そう思ったのに、坂本は人目を気にせず、むしろ廊下に響くような大きな声で話しかけてきた。

「高梨さん、久しぶり！　急に異動したからびっくりしたよ」

羽優美はうろたえているうちに坂本に腕を掴まれてしまい、エレベーターのあるほうへ引っ張られていく。

「頼んでおいた仕事どうなった？　君が急にいなくなったから困ったんだよ。今から説明してくれる？」

坂本に頼まれていた仕事なんてない。相談を持ちかけたすぐ後から、圭子が坂本の仕事を引き受けてくれていたから。

「あの……！」

ぐいぐい引っ張られながら、羽優美は辺りを見回す。一旦は羽優美たちの様子に興味を引かれて振り返った人たちも、坂本の言葉を信じてか、そのまま歩き去ろうとしている。

助けを求めるべきだろうか。でも腕を引っ張られてるだけで助けを求めるなんておかしい気もするし……

迷っているうちに、坂本は非常階段の手前に設置された防火扉の裏に、羽優美を引っ張り込んだ。そうして腕を壁に突いて羽優美を囲う。

「異動したのにオレに挨拶もなしなんて、ひどいじゃないか」

非難めいた口調に、羽優美は怯えて身を縮こませる。

「きゅ……急に言われたんです。私もびっくりして……」

「それで、オレに挨拶もなしに行っちゃったの？」

打って変わって猫なで声で言われ、羽優美はぞっとする。

怖い。逃げたいのに逃げ出せない。

でも今は壁に追いつめられているだけで、指一本触れられていない。

この中途半端な状況に、羽優美の頭は混乱する。

どうしたらいいの……？

そんな中、圭子に言われたことを思い出し、心の中で何度も練習した言葉を口にした。

「だ……誰かに見られて噂《うわさ》になってもいいんですか？　仁瓶さんに知られたら、困るんでしょう……？」

圭子の集めた情報では、先にアプローチしたのは実は坂本のほうらしい。紳士的だけど少々強引なところもある坂本に、仁瓶綾奈は出会って間もないうちに心奪われ、今では彼女のほうが坂本に夢中なのだという。

——あいつは仁瓶さんを射止めて逆玉《ぎゃくたま》に乗るつもりなのよ。その上で、羽優美のことは遊び相手として狙ってるの。いい？　あいつ相手に弱気になっちゃダメだからね。ああいう男は、相手が弱気になってるところを突くのが常套手段《じょうとうしゅだん》なんだから。強気になって『仁瓶さんに知られてもいいの？』って言ってやんなさい。浮気がバレて困るのは、あいつのほうなんだから——

そうだ。羽優美はやましいことなんて何もしていない。坂本のことは好きでも何でもなく、言い寄られてむしろ困っているのだ。

圭子の言葉から勇気をもらって、羽優美は坂本を睨《にら》みつける。

しかし羽優美の震えに気付いている坂本は、にやりと笑って顔を近付けてきた。

「オレは仁瓶さんとはそんな気にならないって、何度も言ってるだろ？」

坂本の唇が近付いてくる。

キスされると思った瞬間、羽優美は「いやっ！」と叫びながら坂本を突き飛ばした。

坂本が二歩、三歩と後ろによろけたその隙に、羽優美は一目散に走り出した。

逃げなきゃ、逃げなきゃ、逃げなきゃ……

全速力でエレベーターホールに走り出ると、エレベーターから出てきた人たちが注目してくる。羽優美はそれに構わず、エレベーターが上に行こうとしてるのを確かめて乗り込んだ。

エレベーターが上がっていく最中も、羽優美は操作盤近くの壁際に寄って身を固くしていた。

お願い、早く上へあがって。

羽優美は弁当箱の巾着《きんちゃく》の紐をギュッと握りしめながら、無意識に三上の顔を思い浮かべていた。

坂本さんは、何で私のことを諦めないんだろう……

何度拒否しても、それを無視して迫ってくる彼が怖い。

けれど羽優美は、食堂前の廊下であったことを誰にも相談しなかった。相談できる相手といったら圭子しかいないけれど、そうたびたび相談に乗ってもらうのは申し訳ない。異動してしょっちゅう会えなくなったことだし、あまり心配かけないようにしなければと思う。

坂本と会ってからずっと不安に苛《さいな》まれていた羽優美は、翌日の水曜日、社外の会合より戻ってきた三上からメモを渡された。

「この料亭に予約取って」

資料管理と電話応対以外にもらった、初めての仕事だ。些細《ささい》な仕事かもしれないけど任せてもらえたのが嬉しい。羽優美は思わず口元を綻《ほころ》ばせながら受け取ったメモに目を通す。

書いてあったのは、高級料亭の名前と電話番号、予約日時と人数だった。

羽優美は料亭の名前にうろたえた。営業課でも利用する料亭だけど、特別な取引先への接待にしか使わないところだ。この料亭を使う時は、営業課長自ら予約の電話を入れていた。

「あのっ、私が電話してもいいんですか？」

奥の部屋に入っていこうとする三上に慌てて声をかけると、彼は振り返っていぶかしげに眉をひそめた。

「……どういうこと？」

「この料亭って一見《いちげん》さんお断りじゃないですか。私なんかが電話をかけたら、いたずらだと思われてしまうんじゃ……」

必死に説明すると、三上は呆れたようにため息をついた。

「その電話番号はあの店の常連しか知らないし、君は僕の秘書なんだから、これからは君が予約の電話をすることを先方にも覚えてもらわなければ」

そう言いながら羽優美のところへ戻ってきて、デスクに置いてある電話の受話器を取る。そうして羽優美からメモを取り上げて番号をプッシュすると、メモを羽優美に返した。

「――ああ、株式会社三上の三上文隆だが、今後おたくに予約をする際、新しく秘書になった高梨羽優美から電話をさせていただくのでよろしく頼みます。――ええ、今代わります」

受話器を差し出され、羽優美は慌てて受け取る。電話口に出て、羽優美は緊張しながら挨拶した。

「はじめまして。株式会社三上、三上文隆常務の秘書の高梨羽優美です」

挨拶を済ませて予約したい日時を伝え、了承されたところでお礼を言って電話を切る。

ほっとして息をつくと、目の前にいた三上が微笑ましげに自分を見ているのに気付いた。電話の最中は緊張しすぎて、彼がいることをすっかり忘れていた。あからさまに安堵しているところを見られ、恥ずかしくて顔を赤らめる。すると、三上は顎《あご》にこぶしを当てて笑いをこらえながら言った。

「そういうわけで、これからはこういった予約の電話をかけるのも頼む」

「は、はい……」

羽優美は赤くなった顔を隠すように頭を下げながら返事をする。

「それと、その接待は仁瓶さんと行くから」

彼の言葉に冷や水を浴びせられたような気分になって、羽優美は呆然と顔を上げた。

予約は任せることができても、接待の同行者には不適切と言われているみたいだ。

「あ……そ、そうですか……」

気落ちが、うっかり口調に出てしまった。羽優美はそんな自分を恥じて、両手をみぞおちの前で組んで俯《うつむ》く。すると三上は言い訳するように言った。

「家族ぐるみの付き合いのある取引先なんだ。先方は仁瓶酒造の社長の娘である仁瓶さんに会いたがっている。仁瓶さんはもうウチの社員じゃないけれど、彼女を連れて行くのはそういう理由なんだ」

妙に慌てた様子の三上を羽優美がきょとんとして見つめると、彼はよけいなことを言ったとばかりに気まずげな表情をして羽優美から目を逸《そ》らした。

「そういうわけだから、よろしく」

それだけ言ってそそくさとオフィスに行ってしまう。

「はい……」

彼の動揺ぶりにぽかんとしつつ羽優美が答えたのは、オフィスのドアが閉まった後だった。

料亭を予約したのは、その週の金曜日の夜だった。

この日、羽優美が残業をしていると、廊下側のドアがいきなり開いて一人の女性が入ってきた。緩くウェーブのかかったベージュ系のミディアムヘア。膝上丈のネイビーポンチワンピースにオレンジ色のジャケットを着た、可愛らしい顔立ちをした女性だった。

予定のない訪問者に動揺しながらも、羽優美は立ち上がってにこやかに挨拶した。

「いらっしゃいませ。恐れ入りますが、どういったご用件でしょう?」

が、女性は羽優美をひと睨《にら》みすると、つんとそっぽを向いて三上のオフィスに向かう。

羽優美は慌てて引き留めた。

「あのっ、お待ちください！　今常務に」

女性は勢いよく振り向くと、羽優美を睨みつけて怒り出す。

「あなたの案内なんていらないわ！　わたしを誰だと思ってるの？　仁瓶酒造の社長の娘で、この間まで文隆さんの秘書だったのよ?」

この人が、仁瓶綾奈さん――

羽優美は慌てて頭を下げた。

「し、失礼いたしました」

下を向く羽優美の視界に、かつっと音を立てながら綾奈のハイヒールが入ってくる。

「文隆さんの秘書になったからって、いい気にならないで。あなたが――」

その時、奥のドアが音を立てて開き、三上が「仁瓶さん」と呼んで話を遮《さえぎ》った。

「迎えに行くって言ったのに、来たのか」

綾奈はころっと笑顔になって、機嫌のいい声で三上に話しかけた。

「あ、文隆さん。行く前に坂本さんとわたしの〝結納《ゆいのう》〟の話をしたかったの」

綾奈は甘い声でそう言いながら、何故か羽優美に思わせぶりな視線をちらっと向ける。

「分かったから、こっちの部屋に来て」

三上は綾奈の腕を引っ張って、オフィスに引き入れる。ドアを閉める時、羽優美に声をかけた。

「もう仕事に切りをつけて、上がってくれていいよ」

「はい……お先に失礼します」

オフィスから出てくる綾奈ともう一度顔を合わせるのが嫌で、羽優美は手早くデスクを片付け、上着とバッグを持って秘書室を後にする。

エレベーターに乗り込んだところで、羽優美はほっと息をついた。

怖かった……

奥の部屋に入っていく時に、綾奈が羽優美に見せた憎悪の視線。彼女に憎まれる覚えなんてない――坂本のこと以外では。

まさか仁瓶さんは、坂本さんのしていることを知ってるの……？

そんなわけはない。坂本は用心深いのか、羽優美に言い寄っていることを誰にも気付かせなかった。圭子でさえ、羽優美が打ち明けるまでぜんぜん気付かなかったくらいだ。

圭子の言う通り坂本が逆玉《ぎゃくたま》狙いで綾奈を口説《くど》いたのなら、羽優美のことは綾奈に知られないようひた隠しにするはず。

仁瓶さん、坂本さんとの結納《ゆいのう》の話がしたいって言ってた……

もうそんな話が進んでるのに、未だに羽優美に手を出そうとしてたなんて。

圭子に言われたことを思い出す。

――あえてキツい言い方させてもらうけど、あいつが羽優美に言い寄ってるのは間違いなく遊び。羽優美が大人しくて従順で純情だから、自分になびかせれば何でも言うこと聞かせられると思ってんのよ。坂本と仁瓶さん、理想のカップルみたいに言われてるけど、案外坂本は仁瓶さんと付き合うことにストレスを感じてるのかもね。それで多分、大人しい羽優美を口説いてストレス解消しようとしたのよ。

私って、ホントに都合よく遊べる相手だと思われてるんだな……

坂本が好きなわけじゃない。それは断言できる。けれど、遊び相手にできる女と見られていることを思い知らされたようで、羽優美は辛かった。

＊　＊　＊

坂本のことや綾奈のことなど、落ち込むことも多いけれど、仕事の面で、羽優美は徐々に自信を付け始めていた。

最近では三上のデスクから出てきた書類の整理も終え、新しい仕事を任されるようになっている。

書類作成のために渡される資料や大量のメモ――彼は手書きで書類の草案を作るのが好きらしい――を羽優美がパソコンに打ち込んで、彼がチェックを入れて報告書に仕上げる。これまでは、彼が自分でパソコンに打ち込んでいたに違いない。羽優美は書類作成だけで一日のほとんどを費やしてしまうことだってある。羽優美が帰ってからも三上が仕事をしていたのは知っているけど、今までどうやってこれほどの仕事をこなしていたのかと、不思議で仕方ない。

ともあれ、任される仕事が増えたことで三上と接する機会も多くなり、彼自身のこともだんだん分かってきた。

最初、彼は気難しく、冷淡な人という印象だった。

でも、秘書課に資料を取りに行った一件以来、次第に打ち解《と》けてくれるようになった。羽優美に向ける表情も口調も柔らかくなり、出来上がった仕事を持っていくと笑顔で「ありがとう」と言ってくれる。

あの日、秘書課の女性が出て行って、三上のデスクにあった未整理の資料を二人で秘書室に運び込んだ後に、三上は鍵を渡してきた。

――君も僕も不在の時は、秘書室と廊下を結ぶドアに必ず鍵をかけて。今週はできるだけオフィスにいるようにしたが、来週からはまた外出が多くなるから、君にここの部屋の管理を任せたい。

羽優美はドキドキしながら、その鍵を受け取った。鍵は小さいけれど、羽優美にはとてつもなく大きな信頼の証《あかし》に見える。

羽優美はその信頼に応《こた》えるために、もっともっと頑張ろうと思った。

三上常務の秘書室には、頻繁に来客がある。

来客の際はまず、重役室専用の給湯室で飲み物を用意し、オフィスのドアを小さくノックして入る。そして向かい合わせに置かれたソファの間にあるテーブルに「どうぞ」と声をかけながら飲み物を置いて、話の邪魔にならないようすぐに退室しなければならない。

羽優美が秘書になって三週間目の水曜日。この日はコーヒーを手に三上のオフィスに入る際、そっとドアを開けたつもりが、三上と客である紫藤《しどう》常務との話がふっと途切れてしまった。その上、紫藤常務にじっと見つめられる。

紫藤常務は三上より四つほど年上で、三上と同じく創業者一族、曾祖父《そうそふ》を同じくするはとこ同士だ。そのせいか顔立ちが三上と少し似ている。その顔で屈託なく微笑まれてどぎまぎしてしまった羽優美は、コーヒーをいつもよりぎこちなくテーブルに置いた。

「どうぞ」と声をかけると、紫藤は親しげに話しかけてくる。

「ありがとう。いやあ、初々《ういうい》しいね。かわいい秘書さんだ」

そう言われ、羽優美は恥ずかしくなって頬を染める。

「守《まもる》」

三上が咎《とが》めるように下の名前で呼ぶと、紫藤はにやにやした顔を彼に向けた。

「いい子を見つけたな」

「守、そういう下世話な言い方はよせ」

親戚相手だからか、三上の口調も少しくだけている感じがする。だが、紫藤の口調はもっとくだけていた。

「俺は純粋に喜んでるんだぜ？　何しろ取締役就任以来、おまえにはろくな秘書がつかなかったからさ」

三上は何故かぐっと喉を詰まらせ、不機嫌そうにそっぽを向く。

くっくっと忍び笑いを漏《も》らした紫藤は、テーブルの傍らに立つ羽優美に優しく微笑みかけた。

「ここのオフィスの混乱はずいぶんと収まったようだね。綾奈がぜんぜん仕事しなかったからさ、文隆は会議とかの合間に自分で資料を揃えたり報告書をまとめたりしなきゃならなくて、そのせいで徹夜したり時間に遅れたりして大変だったんだ」

やっぱりあれだけの仕事を一人でこなすのは無理があったんだわ……

そう思いながらもそれを口に出すのは綾奈に失礼だと思い、羽優美はただ曖昧《あいまい》に微笑む。

途中三上が止めようとしたけれど、紫藤はかまわず話し続けた。

「秘書課のこともだよ。あそこの連中、こいつがあまり注意しないから図に乗ってたみたいだけど、この間はきつく言い渡したんだって？　そのおかげで、ちょっとは大人しくなったみたいだ。感謝するよ」

羽優美は三上に守ってもらっただけで、感謝されるようなことなど何もしていない。否定しようかとも思ったが、これ以上話を長引かせると逆に邪魔になりそうなので、「おそれいります」とだけ答えてすぐに退室した。


紫藤が帰った後、コーヒーカップを片付けにオフィスに入ると、三上はすでにパソコン作業に没頭していた。音を立てないようにカップをお盆に載せ、台ふきんで丁寧にテーブルを拭く。

出て行こうとすると、羽優美に全く注意を払っていなかったはずの三上がぼそっと言った。

「紫藤常務は既婚者だからな」

「はい？　存じておりますけど……？」

圭子が教えてくれたのだ。専属秘書になったからには、三上の周りの人間のことも知っておいたほうがいいんじゃないかと言って。もしかして教えてもらったことは報告すべきだったのだろうか。

困って首を傾げると、三上は何故かたじろいだように顎《あご》を引いた。それから気まずげにそっぽを向く。

「知っているならいいんだ」

三上が話を打ち切りたそうな雰囲気だったので、羽優美はドアの隣に立ってお辞儀をする。

「それでは失礼いたします……」

三上の様子が気にはなったが、そのまま彼のオフィスを後にした。

＊　＊　＊

羽優美が秘書になって一ヶ月が過ぎた週の半ば、定時になる直前に帰ってきた三上が、羽優美に一冊の資料を渡した。

「すまない。今日も残業を頼めるだろうか？　その資料に書き込んである指示通りに入力して、プリントアウトして持ってきて。明日の午前中に必要なんだ」

「はい、分かりました」

羽優美は早速、チェックの入っている数値をパソコンでグラフ化し、資料の端に書き込まれていた説明文を入力していく。三ページにわたるそのデータをプリントアウトして持って行くと、三上は自分の作業を中断して確認を始めた。途中何度か考える仕草をしつつ、赤ペンで修正を加えていく。

彼がペンを持つ手を顎《あご》に当てた時、羽優美は吸い寄せられるようにそちらに目を向けた。

綺麗な唇だな……

薄く色づいた形のよい唇が、悩みが深まるごとにきつく結ばれる。そして書き込みを始めるたびに緩んで、薄く開いた。それを見つめていると、妙な気分になってくる。

あの唇にキスされたら、どんな感じがするんだろう……

ぼんやりそう考えたところで、羽優美ははっと我に返った。

何考えてるのよ、私ったら！

恥ずかしくて顔が火照《ほて》ってくる。

自分の冷たい手を頬に当てて火照りを静めていると、顔を上げた三上が不審げに眉をひそめた。

「どうかした？　具合でも悪い？」

「いっ、いいえ！　ぜんぜん元気です！」

変な言葉遣いをしてしまい、せっかく冷めかけていた頬が再び熱くなる。そんな顔をあまり見られたくなくて俯《うつむ》いた羽優美に、三上が声をかけてきた。

「この修正を加えて、二ページに収まるようレイアウトして、もう一度プリントアウトしてきて」

その声は笑いを含んでいるように聞こえた。

赤ペンの修正を加えた書類を持って行くと、三上はざっと目を通してから、羽優美を見た。

「OKだ。これを明日の朝一番に十二部コピーして、ホッチキスで一部ずつ留めてほしい」

「分かりました」

「よし。今日はこれで終わりだ。ありがとう、お疲れさま」

そう言いながら、三上は羽優美に微笑む。羽優美はその笑みにのぼせそうになった。

ダメダメ。勘違いしちゃダメ。常務は労《ねぎら》ってくれてるだけで、私に特別な感情を持っているワケじゃないんだから。

羽優美は動揺を押し隠せないまま、三上に声をかけた。

「あ、あの……常務はまだお仕事ですか？」

そう訊《たず》ねるのは、三上がまだ仕事をしていくのなら、ここで「お先に失礼します」と挨拶していこうと思うからだ。これからパソコンの電源を落としたりデスク回りを片付けなければならないけど、それを終えた後でもう一度オフィスに顔を出したら、三上の仕事を中断させてしまうことになる。

こんな時、いつも三上は「もう少しやっていく」と答えるけれど、今日は違った。

「僕も今日は終わることにしよう」

腕時計で時間を確認してみると、もう九時近くだった。道理でお腹がひどく空いているわけだ。

「それでは、デスクの片付けを終えたら私も失礼いたします」

秘書室に戻ってデスクを片付けている間、羽優美はつらつら考えた。

今夜の夕飯どうしよう……

空腹を抱えてアパートまで帰るのも辛い。駅前にあるお店で何か食べてから帰ろうか。

ぼんやりとそんな考え事をしていたせいか、片付けが終わる前に三上がオフィスから出てきた。もう帰り支度が済んだようだ。

羽優美は片付ける手を速めながら言った。

「すみません。まだ片付けが終わらなくて……」

〝よろしければ先にお帰りになってください〟と続けようとしたところを、三上に遮《さえぎ》られた。

「高梨さん、今夜は予定が入ってる？」

唐突にそんな質問をされ、羽優美は手を止めてまじまじと彼を見てしまう。

「え……？」

ぽかんとしてつぶやく羽優美に、三上はちょっと照れくさそうに微笑んで言った。

「遅くなったお詫《わ》びに夕食をごちそうしようと思ってね。今夜、君に予定が入っていなければ、だけど」

「予定はないですけど、でも、ごちそうになるなんて……」

「一人で食事をするのも味気ないから、付き合ってもらえると僕も助かるんだよ」

内心冷汗をかく羽優美に、彼は優雅に微笑んだ。

何度も遠慮したはずなのに、気付いたら彼の車に乗って駅前のシティホテルに到着していた。

怖気《おじけ》づいた羽優美は、ホテルの入り口でも無駄な抵抗を試みる。

「や、やっぱり遠慮させてください」

「どうして？」

「仕事着ですし、こういうところのお食事はドレスコードが……」

「僕だって仕事着のままだし、会社帰りに寄る人も多い店だから大丈夫」

遠慮の言葉を口にしながらも、羽優美は背中に回された手に知らず知らずエスコートされ、ホテルに入ってエレベーターに乗り込み、中層階にあるレストランに到着してしまう。蝶《ちょう》ネクタイをしたサービススタッフに出迎えられると、三上は服装を気にする羽優美のために目立たない席に案内するよう頼んだ。すると端のほうの席に案内される。

席に着くと目の前にメニューを置かれたけれど、こういう高級レストランが初めての羽優美はメニューの見方も分からない。手に持ってはみたものの、ページもろくにめくれず固まってしまう。

自分のほうに置かれたメニューをぱらぱらめくっていた三上は、ふと手を止めて顔を上げた。

「どうかした？」

「あの……ちょっとメニューの見方がよく分からなくて……」

恥を忍んで告白すると、三上はちょっと考えてから言った。

「たくさん食べるほう？　すごくお腹空いてる？」

「お腹はすごく空いてるんですが、一度にあまり食べられなくて……」

「じゃあコースはやめて、アラカルトがいいかな」

そう呟《つぶや》くと、メニューをまたぱらぱらとめくりながら訊《き》いてきた。

「肉と魚介類と、どっちがいい？」

「えっと、魚料理のほうが……」

おどおどしながら答えると、三上は羽優美の持つメニューに手を伸ばしてくる。羽優美が差し出そうとすると、彼はそれを羽優美の前に置いて目的のページをさっと開いた。

「このページが魚介類のメイン料理のメニューだ。好きなのを選んで」

羽優美は言われるままに、メイン料理と前菜を選ぶ。

「スープはいる？」

「ええっと……」

「メイン料理だけだとあまり量がないから、頼んだほうがいいかもしれない」

こういう店には頻繁に来ているのだろう。てきぱきと注文を決めていく彼に、羽優美は頼もしさと憧れを抱《いだ》いてぼうっとなる。

そんな羽優美に気付かず、三上は話し続けた。

「あ、デザートのためにお腹を空けておきたいなら頼まなくてもいいけど。どうする？」

「え？　あ、じゃあ、なくていいです……」

デザートって頼まなくちゃならないものなの？　それとも遠慮すべき？

カチコチに固まってぐるぐると考えている羽優美に、三上はさらっと次の質問をする。

「ワインは飲む？」

「え？　ワイン!?　――いいえそんなめっそうもない！　じゃなくて、結構です！」

初めて一緒に食事をする男性の前でアルコールを口にするなんてとんでもない。羽優美にとっては、ただでさえ気後《きおく》れしているところにトドメを刺されたようなものだった。

気が動転して妙な返事をする羽優美を見て、三上は「僕も車の運転があるし、ミネラルウォーターにしよう」と言って楽しそうに笑った。

メニューが一通り決まると、三上は近くにいたスタッフに声をかけ、羽優美の分も合わせてオーダーする。そしてスタッフが離れていったところで、羽優美は声をひそめて言った。

「あの、食事代は自分で払います」

正直お財布は厳しくなるだろうけど、こんな高価《たか》そうな食事をこのままごちそうになるわけにはいかない。

萎縮《いしゅく》する羽優美とは反対に、三上は大らかな微笑みを浮かべた。

「気にしないで。いつもよく仕事してくれているお礼だと思って」

「でもちゃんとお給料をもらってますし……」

「それとこれとは別だよ。これは僕個人からのお礼」

そう言って微笑む三上に、羽優美は心臓がどきどきするのを止められない。

二種類の前菜盛り合わせに続いて、三上が頼んだ新ジャガイモのポタージュスープ、その後にはメインの魚料理が二人の前に出された。羽優美には舌平目《したびらめ》のムニエルに、レモンバターと新鮮サラダを添えて。三上にはスズキのポワレに、ヴァンブランソースと温野菜を添えて。食事の最中にフランスパンも供《きょう》される。

羽優美は緊張してよく味わえなかったけれど、思いの外《ほか》楽しいひとときを過ごすことができた。

三上がいろいろ話しかけてきて、緊張を解《ほぐ》してくれたからだ。

「正直、資料の整理には二ヶ月かそれ以上かかると思ってた。思いの外早く終わらせてくれて助かったよ。ファイリングみたいな事務作業が得意なの？」

褒められると照れくさくて、羽優美ははにかみながら答える。

「実は、あまり得意じゃないんです。営業アシスタントに配属されてすぐの頃は、慣れない仕事にあたふたしてミスばかりしちゃって。このままじゃ駄目だと思って、自分なりの方法を考えたんです。書類と綴《と》じるファイルの名前を指差し確認するとか、たくさんある時はまず分類して確認、ファイルと書類を照らし合わせて確認、綴じた後にもう一度確認してっていう風に」

三上は感心したように微笑んで言った。

「君は向上心があるんだな」

三上の優しい笑顔と褒め言葉に、羽優美は恥ずかしくて顔を上げていられなくなる。

「ど、努力をしなくちゃ、人に追いつけないんです。友人の圭子……いえ岸川さんは最初からよくできて、仕事も速いので、営業課でも岸川さんに仕事をやってもらいたがる人が多くて――あ、すみません。余計な話までしてしまって」

「いや、そういう話をしたかったんだ。仕事中は私語をしないから、お互いのことをほとんど知らないだろう？　プライベートを詮索《せんさく》するつもりはないが、少しは相手のことが分かると信頼関係を築きやすいと思うんだ。これからも、たまにはこういう機会を作って話をしたいね」

そう言った三上の微笑みが眩《まぶ》しくて、羽優美は「は、はい……」とつっかえながら返事をして俯《うつむ》いてしまう。

食事が終わると、羽優美はまた車に乗せられて、三上に訊《たず》ねられるままに自宅アパートへの道案内をしていた。

やがて車はアパート前に到着し、羽優美はふわふわした心地で車を降りる。三上は助手席側の窓を開け、運転席から身を乗り出すようにして羽優美に話しかけた。

「今晩は本当にありがとう。遅くなったけど、ゆっくり休んで。また明日も頼むよ」

三上の笑顔に酔わされたように、羽優美はぼんやり返事をする。

「はい……お食事、ごちそうさまでした。送ってくださってありがとうございます」

「それじゃおやすみ」

「おやすみなさい……」

走り出した車を、羽優美はぼうっとしながら見送る。

車が見えなくなってから部屋に入り、電気を点《つ》けてもまだ、羽優美は夢を見ている思いだった。

まるで、デートのようなひととき。三上に恋人として大事にされているみたいな。

でも、勘違いしちゃダメ。常務は、私が役に立つようになったから労《ねぎら》ってくれただけ。約束したもの。常務の仕事の邪魔になることはしないって。

今夜のお礼に、もっともっと頑張ろう。

夢は夢でしかないという事実に、胸にとげが刺さったような痛みを覚えたけれど、そう自分に言い聞かせることで打ち消した。

＊　＊　＊

坂本に迫られた一件以来、彼と行き合うのが怖くて仕方ない。だから圭子と昼休憩が重ならない日は、秘書室でお弁当を食べるようにしていた。重役室専用の給湯室で自分用の飲み物も作っていいと言われているので、ありがたくお茶を淹《い》れさせてもらい、それを昼食のお供にしている。

三上とレストランに行った日の、翌週の月曜日のこと。この日は会議が長引いたらしく、三上は昼休憩に入ってしばらくしてから帰ってきた。

席を立って「お帰りなさいませ」と挨拶する羽優美のデスクの上を、三上はじっと見つめる。

「ここで昼食？」

「す、すみません。いけなかったですか？」

羽優美が謝ると、三上はふっと微笑んだ。

「いや、かまわないけど」

そう言って一旦奥の部屋に入った三上は、すぐにまた廊下に出て行く。

昼食のために財布を取りに来ただけかもしれない。そんなことを考えながらお弁当を食べ続けていると、数分後、社員食堂の定食のトレイを持った三上が帰ってきた。

「一緒に食べよう」

羽優美が驚いて何も言えないでいるうちに、三上は空いている椅子を羽優美の正面に持ってきて座った。

驚きからまだ覚めない羽優美に、三上は困ったような笑みを見せる。

「僕が一緒だと、迷惑だったかな？」

羽優美は慌てて首を横に振った。

「いっ、いいえ、とんでもないです！」

「よかった。今日の昼はどうしようかと思ってたんだ。……食堂では食べづらいしね」

役員という立場では社員に気を遣ってしまうのかもしれないし、もしかしたら秘書課の人たちを避けるためなのかもしれない。

でも……

羽優美はしゅんとして言った。

「言ってくだされば、私が買いに行ってきましたのに……」

秘書はそうした雑用も頼まれることがあると、参考書に書いてあった。

だから羽優美は、もっと雑用を任せてほしいと思っているのに、三上はまだそこまでは頼ってくれない。

落ち込んで俯《うつむ》きかけた羽優美に、三上は苦笑して言った。

「どんなメニューがあるか分からなかったし、君の休憩時間を邪魔したくなかったんだ。……ところで、そのお弁当って君の手作り？」

弁当箱の中を覗き込まれ、羽優美は恥ずかしくなる。

「そうですけど、夕食や朝食の残りを詰めただけなので、あまり見ないでいただけると……」

今日のお弁当は、夕食の残りの肉じゃがと、朝食に作ったもやしと人参の野菜炒めだ。いかにも余り物の詰め合わせといった感じで恥ずかしいのに、三上は楽しそうに見つめて言った。

「どうして？　すごく美味《おい》しそうだよ？　お相伴《しょうばん》にあずかりたいくらいだ」

「え？　あの……」

見た目もよくないのに、これのどこが食欲をそそるというのだろう。……もしかして三上は、肉じゃがに目がないのかもしれない。男性が食べたい手料理の中でも上位にくるらしいから。

「……今日はお願いしないけどね。そんなに小さなお弁当箱からいただいたら間接キ――いや、君の分が足りなくなってしまう」

三上はちょっと頬を赤らめて言い換えたけど、考えにふけっていた羽優美はそれに気付かなかった。

翌日も食堂で定食を買って秘書室に戻ってきた三上に、お弁当のおかずと定食のおかずを交換しようと言われた。昨日言った言葉が本気だったことに驚く。と同時に、羽優美は困ってしまう。

「私、料理は上手じゃないですし、残り物ばかりで申し訳ないです……」

「十分美味しそうだよ？　——僕も最近一人暮らしを始めたはいいけど、そういった手料理を食べる機会がなくなってね。おすそわけしてもらえないと、君が食べているのをうっかり物欲しそうに眺めてしまうかもしれない」

「でも、ただでさえ大した味じゃないのに、冷めちゃってるので……」

「なら、ウチに作りに来てくれる？」

なおも断ると、三上は思わせぶりな笑みを浮かべて言った。

「え……」

何を言われたのかすぐには理解できず、羽優美はしばしぽかんとしてしまう。それを見て三上は苦笑して言った。

「冗談だよ、冗談」

「あの……何がですか？」

「僕のウチに来て料理を作ってくれないかってこと」

お宅にお邪魔して料理を作るなんて……

冗談にしてもかなり親密な感じがして、羽優美はどぎまぎしてしまう。

この週は、三上のスケジュールに昼の会食が入らなかったので、彼は毎日、羽優美と一緒に秘書室で食べた。

三上は普段、一人で昼食をとっていたのかもしれない。だから一人でお弁当を食べていた羽優美を見て、一緒に昼食をとれる相手ができたと喜んでいるのかも。

その週の金曜の夜、圭子に誘われてカフェレストランに行った。

圭子は今週一週間のことを根ほり葉ほり訊《き》いてきた。羽優美はそれに答えるついでに、これからは秘書室でお弁当を食べると話す。

「お昼に会食が入ってない日は、常務、いつも一人で食べてたみたい。だから出来るだけご一緒して差し上げたいなぁって思って。常務がいない時には食堂に食べに行くけど、その時都合がよかったら一緒に食べてもらってもいい？」

「そんな風に気を遣わなくていいよ。今までだって特に約束しないで、食堂で会ったら一緒に食べようって感じだったんだから。——でも羽優美、あんたまさか……」

表情を曇らせた圭子が何を言わんとしているのかを察し、羽優美は慌てて否定した。

「違うって！　圭子が心配してることは絶対ない！　——常務にも釘刺されたの。圭子が教えてくれたように、秘書の、その、振る舞いに困ってた時期があったんだって。だから、私は常務を困らせないって約束したの」

そう。だから勘違いしちゃダメ。常務は秘書としての私に親切にしてくれているだけで、私個人に特別な感情を持ってるわけじゃないんだから……

「……約束したからって、そういうのは止められるもんじゃないでしょ？」

気遣わしげな圭子の言葉に、羽優美はぎくっとする。

私、そんなに分かりやすいのかな……？

初対面の時に抱《いだ》いた憧れは、日に日に膨《ふく》らんで、今では恋と呼べるものになっていた。それでも叶わぬものと自分を戒《いまし》め、隠してきたつもりだったのに。

そういえば、仁瓶綾奈にも「いい気にならないで」と言われた。綾奈は羽優美と会った瞬間、羽優美の気持ちを見抜いたのかもしれない。そして三上に羽優美はふさわしくないと釘を刺したかったのかも。

羽優美だってもともと、この想いが成就するなんて思っていない。

これ以上誰かに気付かれたりしないよう、もっともっと気を引き締めなきゃ……

「いやだ。何心配してるの。常務は尊敬する上司ってだけよ」

圭子に心配かけまいと、羽優美は陽気な口ぶりで否定する。

「ならいいけど……」

羽優美がこの話を終わらせたがっていると察してくれたのだろう。圭子はそう言って、別の話題を口にする。それを熱心に聞いているふりをしながら、羽優美はわだかまる胸の痛みを心の隅に押しやった。

圭子にあんな風に言われるのも、知らず知らず気が緩んでいたせいかもしれない。

私は秘書、常務は上司……

そう自分に言い聞かせながら、翌週も羽優美は仕事に精を出す。

「お帰りなさいませ」

「ただいま」

「お留守の間に、お電話を三件承《うけたまわ》っています」

そう言ってから、伝言メモを読み上げる。メモを渡すだけでなく、口頭でも伝える。営業アシスタントの時にも徹底されていた、伝言を渡す際の基本。

羽優美からメモを受け取ると、三上はその手を下ろして言った。

「今晩、予定が空いてるようなら、一緒に食事に行かないか？」

羽優美は胸をときめかせながらも、それを顔に出さないよう、遠慮がちに微笑んだ。

「申し訳ありません。今夜は家の用事がありまして。ですが、お急ぎの仕事がございましたら残業いたします」

「いや、急ぎと言うほどのものは……」

はきはきと謝罪する羽優美に、三上は言葉を濁《にご》した。

「何かございましたら、遠慮なくお申しつけくださいませ」

「あ、ああ……」

三上は物言いたげな表情をしたけれど、それ以上何も言わずオフィスに戻る。

残念に思いながらも、羽優美はその後ろ姿を見送った。

これでいいのよ……

今度三上に夕食に誘われることがあっても断ろうと決めていた。日頃のお礼にしたって、先日のような食事はやっぱり行きすぎだと思うし、信頼関係を築くためなら昼食を一緒にとるだけで十分だ。その昼食の時も、羽優美はプライベートに関わるような話題は極力避けるようにしている。

愛想よく親しみを込めて。でも踏み込みすぎないように。

秘書の心得をいつも忘れずにいることで、彼への想いを封じる。

羽優美の気持ちは、三上には絶対に気付かれてはいけない。羽優美に好意を寄せられていると知ったら、三上は困るに決まってる。羽優美を異動させなければと考えるに違いない。

想いが叶わなくてもいい。この先も彼の秘書でいられれば、それで満足だ。

＊＊＊

決意も新たに仕事に励むようになったその週の木曜日、三上に夕食を兼ねた会合の予定が入った。

終業から一時間後、支度を整えた三上がオフィスから出てくる。

「少し早いけど行ってくる。君も帰っていいよ」

「キリのいいところまでやっておきますので、もう少し残業させてください」

「いつもありがとう。――じゃあ行ってくる」

「行ってらっしゃいませ」

お辞儀をしてドアが閉まるまで見送った後、羽優美は張り切って残りの仕事にかかる。

それから十数分過ぎた頃、廊下に続くドアがノックされた。

羽優美はパソコンから顔を上げ、内心首を傾げる。

ここを訪れるのは、基本的に事前に連絡があった人だけだ。それと、奥のオフィスを使っている三上だけ。

忘れ物？　でも常務なら、いつもはノックしてすぐ入ってくるのに……

「はい、どうぞ」

疑問に思いつつも、羽優美は立ち上がってドアの向こうに声をかけた。すると、ドアがそっと開く。

そこから現れたのは、ここでなら絶対会うことはないと思っていた人物だった。

「坂本さん……どうして……」

嫌な予感に、心臓が早鐘を打つ。

警戒して顔を強張《こわば》らせる羽優美に、坂本は軽薄な笑みを浮かべて言った。

「どうしてって、せっかく会いに来てやったのに、挨拶もなしかよ」

機嫌のよさそうな口調だけど、逆にそれが怖い。

羽優美はじりじりと後退《あとずさ》りした。

逃げなきゃと思うのに、こんな状況になるなんて考えてもいなかったので、どうしたらいいか分からない。

羽優美は目だけを動かして退路を探す。そして坂本が後ろ手に鍵をかけた時、もう一つのドアが目に留まった。

羽優美はデスクの窓側を回って、三上のオフィスに向かって走る。

が、距離の問題か歩幅の差か。羽優美は行く手を遮《さえぎ》られて、坂本の両腕とドア横の壁に囲い込まれた。

「逃げることないだろ？」

耳元で囁《ささや》かれる声にぞっとする。

羽優美は身を縮こませ、震える声で訴えた。

「や……やめてください……」

「つれないこと言うなよ。オレが仁瓶さんと結婚するって噂《うわさ》を聞いて拗《す》ねてんのか？

あんなの嘘さ。オレが好きなのはおまえだけなんだ」

以前と同じだ。食堂からの帰りに、防火扉の陰に追い詰められた時と。逃げなきゃと思うのに、足が竦《すく》んで動けない。

「い、嫌です……」

さらに身を縮こませ、か細い声でもう一度訴えると、苛立《いらだ》った言葉を浴びせられた。

「いい加減、焦《じ》らしプレイはやめろよ」

自分はこんなに嫌がっているのに、何でそう思うのだろう。

「じ、焦らしてなんて」

否定しようとすると、怒気《どき》を含んだ声に遮《さえぎ》られた。

「嘘つくな。誘ったらほいほいデートしたくせに。オレにこうされるのを期待してたんだろ？」

その言葉は、鋭い刃《やいば》となって羽優美の胸に突き刺さる。

坂本さんはそんな風に思ってたの？　誰にも相談できなくて困ってるという坂本さんの言葉を信じた私を？

圭子の言うとおりだった。坂本は最初からこうするためだけに、羽優美に声をかけてきたのだ。

親切をそんな風に受け取られていたなんて――

ショックに震える羽優美の顎《あご》に、坂本の手がかかる。彼の顔が近付いてきて、羽優美はとっさに顔を背《そむ》けた。

「嫌……っ！」

突き飛ばそうとしたけれど、以前と違ってびくともしない。動揺した羽優美の隙を突いて、坂本は抱きしめてきた。

「やめてください……っ！」

懸命に暴れるけれど、坂本は羽優美をがっちり抱きしめ、その抵抗を封じようとする。

「大人しくしろって」

坂本は不愉快そうに言うと、腕に一層力をこめた。その痛いほどの束縛からは自力で逃げられそうにない。

誰か、助けて……

羽優美は心の中で助けを求める。

真っ先に思い浮かんだのは三上だった。だが彼は出掛けたばかりで、しばらくは戻って来ない。

絶望に、目の前がぼうっと霞《かす》む。

その時、廊下に続くドアのノブが、がちゃっと音を立てるのを聞いた。

坂本はとっさに羽優美の口を手のひらで塞《ふさ》ぐ。

羽優美がその手を口元からはがそうとしていると、ドアに鍵が挿《さ》し込まれる音がした。
助かった、と羽優美が思った瞬間、坂本はちっと舌打ちをしながら羽優美を引っ張って壁際から離れる。そしてタイルカーペットの敷かれている床に腰を下ろすと、羽優美の腕を強く掴んだまま寝転んだ。

「きゃ……！」

羽優美が上げた小さな悲鳴は、ドアが勢いよく開く音にかき消される。

「――何をしている？」

三上の、怒りを押し殺した冷ややかな声が聞こえる。
坂本は、自分の上に覆いかぶさる形になっていた羽優美を押し退《の》けて立ち上がった。
押された羽優美はそのままカーペットの上にへたり込んでしまう。

「これは！　違うんです！　高梨さんから呼び出しがあったから、常務に呼ばれたのかと思って！　まさかこういう目的で呼び出されただなんて思ってもみなかったんです！」

そのわめき声を、羽優美は信じられない思いで聞いていた。
何で、そんな嘘をつくの……？
そんなの決まってる。自分がしようとしていたことを、三上に知られたくないからだ。
三上に知られれば、当然彼の従妹《いとこ》である仁瓶綾奈にも伝わることになる。
坂本は、羽優美に濡《ぬ》れ衣《ぎぬ》を着せようとしているのだ。

羽優美は坂本に、そこまで踏みつけにされなければならないことをしただろうか？ 利用され、弄《もてあそ》ばれそうになって、いざという時には切り捨てられる――そんな目に遭《あ》わされても仕方のないようなことを。

胸が痛くて呼吸さえも忘れかけた頃、三上の声が耳に飛び込んできた。

「ともかく、出て行ってくれないか？　ここは関係者以外立ち入り禁止なんだ」

怒気《どき》を含んだ冷淡な声に、坂本は一言もなくあたふたと部屋から飛び出して行く。

「常務……」

ドアをきっちりと閉める三上の背に、羽優美は震える声で呼びかけた。

よかった……。もうダメだと思った。あのまま坂本のいいようにされてしまうのだと。

でも、三上は羽優美を信じてくれて、坂本を追い払ってくれた。

――そうでないと分かったのは、次の瞬間だった。

振り向いた三上から向けられる、冷ややかに燃えた軽蔑の目。ほっとして緩みかけていた羽優美の表情は、そのまま凍りついた。

「秘書室を密会の場に使うなんて、感心しないな」

身に覚えのない誤解を受けて、羽優美はとっさに叫んだ。

「違います！　あれは……っ」

ちゃんと説明しなきゃいけないのに、頭が混乱して言葉が出てこない。

代わりに羽優美は、信じてほしいという懇願《こんがん》を込めて三上を見上げた。

だが、三上の表情は変わらなかった。

「違うって何が？　僕が不在の時を狙って、坂本をここに呼び出したことがか？　まあ、さすがに坂本が君の目的に全く気付かずに呼び出されたのだとは思っていないがね」

謂《い》われのない非難の言葉を浴びせられ、羽優美は傷つきながら訴えた。

「そんなことしてません！　坂本さんが勝手に来たんです！　私は前から、坂本さんには迷惑してて」

三上は嘲笑《ちょうしょう》を浮かべて、羽優美の言葉を遮《さえぎ》った。


「あんなに情熱的に押し倒しておいて、言い訳が通用すると思っていたのか？」


そうだ。あの状況は端《はた》から見れば、私が坂本さんに迫ってたようにしか見えない――

言葉を失い青ざめていると、三上は、羽優美が思ってもいなかったことを口にした。

「坂本が君と浮気していることは、綾奈から聞いてとっくに知っていた。資格も経験もない君が、何故いきなり専属秘書に抜擢《ばってき》されたのか、考えてみたことはないのか？　君を坂本から引き離して監視するためだったんだ」

まさか、常務がそんな風に思っていたなんて……

突きつけられた事実に、羽優美は息をするのも忘れて呆然とする。

ショックだった。専属秘書に選ばれた理由が、仕事ぶりが認められたからではなく、見張るためだと聞かされて。

羽優美は坂本と浮気なんてしていないのに、三上は前からそうだと決めつけていたのだ。

傷ついた表情で見つめ返す羽優美に、三上は皮肉げな笑みを浮かべて言った。

「君は、坂本と何度かデートをしていたらしいね。綾奈は坂本のスマホに届いたメールを見て、デートの現場をこっそり見に行ったと言っていた。君は坂本と仲良く笑い合い、肩を組んで歩いていたそうだね？　綾奈が言うには、坂本のスマホには他にも何通か、約束の日時と場所を確認する君のメールが入っていたそうだ」

じゃあ、仁瓶さんもやっぱり私が坂本さんと付き合っていると思い込んでいたの……？

三上はドアから離れ、一歩、また一歩と近付いてくる。たび重なるショックで頭がくらくらしている羽優美の耳に、三上の失望したような声が響いた。

「綾奈は僕の父に直談判《じかだんぱん》したんだ。〝他人の恋人を奪おうとするようなモラルのない女は、会社の品位を落とすからクビにすべきだ〟ってね。だが、そんな個人的な理由では、クビにするのはもちろん処分するわけにもいかない。営業課に問い合わせてみれば、君は真面目で仕事に一生懸命だというし、僕も一度、君が仕事をしているところを覗いたことがある。他の女子社員たちが僕を見て騒ぐのに、君は僕に目もくれず、急かす社員のために懸命に仕事をしていた。その様子は、他人の男を奪おうとする自分勝手な女にはとても見えなかったよ。だから僕は綾奈に思い違いじゃないかと言った。だが浮気現場を見た綾奈は納得しなくて、クビにしないのなら騒ぎを起こして君を会社にいられなくすると言い出した。今にも実行しかねない剣幕《けんまく》だったから、それで僕は君を専属秘書にして監視すると言って、綾奈が君のところに乗り込んでいくのを止めたんだ」

秘書になった最初のころ、三上が冷ややかだったのはそのせいだったのだ。――でも、最近優しかったのは何故？　――そんなこと考えたって仕方ない。羽優美に向ける笑顔の下で、彼は羽優美を従妹《いとこ》の敵として監視していたのだから。

「だが、僕の目より綾奈の目のほうが確かだったようだ。君は知っているのか？　綾奈と坂本は、今週末に結納《ゆいのう》を交わす。つまり君は、婚約者がいるも同然の相手と付き合っていたんだ。他人の婚約者を奪うような趣味があるのか？　悪趣味だな、君は」

違う！　私はそんな人間じゃない――！

羽優美は必死に訴えた。

「私は坂本さんと浮気なんかしてません！」

「だったらどうして、僕の留守を狙って坂本と二人きりでここにいた⁉」

その激昂《げっこう》に怯《ひる》んだ羽優美に、彼は怒声をぶつけてくる。

「僕が今夜出掛けてしばらくオフィスに戻らないことを知っているのは、限られた人物だけだ！　坂本がこのフロアをうろついていたと聞かなかったら、僕はそのまま会社を出ていた！　いつからここで坂本と密会してた⁉　ここは君にとって、職場ではなく格好の浮気場所だったのか⁉」

常務は、私がここで何度も坂本さんと浮気してたと思ってるの――？

「ち、違――」

「下手な言い訳は聞きたくない‼」

否定の言葉も聞き入れてもらえず、羽優美はショックのあまり涙の一粒も零《こぼ》せなかった。頭もろくに働かないままにコートとバッグを手に取って抱え込み、ドアへと駆け寄る。

今はただ、彼のいないところまで逃げ出したかった。これ以上の誤解も侮辱も耐えられそうにない。

「お先に失礼します……！」

三上の顔も見ず、かろうじて聞き取れるほどの小声で言うと、羽優美はドアノブに手を伸ばす。

その手を、三上に掴まれた。

「そんなに急いで、どこに行くつもりだ？」

怒気《どき》を含んだ冷ややかな声に、羽優美は震え上がって声も出ない。

「坂本を追いかけていくつもりか？　今ならまだ、その辺にいるかもしれないからな。そんなに男に飢《う》えてるのか？」

さらなる非難に、羽優美は怯えながら首を横に振ろうとする。

その前に三上が辛辣《しんらつ》に言い放った。

「だったら俺が相手をしてやるよ」

常務は何を言っているの……？

訳が分からないうちにうなじに回った三上の手に引き寄せられて、噛みつくようなキスをされた。

その途端、羽優美の頭の中から何もかもが吹き飛ぶ。

前置きもなく乱暴にキスをされたなら、抵抗の一つもすべきだろうに。

なのに三上の唇が自分のそれに触れた瞬間から、羽優美は我を忘れた。

角度を何度も変え強く押しつけられる唇は、羽優美が密かに、けれど強く焦がれていたもの。その薄い唇からは想像もできなかったほどの柔らかな感触に、羽優美の唇が痺《しび》れる。

やがて熱くて湿った舌が、誘うように羽優美の唇をなぞる。むずがゆい感触に唇を薄く開けば、それは羽優美の口腔《こうこう》に入り込んで上下の歯茎をねっとりと舐め上げた。

羽優美の背筋にぞくぞくとした何かが走り抜ける。

決して不快ではないそれに首を竦《すく》めると、背中に腕が回ってきて抱き寄せられた。

スーツの上からでは分からなかった力強さに〝男〟を感じて、羽優美は怯えと期待の入り混じった不思議な感覚をおぼえる。足から力が抜けそうになり、羽優美の手が支えを求めて三上の背中に縋《すが》った。

それを合図にしたかのように、三上の唇が離れていく。

間近で羽優美の顔を覗き込んで、三上はせせら笑った。

「俺でもかまわないようだな」

〝かまわない〟ってどういうこと……？

頭がぼうっとしてしまって、何も考えられない。

怯えも恥じらいも麻痺《まひ》して、熱に染まった目をまっすぐ三上に向けていた羽優美の耳に、かちっと鍵がかかる音が聞こえた。

羽優美は三上に背を抱えられたまま、デスクの側に押し戻される。

三上は羽優美の腰をデスクの縁に押しつけると、再び唇を寄せてきた。

今度は最初から、口腔《こうこう》の奥へと舌が入り込んでくる。羽優美は奥手だけれど、経験がないわけじゃなかった。短大時代、短い期間だったとはいえ彼氏がいたこともあるし、一通りのこともした。

でもこれは、その時に感じたものとは全然違う。突然のキスに戸惑う羽優美の舌は、三上の舌に絡め取られ、逃げようとしていたところを引きずり出された。その強引さを怖いと感じるのに、何故かやめてほしいとは言えない。

舌を絡め合うぴちゃぴちゃという水音が、直接頭に響く。その音と熱く柔らかいものに口腔が隈《くま》なくなぞられる感覚に、思考が削り取られていくようだ。背筋を走るぞくぞくした感覚は、やがて羽優美の全身を甘く痺《しび》れさせていった。手足に力が入らない。両手は三上の背から離れ、背後のデスクの端にかろうじて引っ掛かっている。足が限界に達して、羽優美の身体が三上とデスクの間に滑り落ちそうになった時、三上は羽優美をデスクの上に押し倒した。

そのために一旦離れた唇が、今度は真上から与えられる。角度が変わっただけなのに、何故無防備な気分にさせられるのか。自分がそんな状態にあると思うだけで、どうして身体の中心に痛いほどの快感を覚えるのか。

羽優美は今、自分がどんな恰好をしているのか分かっていなかった。両脚の間に三上の身体が割り込んできていて閉じられない。社会人であることを意識して選んだひざ丈のタイトスカートは脚の付け根までまくれ上がり、羽優美の身体は宙に浮いた脚とのバランスを取ろうと、大きく反り返っていた。

三上は、キスの合間に羽優美のブラウスのボタンを外し、中に着ていた白のインナーをたくし上げていた。

羽優美の背中に、三上の手が回る。胸の締めつけが不意になくなったが、羽優美はそれがどういうことなのか、考えることもできなかった。

三上のもう一方の手がブラの下に入り込み、羽優美の小振りな胸に直《じか》に触れる。徐々に体温を上げていた羽優美の身体は、敏感な素肌の上に熱い手のひらを感じた途端、ゾクリという震えとともに一気に熱くなっていった。

三上の指が、膨《ふく》らみ全体を捏《こ》ねるようにやわやわと動く。時折短く整えられた爪が頂《いただき》を掠《かす》め、ツキンとした刺激が羽優美を苛《さいな》む。

「んっ、んん……っ」

キスで塞《ふさ》がれた羽優美の口から、くぐもった声が漏《も》れた。

手を止め唇を離した三上は、からかいを含んだ声で囁《ささや》く。

「感じやすいんだな」

夢みたい。三上常務の声がこんなに近くで聞こえるなんて……

恋人同士みたいな親密さ。

何故こんなことになったのか考えられないまま、羽優美は三上の愛撫《あいぶ》を受け入れる。

三上は羽優美の首筋に顔を埋めて、鎖骨の付近に吸い付いた。

「あ……っ」

甘い痛みに、羽優美の喉から勝手に声が出る。三上は同じ場所に何度も何度も吸い付き、羽優美はその度にスイッチを押されたように声を上げた。

「本当に感じやすい……」

いつになく艶《つや》を含んだ声でつぶやくと、三上の唇は羽優美の肌を辿《たど》って下りていき、手のひらで寄せ上げた胸の頂《いただき》を吸う。

「あっ……やぁあ……っ」

これまでにない刺激が全身を貫《つらぬ》き、羽優美は身悶《みもだ》えた。

そんな羽優美に構わず、三上は二つの頂を交互に口に含む。敏感な蕾《つぼみ》が熱く湿った彼の口腔《こうこう》に包まれ、柔らかな舌先が飴玉《あめだま》を舐めるように転がしてくる。同時にぴりぴりとした鋭い痺《しび》れが、羽優美の下腹部に向かって突き抜けていった。

胸を舐められただけでこんなに感じてしまうなんて、羽優美は思ってもみなかった。

やめて……っ！　ううん、もっと――！

相反する感情に翻弄《ほんろう》されながら、羽優美は三上の肩をきつく掴み、首を左右に激しく振る。

ストッキングの上から太腿《ふともも》の裏側を撫《な》でられると、くすぐったい感覚が甘い痺れとなって、またお腹の奥へと集まってくる。

今まで感じたことのない疼《うず》きに怯えながらも、それがもどかしくてじっとしていられない。その感覚から逃れたいのかそうでないのか、自分でも分からないまま、羽優美は無理のある体勢で、腰をもぞもぞと動かした。

それに気付いたのか、もともとそのつもりだったのか。

太腿を撫でる三上の手が両脚の間に滑り込み、ストッキングの上から疼く場所に触れてくる。

「ひぁっ！　あっ、ああん……っ！」

思わず甲高い声を上げた羽優美の口を、三上の手のひらがとっさに塞《ふさ》ぐ。

「んっ……んんっ、ふっ……うっ……」

片脚を抱え上げられ、両脚を大きく開いた恥ずかしい恰好をさせられていても、今の羽優美にはそれに気付く余裕がない。

敏感な部分を軽く触れられたり強く押されたりするたびに、予測のできない刺激に感覚が振り回される。

鼻だけでは息が苦しい。胸の頂に再び唇が下りてきて、鎖骨にされたのと同じようにきつく吸い上げられる。その生々しい感触に羽優美はびくびくと身体を震わせた。

その震えが収まった頃、三上が羽優美の上から身体を起こす。

嫌、離れていかないで……

自分が何をしているのか理解できないまま、羽優美は追いすがるような目をして彼を見上げる。彼はそんな羽優美を情欲に濡《ぬ》れた目でひたと見据えながら、両手をスカートの中に差し入れた。そしてストッキングを、ショーツごと一気に引き下ろす。

その時、脚の間の秘めやかな部分が何故かひやっとし、その刺激が羽優美をほんのわずかに正気に戻した。羞恥《しゅうち》に頬が熱くなり、とっさにめくれ上がったスカートを両手で下げて、露《あら》わになった部分を隠そうとする。

その時、からかうような声が降ってきた。

「今更何を恥じらってる?」

「あ、あの――やぁっ!」

再び片脚を担《かつ》ぎ上げられ、下ろそうとしていたタイトスカートはいとも簡単にまくれてしまう。三上の眼前に秘めやかな部分が露わになってしまっているのは間違いない。

彼の飢《う》えたような視線を感じ、一度冷えたそこがカッと熱くなる。羽優美は真っ赤になって訴えた。

「見ないで……!　お願い、見ないでください……っ」

懇願《こんがん》の最後は涙に掠《かす》れてしまう。

三上は顔を上げて羽優美と視線を合わせると、嘲《あざけ》りの笑みを浮かべた。

「初心《うぶ》なふりして俺を誘う必要はない。それとも、我慢できないのか？」

何を言われているのか理解する間も与えられず、三上の手が再び羽優美の両脚の間に入り込んでくる。薄い茂みをかき分け敏感な部分を探るように擦《こす》られ、羽優美の羞恥は吹き飛ぶ。

「ぃあ！　あん、あ——」

上がった声を、今度は唇で塞《ふさ》がれた。わずかにも漏《も》らすまいとするかのように隙間なく覆ってきた口から、羽優美の口腔《こうこう》に熱くて柔らかいものが入り込んでくる。

歯茎や唇の裏を舐められると、むず痒《がゆ》いような心地良さが広がって、羽優美の顎《あご》から力が抜ける。それを待っていたかのように彼の舌が歯列の奥にまで入ってきて、口腔内の至るところをゆっくりと味わっていった。

彼の片方の手が羽優美の慎ましやかな胸を揉みしだき、もう一方の手は先ほどからずっと羽優美の秘所を弄《いじ》っている。そこから溢《あふ》れるものを秘められた突起に塗り込め、苦痛を伴《ともな》うほどの強い快楽を羽優美に与えてくる。

「んっ……んんんっ……んっ……んんっ……」

ぴったりと重なり合った二人の唇の間から、甘えるような羽優美の声が漏れ出てくる。

外の音がほとんど入ってこない静かな秘書室の中、やがてその音に混じって、くちゅくちゅと粘り気のある水音が聞こえるようになった。

少し唇を離した彼が、大きく息を吸って呼吸を整えてから囁《ささや》く。

「大分濡《ぬ》れてきたな」

経験不足の羽優美にはどういう意味なのかが分からない。ただ、これまでになかった彼の満足げな口調にほっとして、羽優美はわずかに残っていた緊張を解《と》く。

それに気付いたのだろう。三上は一旦手を止め、羽優美に微笑みかける。快感に瞳が潤み、視界がぼやけている羽優美には、その笑みに昏《くら》いものが含まれていたことまでは見分けられなかった。

視界が鮮明だったとしても、気付いたかどうか分からない。羽優美の思考は快楽に麻《ま》痺《ひ》して、この先を期待することしかできなかったのだから。

彼の指がつぷりと羽優美の中に入ってくる。羽優美はそれだけでびくっと身体を震わせてしまった。

「気持ちよさそうだな」

満足げな声とともに、中を広げるようにぐるりとかき回されると、ぐちゅりと淫《みだ》らな音が響いた。羽優美は宙に浮いた足先を突っ張らせ、背をしならせて身悶《みもだ》える。

指が一本、また一本と増えていく。奥深くまで埋め込まれ、ばらばらと動いては羽優美の肉壁を広げる。かと思えば、激しく抽送《ちゅうそう》を繰り返され、同時に片手で寄せ上げられた胸の蕾《つぼみ》を指の腹で転がされる。我を忘れて上げた嬌声《きょうせい》は、彼の口腔《こうこう》へと消えていった。

どのくらいの時間、どれほど乱れたか分からない。

彼の指から解放された時、羽優美は息も絶え絶えで、抱え上げられていないもう一方の脚の重みでデスクから落ちそうになっていた。三上は上着を脱いでフロアカーペットに敷くと、その上に羽優美を寝かせた。

慣れない快感にぼうっとしてしまい、羽優美は三上にされるがままだった。足元で彼が何かをしていると気付いてはいたが、頭が朦朧《もうろう》としていて顔を上げて確かめようともしなかった。

さほど時を置かず、三上は仰向けになった羽優美の視界に戻ってきた。膝を立てていた羽優美の両脚を開かせて、その間に自らの腰を割り込ませる。

「欲しいと言ってみろ。この俺が欲しいと」

挑発するような声を耳にして、かすかに戻ってきていた羽優美の正気が〝従ってはダメだ〟と警告する。

首を横に振ると、三上の美しい顔に残酷な笑みが浮かんだ。

「本当にいらないのか？」

濡《ぬ》れた部分に、太くて熱い何かがぬるりと擦《こす》りつけられる。それが快楽の芽を刺激して、熱を下げ始めていた羽優美の身体に再び火を点《つ》ける。

もどかしかった。指のような繊細《せんさい》な動きで、さっきのような快楽を与えてほしかった。

先ほどの誤解も侮辱も、この欲望の前には何もかもがかき消え、ただただ三上が欲しくて仕方がない。羽優美の下腹部に、きゅうっと締めつけられるような切ない痛みが走る。

「欲しい、です。常務が……」

か細く答えると、三上の秀麗な顔に、満足したような、だがどこか傷ついたような笑みが浮かぶ。彼は羽優美の膝裏に手を差し入れて上体のほうへ押しつける。そしてぐっと羽優美の中に自身を沈めてきた。

「あ、あ、あ――――!」

指よりも熱くて太いものが羽優美の肉壁を押し広げ、一種のキツさを伴《ともな》いながらも、スムーズに奥深くへと滑り込んでくる。それが最奥に突き当たった瞬間、羽優美の身体は勝手に跳ねた。三上はそれを合図にしたかのように動き出す。

肉と肉が擦れ合う部分からとめどなく蜜が溢《あふ》れる。

するとキツさはあっという間に消え、彼自身が体内にはっきりと感じられた。

嘘でしょう? 常務と私が、こんなことになるなんて――

夢にも見られなかった濃密な行為に、今更ながら心臓がばくばくする。

彼のものが、抜けそうなところまで引いては再びぐちゅっと音を立てて押し込まれ、羽優美の中をいっぱいに満たす。何度もその大きな動きを繰り返すうちに、それまで以上の快感が襲ってくる。

「ひぁ！　あっ、やっ」

思わず声を上げれば、彼の手が伸びてきてまた唇を覆う。

羽優美の顔の側まで身を屈《かが》めてきた彼が、情欲に息の上がった声で囁《ささや》いた。

「想像もしなかったよ。奥手に見えた君に、こんな一面があるなんて」

こんな一面って……？

快感の激しさに翻弄《ほんろう》される羽優美には、その言葉の意味を理解する余裕はもはやない。

彼は手のひらの代わりに、また唇で羽優美の声を封じた。脚から外された手が、今度は羽優美の手を捕らえて頭上の床に押さえつける。

手が、背中が痛かった。けれど、そんなことはどうでもよかった。

今、彼に愛されてる。

恋い焦がれながらも、諦めなければならなかった彼に。

次第に激しさを増す彼の律動が、強く求められている証《あかし》のようだ。

そう思った途端、羽優美の奥深くがどくんとうねり、彼の欲望に絡みつくようにぎゅっと締まった。彼は一旦唇を離して「くっ」と呻《うめ》いた。それと同時に彼自身が一際大きな脈動を伴って質量を増す。

「ひあっ……！」

蜜壷がはちきれんばかりになる感触に羽優美が思わず声を上げると、彼は再び羽優美の口を唇で塞《ふさ》ぐ。

口から散らすことのできなくなった快感は、あっという間に膨《ふく》れ上がり、そして弾けた。

「――――！」

悲鳴のような羽優美の嬌声《きょうせい》は、彼の口腔《こうこう》へと消えていく。

彼は数度大きく突き上げた後、羽優美の最奥に自らの昂《たかぶ》りを強く押しつけながら、激しく身体を震わせた。

……耳元に、荒く息を継ぐ音がする。

それが落ち着いてくると、彼は羽優美の上から身体を起こし、離れていった。

自分の中からずるりと彼が出ていく感触に、羽優美はぴくんと身を震わせる。

だが、それだけだった。

今までに経験したことのない快感に、何も考えられない。

ぼんやりした意識の向こうで、三上が苛立《いらだ》ちのこもった声で何かを言ってくる。でもぼーっと耳鳴りがして、何と言っているのかは聞き取れなかった。

そのうち三上のスマートフォンから着信を告げる音が聞こえてきて、彼が悪態をついて立ち上がる気配がした。

ドアが開閉する音がして、羽優美は秘書室の床の上に一人取り残される。

今のは、何だったの……？

上手く働かない頭で、羽優美は今あった出来事を一つずつ辿《たど》る。

坂本が突然現れて、羽優美に迫ってきたこと。

もうダメだと思った時、三上に助けられたこと。

だがその直後、三上に嘲《あざけ》りの言葉を投げかけられたこと。

——そんなに男に飢《う》えてるのか？　だったら俺が相手をしてやるよ。

心に刺さる痛みとともにその言葉を思い出した羽優美は、快感の余韻で力の入らない身体を必死に起こした。床を這《は》って、いつの間にか脚から引き抜かれていたショーツとストッキング、スカートを拾う。

ストッキングを穿《は》き直している余裕はない。丸まったストッキングからショーツを外して穿き、スカートを身につける。転がっていたパンプスを素足に履いてドアの側まで這《は》っていくと、近くに転がっていたバッグにストッキングを押し込み、コートとバッグを手にしてドアノブを支えに立ち上がった。

早く出ていかなくちゃ……常務と顔を合わせることなんてできない……

今は何も考えられなかった。ただただ、三上に浴びせられた言葉から逃げ出したい。

その思いが、上手く動かなかった羽優美の身体に力を与えていた。震える手で鍵を開けて廊下に出ると、音を立てないようにドアを閉める。それからエレベーターホールに向かって一目散に走り出した。

さいわい、エレベーターはこの階に停まっていた。急いで乗り込み、すぐに一階ボタンを押す。エレベーターが下降を始めると、羽優美はハッとして自分の身体を見下ろした。ブラのホックは外れていたけど、たくし上げられていたはずのキャミソールは腰まで戻され、ブラウスのボタンも全部留まっている。あられもない姿で廊下を走っていたわけではないと知ってほっとしたけれど、何故そうなっていたのかは混乱している頭では分からない。

羽優美はコートを着込むと、ボタンをきっちり留めた。

身なりを整えて改めて安堵の息を吐くと、別の震えが襲ってくる。

——想像もしなかったよ。奥手に見えた君に、こんな一面があるなんて。

我に返った今なら、何を言われたのかが分かる。

淫《みだ》らな反応をした羽優美を、彼は嘲《あざけ》ったのだ。

今思えば、顔から火を噴きそうなくらい恥ずかしい。そう言われても仕方がないほど、羽優美は乱れに乱れた。

何でそんなことになったのか、正直よく分からない。

彼にキスされて我を忘れ、彼に愛撫《あいぶ》されて侮蔑《ぶべつ》の言葉を浴びせられたことを忘れた。

彼に求められる悦《よろこ》びに、考えることを全て放棄して。

先ほど拓《ひら》かれた場所に、まだ彼がいるような感触がする。

そこに意識を向けた途端、羽優美は羞恥《しゅうち》に頬を染めた。

常務とあんなことになるなんて……

キスだってありえないと思ってたのに、まさかその先までいくことになるとは思わなかった。

常務は何故、私を抱いたの……？

羽優美を非難したのに。羽優美を蔑《さげす》んだのに。

答えを見いだせないまま駅に着いた羽優美は、駅構内のトイレでブラのホックを留め直し、情事の残滓《ざんし》をトイレットペーパーで拭《ぬぐ》う。

身なりを再確認してトイレから出ると、電車に乗り、夜道を歩いて自宅アパートに帰り着いた。

ドアの鍵をかけたところで、膝から急に力が抜ける。倒れそうになるのを何とかこらえて家に上がると、フローリングの上にへたり込んだ。

家に帰り着いた安堵からか、身体に力が入らない。羽優美は小刻みに震える手で、自らの身体を抱きしめる。

三上は、羽優美が坂本を秘書室に引き込んだと思い込んでいた。

羽優美が、結婚間近の坂本を誘惑していたのだと。

私が常務の専属秘書に抜擢《ばってき》されたのは、坂本さんと私を引き離すためだったなんて……

そのことに気付きもせず、羽優美は真面目に仕事をして、彼の信頼を得ようと努力した。

どんなに努力したって、信頼されるわけがなかったのに。

何という茶番だろう。三上が少しずつ壁を取り払ってくれていると感じ、羽優美は無邪気にそれを喜んだ。三上にごちそうになったり、お昼を一緒に食べられるようになったと浮かれたりなんかして。

身体の震えが収まってくると、羽優美はのろのろと立ち上がり、ベッドに移動してぐったり腰を下ろす。

これからどうなるんだろう……

三上はもう、羽優美を専属秘書として使いたいとは思わないだろう。もしかすると、今夜のことを理由にクビにするかもしれない。

将来への不安がにわかに湧き上がってきたけれど、羽優美はそれを頭の片隅に押しやった。

今は何も考えたくない……

誤解のことも、軽蔑され嫌われてしまったことも何もかも。

羽優美は力の入らない手で寝間着に着替えた。

ひどく眠かった。心も身体も疲れ切って。

ベッドに横たわると、羽優美は上掛けにくるまり、傷心のままに眠りについた。

＊＊＊

翌朝、いつもより早い時間に目を覚ました羽優美は、お風呂に湯を溜めてゆっくりと浸《つ》かった。

会社に行かなくちゃ……

温かい湯で身体が解《ほぐ》れるのとは裏腹に、心は緊張して凍《こご》えていく。

会社に行って、三上に会うのが怖い。

また軽蔑の目で見られて、冷たい言葉を浴びせられるかと思うと、休んでしまいたくて仕方ない。けど、休めばもっと顔を合わせづらくなるし、土日を挟むとさらに会いづらくなる。

でも、あんなことがあった後で、仕事を続けさせてもらえる……？

昨夜あったことを思い出した瞬間、身体の奥が甘く疼《うず》く。食らうような彼の唇の動き。抱きしめてくる力強い腕。羽優美を悦《よろこ》ばせた繊細《せんさい》な指使い。そして羽優美の中をいっぱいに満たした彼の熱くて逞《たくま》しい――身体に生々しい感触が蘇《よみがえ》ってきて、羽優美はかあっと顔を赤らめる。

私、ホントに常務に抱かれたの……？

今もまだ信じられない。むしろ、時間が経てば経つほど夢だったんじゃないだろうかという気になってくる。羽優美の叶わぬ想いが見せた、幻だと。

でも、あれは夢なんかじゃなかった。

――初心《うぶ》なふりして俺を誘う必要はない。それとも、我慢できないのか？

彼は、羽優美を経験豊富な女だと思って抱いた。婚約間近な男性をたぶらかさなければならないほど飢《う》えていて、秘書室で何度も情事にふけっていたのだと。

羽優美は彼が思っているような女じゃない。なのにキスされた途端に我を忘れて、彼の言葉を肯定するような真似をしてしまった。

――欲しい、です。常務が……

彼に問われて答えた言葉が、自分の意思じゃなかったなどと言い逃れするつもりはない。あの時、確かに羽優美は三上に貫《つらぬ》かれることを切望していた。

だけど、言うべきではなかった。自分の身の潔白を証明したいのであれば。

今からでも、昨夜のことは間違いだったと告げて、誤解を解《と》きたい。

そうとなれば、今日は必ず出社しなければ。

決心がつくと、羽優美は慌ただしく動き出した。お風呂を出て髪を乾かし、朝食を作って食べ、お弁当を詰める。

支度を終えて家を出たのはいつもより遅い時間だった。二本遅い電車に乗り、会社には始業ぎりぎりに到着する。常務室の前に立つと逃げ出したい気分になった。けれど、遅刻するわけにもいかないので、思い切ってドアノブに手をかける。

ドアには、鍵がかかっていた。

彼がいれば、このドアに鍵がかかっていることはない。いつもなら出社しているのにと思いながら、羽優美は鍵を開けて中に入る。

秘書室は、何事もなかったかのように静まりかえっていた。昨日の嵐のような情事の痕跡はどこにもない。けれど、普段は引き出しにしまっているノートパソコンや筆記具などが出しっぱなしになっていて、昨夜が常とは違う状況であったことを物語っていた。

バッグとコートをデスクの引き出しにしまっていると、内線が一本かかってきた。

「はい。三上常務の秘書室、高梨羽優美です」

『あ、高梨さん？　総務の五木《いつき》です。常務から連絡があって、今日は急用があって休むそうよ。あなた、休みじゃないわよね？　あなたも今日は休みだろうから、会議の欠席の連絡と取引先との約束を二つ、キャンセルする電話を入れるよう言われたんだけど、あなたが出社してるのに総務課から相手先に連絡を入れるのはよくないわよね？』

「ご連絡くださってありがとうございます。私がキャンセルの電話をいたします。常務は約束をいつに変更したいかなど、おっしゃっていましたでしょうか？」

「いいえ。後で改めて連絡をしますと伝えてほしいとだけ」

「分かりました。ありがとうございました」

五木との電話を終えると、羽優美は今日の三上のスケジュールを確認し、約束の時間が早い順に、予定をキャンセルする旨とそれを詫《わ》びる電話をかけていった。

相手先への連絡を全て終えると、羽優美はほっと息をついた。

今日は休みだなんて……

彼も羽優美と顔を合わせたくないと思っているのだろうか。羽優美のように気まずいからではなく、会えば不愉快になるという理由で。

――ううん、常務はそんな理由で仕事を休むような、無責任な人じゃない。

他に何か、大事な用があったのだろう。どんな用事か分からないけれど、今日は彼と顔を合わせなくて済むと分かり、羽優美はほっとしたような、気の抜けたような気分になる。

でも、三上と会って話をするまで、何も解決したことにはならない。

三上の下で働けなくなったとしても、坂本とのことは誤解だと分かってもらいたいと思った。彼が今日は出社しないのなら、話をするのは週明けになるけど。

仕事はたくさん与えられているので、三上がいなくてもやることはある。

せめて、仕事だけはきちんとしよう……。

誤解され、その誤解を裏付けるような真似をしてしまったけれど、せめて仕事の上では恥ずかしくない行いをしたかった。

午前十一時を過ぎた頃、廊下側のドアが勢いよく開いた。

驚いて顔を上げると、ドアにもたれかかるように手をついた三上が、見開いた目を羽優美に向けている。

ど、どうしよう……。

休みだと聞いていたので、今日会うことになるとは思ってもみなかった。心の準備ができていなかった羽優美は、気が動転してしまう。

けれど、習慣とは便利なものだ。身体は自然に動いて、羽優美はいつものように席を立って頭を下げていた。

「おはようございます……」

おはようと言うには遅い時間だけれど、こんにちはと言うのも変に思えたからだ。

羽優美は心臓をばくばくさせながら、三上の返事を待った。

彼はいつもこのタイミングで用件を言う。今日は昨夜のことについて言及してくるだろう。そうしたら、今度こそ言葉を尽くして昨日のことは誤解だと説明しなくては。

——それは、自分への単なる言い訳だったのかもしれない。自分から切り出すのが怖くて、その役目を彼に押しつけた。

息を詰めて三上の行動を待っていると、やがて彼は羽優美からわずかに目を逸《そ》らし、低い声で「おはよう」と言った。そのままオフィスに向かおうとするので、羽優美は慌てて声をかける。

「常務、総務の五木さんから連絡がありまして、私のほうで本日のご予定を全てキャンセルいたしました。皆様何があったのか、病気ではないのかとお訊《き》きになられましたが、ご指示通り急用とのことでご説明して、重ねて謝罪をいたしております。ご伝言も承《うけたまわ》っています」

彼が何も言わなかったことに戸惑いながら、羽優美はいつもの習慣で報告をした。

ドアノブに手をかけていた三上は、早足で近付いてくると、羽優美が読み上げようとしていたメモをひったくる。そして一言もないままオフィスに入って、いつもより強くドアを閉めた。

この日、昼休憩の時間になると三上はオフィスから出てきて、羽優美を無視してまっすぐ廊下に出て行った。

誤解を解《と》くどころか声もろくにかけられず、羽優美は途方に暮れる。

三上が不機嫌なのは、羽優美に対して怒っているからだ。それは態度からよく分かる。だから誤解を解きたいのに、そのきっかけを掴むことができない。

しばらくしても三上は戻って来なかったので、羽優美は一人寂しくお弁当を食べた。

どうしたらいいんだろう……

昨日は何度違うと言っても聞き入れてくれなかったし、今日は今日で話を聞いてくれそうにない。

三上のぴりぴりした様子に、羽優美の心の片隅にあったかすかな期待も消え去った。

実のところ、本当に、本当に少しだけ、羽優美のことが好きだから、坂本のところに行かせないために抱いたのかもしれない……なんてことを思っていた。

あまりに都合のいい考えに、顔から火が出そうなくらい恥ずかしくなる。

そんなわけないじゃない。常務は最初から私のことを疑ってたんだから……

なのに好意を寄せてくれてたんじゃないかと思うなんて、どうかしてる。

あらぬ期待を抱いたのは、ここ最近の三上の言動のせいだ。

一緒に食事をし、信頼関係を深めようと言って親しく話しかけてきた。食事を作りに来てくれるか、なんて際どい冗談まで言って。

最初から信頼するつもりなんてなかったのに、何でそんなことをしたの……？

あのことさえなければ、こんなに好きにならなかったかもしれないのに。

思い悩んでいるうちに、休憩時間は終了間際になっていた。

仕事を始める準備をしていると、ドアが乱暴に開いて三上が秘書室に入ってくる。

彼を目にした瞬間、羽優美は昨夜のことをありありと思い出してしまったけれど、それを振り払って声をかけた。

「お、お帰りなさいませ。あの——」

話しかけた羽優美を遮《さえぎ》って、三上は自分の用件を告げる。

「これ、パソコンに打ち込んでプリントアウトして持ってきて」

「……はい」

とても話せるような雰囲気じゃない。

羽優美がびっしり文字の書かれた草案を数枚受け取ると、三上は話しかける隙を与えまいとするかのようにオフィスに姿を消した。

彼が会話を避けるなら、このままなかったことにすればいいんじゃない？

仕事をしているうちに、羽優美の心の中にそんな考えがよぎる。

クビにするとも異動があるとも言われないし、怒ってはいるけれど彼は昨日までと変わらず仕事の指示をしてくる。

あんなことがあって何もなかったふりをするのは難しいけれど、彼が話したくないと思っているのならそうするしかないだろう。

本当は昨夜の思いがけない営みを、なかったことにされるのは辛い。きっかけはどうであれ、羽優美にとっては夢のような時間だったのだから。

でも、誤解のことを蒸し返してまた傷つくよりはましなのかもしれない。


三上は今日の予定をキャンセルした相手に改めて謝罪の電話をしたらしく、夕方、そのうちの一人から会えないかとの連絡があった。そこで三上は新たな仕事を羽優美に任せて出かけていく。

それも含め、今日一日に与えられた仕事はかなりの量になった。今日中にと言われたものはないけれど、その仕事をしている間に次から次へと別の仕事を任される可能性もある。それに結局誤解の件はまだ解決していないのだから、突然異動などの話をされないとも限らない。

定時を過ぎたところで、羽優美はバッグの底から携帯電話を取り出した。金曜日は圭子が誘ってくれることがよくあるからだ。昨晩や昼食時は三上の誤解を解《と》くことで頭がいっぱいで、チェックをするのを忘れていた。

圭子からの誘いがあったとしても、今日は断ろう。

そう思いながら電源を入れる。昨日は充電していないけれど、電源を落としたままだったので電池切れはしなかったようだ。

画面を開いて一目見た瞬間、羽優美は目を疑った。

「え……？」

表示されていたのはメールのマークではなく、〝不在着信12件〟という表示。

家族か誰かに何かあったのだろうかと、焦って着信履歴を開く。そこに並んだ名前に、今度は絶句した。

常務……

先日、連絡先の交換をしていたのだ。緊急時の連絡先ということで。

きっと羽優美がかけることも、三上がかけてくることもないだろうと思っていたのに、スクロールして確認した名前は〝三上文隆〟ばかり。

着信日時を確認してみると、七件は昨夜、五件は今朝のことだった。

昨夜はあんなに怒ってたのに、どうしてこんなに……？

先のことが見えず、不安を抱えながら片付けるはずだった仕事は、羽優美の落ち着かない気持ちを宥《なだ》めるのに役立った。

常務は何故、電話をくれたの……？

その答えを自分なりに考えていくうちに、やがて喜びが湧き上がってくる。

もしかして、心配してくれた……？

そんな風に考えるのは、都合がよすぎるだろうか？　でも、それ以外は考えにくい。用事があったのなら今朝会った時に言っただろうし、今日の三上は羽優美とほとんど口をきこうとしなかった。

三上が怒っていたのは、心配して電話をかけたのに羽優美が電話に出なかったからかもしれない。

一度その考えに至ってしまうと、そのことが頭から離れなくなる。

心配してくれるくらいなら、誤解も解《と》けたと思っていい……よね？

だが、仕事に出ている三上に、電話してまで確認するわけにはいかない。遅い時間だから出先から直接帰宅してしまうかもしれないけれど、羽優美は三上がオフィスに戻ってくるのを期待して、仕事を次々こなしていった。

時計の針が七時を回る頃だろうか。

廊下に続くドアのノブが、ガチャッと音を立てた。

「お帰りなさいませ」

三上の帰りを待ちわびていた羽優美は、その思いを押し隠しながら、立ち上がって挨拶する。

にこやかな笑みは、三上の怒りの視線にさらされて凍り付いた。

「まだ帰ってなかったのか」

非難めいた口調で言われ、羽優美は戸惑いながら返事をする。

「は、はい……」

「鍵もかけないで……今夜も坂本とここで待ち合わせをしていたのか？」

「そ、そんなことしてません！」

羽優美は慌てて否定した。

昨日のことがあったのに鍵をかけなかったのは確かに不用心だったけど、何もそんな風に言わなくったって……

今の言葉からして、誤解が解《と》けたとはとても思えない。

泣きそうになっていると、三上が冷ややかな声をかけてきた。

「デスクを片付けて、帰り支度をしろ」

今までにされたことのない命令口調に戸惑いながら、羽優美はパソコンをシャットダウンし、机の上を片付けてバッグとコートを手に取る。

三上は羽優美の隣に立って帰り支度が済んだのを見届けると、彼女の腕を掴み引っ張るようにして歩き始めた。

廊下に出て鍵をかけ、誰もいない廊下を早足で歩く。羽優美は転びそうになりながらも、小走りについて行った。

エレベーターに乗り込み、一階まで下りる。通用口から外に出ると、すぐ近くにある重役用の駐車場に連れていかれ、押し込まれるようにして三上の車の助手席に乗せられた。

三上は、すぐに車を発進させる。

三上が何を考えているのか、羽優美をどこへ連れて行こうとしているのかは分からない。

一言も口をきけないほどの緊張の中で羽優美が身を固くしていたら、車は五分も走らないうちに、高層マンションの駐車場に入っていく。

三上は車を降りると、再び羽優美の腕を掴んで歩き始めた。

マンションの中層より上の階で降りて、エレベーターから二つほど離れた部屋のドアを開ける。三上はまた押し込むように羽優美を先に中に入れ、後ろ手に鍵をかけると、すぐに彼女を玄関の壁に押しつけて唇に貪《むさぼ》りついてきた。

キスに慣れていない羽優美は、それをただ受け入れるしかない。

〝受け入れるしかない〟？

車に乗せられた時からこうなるんじゃないかって、胸を高鳴らせてたんじゃないの？

壁に強く押さえつけられ、顎《あご》を掴まれ顔を固定されて、熱い舌に口腔《こうこう》までをも舐めつくされる。

彼にぶつけられる情熱が怖い。

けれど、それ以上にこうして彼とキスをしていたい。

口腔を嬲《なぶ》られているうちに快感と酸欠に見舞われて、羽優美の足からがくんと力が抜けた。三上はキスをやめ、羽優美の背に腕を回して支える。そして膝裏にも腕を差し入れると、そのまま抱き上げて奥の部屋へと入っていった。

三上の胸元にしがみつくようにしていた羽優美は、すぐに柔らかく弾むベッドに下ろされる。

そして彼にのし掛かられたところで、はっと我に返った。

昨日自分のしたことを忘れたの？ 彼に与えられる快感に溺《おぼ》れるあまり、軽蔑されても仕方のない振る舞いをしてしまった。

羽優美は三上の肩を押しやり、キスから逃れながら快感にうわずった声で訴えた。

「や……っ！　待ってくださ――」

これ以上、誤解されるようなことはしちゃダメ――

けれど彼は、抵抗する羽優美を難なく押さえつけ、唇を深く重ねてくる。羽優美の閉じた唇を割り、歯列をこじ開けて、奥で怯える羽優美の舌に絡みついて引きずり出そうとする。舌先や舌裏まで舐めつくされ、羽優美の口腔内は甘い痺《しび》れで支配される。

長い長いキスに呼吸もままならず、意識がぼうっとしてきた頃、三上はようやく唇を離した。三上と羽優美の間に唾液の糸が引き、ぷつんと切れる。

三上は羽優美を真上から見下ろして、満足げな笑みを浮かべて言った。

「待てと言った割に、ずいぶん気持ちよさげに応《こた》えていたな」

嘲《あざけ》りを含んだ言葉に、羽優美はかっと顔が火照《ほて》るほどの羞恥《しゅうち》を覚える。

彼の言う通りだ。羽優美は三上のキスに応えていた。唇を開いて彼の舌を迎え入れ、彼の舌に自ら舌を絡めて――

恥ずかしくていたたまれなくなり、この場から逃げ出したくなった。身をよじって三上の身体の下から抜け出そうとする。

三上はそんな羽優美の片脚を掴んで、高く掲げた。そして見せつけるようにパンプスを脱がせてベッドの下に放ると、ストッキングの上からふくらはぎの側面をねっとりと舐め上げる。

上半身を起こしかけながら片脚を高く掲げられるという無理のある体勢に、息が詰まりそうだ。それでも羽優美は目を逸《そ》らせなかった。

妙に卑猥《ひわい》に見えるその光景にぞくぞくと身を震わせると、三上は羽優美の脚から口を離して冷笑を浮かべた。

「この程度のことで感じるなんて、さすがは淫乱だな」

その言葉に、羽優美はいっそうの羞恥《しゅうち》と胸の痛みを覚える。

太腿《ふともも》を撫《な》でながら、三上は再び嘲《あざけ》りの言葉を浴びせてきた。

「昨日のようなことがあったのに鍵もかけずに残業をして。昨日あれだけ可愛がってやったのに、まだ足りなかったのか？」

「ちが……あっ」

両脚の間につっと指を這《は》わされて、羽優美の否定は途中から喘《あえ》ぎ声になる。

羽優美は、既に半裸状態だった。先ほどのキスの合間に、ブラウスのボタンは全て外され、キャミソールとブラは胸の上まで押し上げられて。

手のひらと指で愛撫《あいぶ》されていた両胸の頂《いただき》はつんと尖って硬くなり、さらなる愛撫を待ち受けていた。

羽優美の脚を下ろした三上は、身を屈《かが》めて羽優美の片方の胸に口づけ、ちゅうっと音を立てて強く吸った。身体に電流が走ったような快感に羽優美は思わず仰《の》け反《ぞ》り、再び上半身をベッドに沈める。

三上はそんな羽優美の乳房を大きくて熱い手で揉みしだき、ますます硬く震える乳首を交互に口に含んで転がす。その合間に彼の口は、羽優美を責める言葉も吐き出していた。

「坂本と約束してたくらいだものな」

「あっ、やぁ！」

「それとも他の男に襲われるのを期待してたのか？」

「ちが……！　いっ、あっ」

「清純そうな顔の下に、こんな淫《みだ》らな一面を持ってたなんて驚きだよ」

「んんっ、あっ、はぁ……っ、あんっ」

否定したい。違うと分かってもらいたい。けれど巧みな三上の愛撫に翻弄《ほんろう》され、否定の言葉を紡げない。

口から勝手に零《こぼ》れ出る喘ぎ声に、羽優美は耳を塞《ふさ》ぎたいほどの羞恥に苛《さいな》まれた。手で口を塞いでしまいたい。けれど両手は、快感に耐えるためきつくシーツを握り締めていて動かせない。

三上は羽優美に寄り添うように身体を横たえ、胸の突起を口に含みながら再び脚に手を伸ばしてきた。太股の内側をなぞり、スカートの中に手を差し入れ、ストッキングを下着ごと下ろして、羽優美の脚の間に指先を滑り込ませてくる。

「濡《ぬ》れてるじゃないか」

なぞる指がぬるりと割れ目に入り込み、快楽の芽に触れる。

「やあっ、あっ、ま、待って」

身の内で膨《ふく》らむ快楽に怯えて羽優美は三上の腕を掴む。

怖い。羽優美を淫《みだ》らに狂わせる快楽が。

けれど三上は、羽優美を許してはくれなかった。

「〝待って〟？　こんなべたべたに濡らしておきながら？」

羽優美の身の内から溢《あふ》れてきたものを指ですくい取り、快楽の芽にくりくりと塗り込めてくる。

「あぁあぁあっ！」

潤《うる》いを与えられたそこはますます敏感になり、じんじんと甘い疼《うず》きを訴える。

胸から顔を上げた三上が、羽優美の顔を覗き込んでにやりと笑った。

「君のココ、ぱんぱんに腫れて今にも破裂しそうだ」

「や……！　言わな――あっ、あんっ……んんっ」

花芯を摘まれ、ぐりっと押しつぶされて、抗議の言葉も快楽に押し流されてしまう。

さほど時が立たないうちに、羽優美は身体を仰《の》け反《ぞ》らせ、一際高い声を上げた。

「あぁっ！　やあぁあぁあぁ――――！」

　昨夜初めて絶頂を経験した羽優美には、大きすぎる快楽だった。自分を見失いそうになったことに怖《おそ》れを抱《いだ》き、絶頂から舞い降り始めると、嬌声《きょうせい》はすすり泣きに変わる。

　ぐったりとベッドに身を預け、すんと鼻をすすっていると、身体を起こした三上が羽優美の目尻を拭《ぬぐ》った。

「これしきのことで泣くとはね。経験が浅いんじゃないかと疑ってしまうよ」

　疑いなんかじゃない。本当のことなんです――そう言いたかったのに、嗚咽《おえつ》が邪魔をして言葉にならない。

　そうしているうちに、三上は羽優美の服を脱がせ始めた。下半身の衣服をはぎ取り、それから腕を引いて羽優美を起こす。

　ブラウスの袖を腕から引き抜きながら、三上は言った。

「君のそういうところが、男の征服欲を満たすんだろうな。坂本もこの手で誑《たぶら》かしたのか？」

　そんなことしてない……

　キャミソールを頭から引き抜かれてからふるふると首を横に振ったけれど、三上は秀麗な顔に冷ややかな笑みを浮かべたきり何も言わない。

　羽優美からブラも取り去り一糸まとわぬ姿にさせると、ベッドから下りて自分も服を脱ぎ始めた。ベルトを引き抜いてベッドの下に放り、ゆっくりとシャツのボタンを外していく。手首のボタンも外すと、その身体を羽優美に見せつけるように脱ぎ去った。

室内を柔らかく照らす間接照明の中、引き締まった上半身が露《あら》わになる。背広姿でもがっしりして見えるのに、さらされた肉体は圧倒的なほどだ。厚く筋肉のついた胸板。贅肉《ぜいにく》もなく腕も筋肉で盛り上がっている。

正気が残っていたのなら、恥ずかしくて正視できなかったに違いない。けれど朦朧《もうろう》としている今の羽優美は、夢見心地でその肉体を見上げていた。

視線に気付いて、三上は皮肉げな目で羽優美を見下ろす。

「物欲しそうな顔だな」

わずかに正気を取り戻した羽優美は、思わず顔を背《そむ》けた。そんな羽優美の耳に、衣擦《きぬず》れの音が聞こえてきた。

三上は下着ごとスラックスを脱ぎ、ベッドの下に落ちていた上着のポケットから小さな箱を取り出すと、その封を切る。

何をしているのか気になってそちらに視線をやった羽優美は、三上に気付かれ慌てて目を逸《そ》らした。

三上は、嘲《あざけ》りの混じった笑い声を漏《も》らす。

「今頃気にするなんて、遅すぎやしないか？」

「……え？」

「それとも、君はピルを飲んでいるのか？」

それを聞いた瞬間、羽優美ははっと気付いた。

避妊《ひにん》――！

羽優美はピルなんて飲んでいない。昨日は訳も分からないまま時が過ぎて、そんなことまで考えもしなかった。

どうしよう、もし赤ちゃんができるようなことがあったら――

縋《すが》るような目を三上に向けると、三上は呆れの混じった笑みを向けてくる。

「昨夜も避妊したに決まってるじゃないか。子どもができて責任を取れって言われても困るからね」

ほっとするよりも先に、羽優美は胸を抉《えぐ》られるような痛みを覚えた。

今時、ベッドを共にしたからってすぐに将来を考えたりするものじゃないかもしれないけれど、彼は今、羽優美との将来を望んでいないことをはっきりと口にした。

なのに、こんなことをするのだ。

準備を終えた三上がベッドに上がってきて、羽優美に再びのし掛《か》かってくる。

羽優美は今度も、三上のキスに抵抗できなかった。唇が重なり歯茎を舌でなぞられただけで、ぞくぞくと背筋に快感が走り、思わず首を竦《すく》めてしまう。

身体の線をなぞるように愛撫《あいぶ》をする三上の手は、やがて再び羽優美の秘所に到達した。今度は快楽の芽に触れることなく、昨夜彼自身を受け入れた場所に指を沈めてくる。

そこは、彼の指をすんなりと受け入れた。

「もう準備が整っているようだな」

笑いを含んだその声に、羽優美はかっと頬を火照《ほて》らせる。でも否定はできなかった。彼に直接触れられる前から、羽優美はそこが溢《あふ》れんばかりに潤《うるお》いをたたえていることに気付いていた。

そこは悦《よろこ》びに震えながら三上の指に吸いつき、肉壁を抉《えぐ》るようにかき回されると、くちゅくちゅといやらしい音を立てる。

羞恥《しゅうち》のあまり消え入ってしまいたいと身悶《みもだ》える羽優美を労《いたわ》ることなく、彼は「一応解《ほぐ》しておくか」とひとりごちて、指を二本、三本と増やしてばらばらと動かす。奥も入り口も広げられ、先ほど達したばかりの身体は再び快楽への階段を上がり始めた。

「もう指だけじゃ物足りないんじゃないか？　欲しいって言えよ。言ったらくれてやるよ」

もう侮辱も気にならなかった。今はただ、三上がくれるというものが欲しくて欲しくて。

指の動きがいっそう激しくなり、羽優美の下腹部に溜まった熱ともどかしさも限界だった。羽優美は、消えそうになる羞恥心を必死に繋ぎとめながらも、か細い声で彼の要求に応《こた》える。

「欲し……い、です」

それを聞いた時の三上が、やはり傷ついた顔をしたように見えたのは、気のせいだったのか。

三上は指を中から引き抜くと、羽優美の両脚を抱え上げて大きく広げ、ひくひくと蠢《うごめ》く羽優美の秘所に自身をゆっくり沈め始めた。

昨日はキツさを覚えたそこは、新たな潤いとともに彼をスムーズに迎え入れた。

「うん……っ」

硬い切っ先が奥まで到達した時、その強い刺激に淫《みだ》らな声が口をついて出る。それに気を良くしたのか、彼は我が物顔で腰を打ちつけ始める。ゆっくりした動きから次第に速く。彼の先端がお腹側の敏感な部分を抉《えぐ》るように擦《こす》り上げ、その強い刺激に羽優美は思わず声を上げた。

「あっ、あんっ」

両脚を肩に担《かつ》いだまま、彼は羽優美の胸に手を伸ばしてきた。ふくらみを鷲掴《わしづか》みにされ、先端を摘まれては指の腹で捏《こ》ねられて。その刺激が電流のように体奥へと走り、一度達して感じやすくなっていた羽優美の身体はまたもや軽く達してしまった。

三上は動くのをやめ、羽優美の顔を覗き込む。

「もうイッたのか？」

羽優美の内壁がひくつく感触で気付いたのだろう。彼の顔ににやりと笑みが浮かぶのを見て、羽優美は恥ずかしくて目をきつく閉じ、横を向いた。

そんなことをしたって、彼から逃れられるわけじゃないのに。

目を閉じていても感じる彼の視線。その上、彼が動かないせいで体内にある彼の熱さと強い脈動がいっそう生々しく感じられ、羽優美はさらなる羞恥《しゅうち》に頬を染める。それに耐えるため、縋《すが》るものを求めてぴんと張られたシーツを握り締めた時、彼は律動を再開した。

「待ってください！　待って――！」

イッたばかりの身体に刺激を与えられるのはツラい。胸に手を置く彼の腕を掴んで訴えたけれど、彼は聞いてくれない。

「すぐによくなる」

彼は慾《よく》を孕《はら》んだ声で容赦ない言葉をかけながら、羽優美の奥を強く突き上げてくる。

「あっ！　やぁっ！　やっ……んっ……はぁン……」

その言葉通り、羽優美の身体は反応し始めた。絶え間なく上がる声を止められない。

蜜壺はますます愛液を溢《あふ》れさせ、三上を少しでも離すまいと収縮を繰り返す。

三上のものを出し入れされる度にぐじゅぐじゅと卑猥《ひわい》な音がし、それが自分の嬌声《きょうせい》と重なって、恥ずかしさにどうにかなってしまいそうだ。

「ちょっと突いただけでこんなになるなんて、君は本当にいやらしいな」

彼は自身を羽優美の中に埋めたまま、腰をぐるりと回す。その動きでいくつもの感じるポイントを抉《えぐ》られ、羽優美は一際大きな声を上げた。

「あぁ……っ！」

否定したかったけれど、こんなに感じていては否定したところで信じてもらえるわけがない。

誰より、羽優美自身が信じられなかった。三上は羽優美を愛してなんかない。それどころか軽蔑し憎んでいるようにさえ感じる。そのことが辛いはずなのに、こんなにも感じてしまうなんて――

「いやっ！　やぁ……！」

気が動転し、腕を振り回して暴れると、彼は羽優美の両腕を捕まえてシーツの上に押さえつけた。

「今更純情ぶるな……っ」

彼は苛立《いらだ》ちの言葉を吐き捨てると、これまで以上に激しく羽優美の中に自身を叩きつける。結合部の潤《うるお》いは泡立ち、めちゃくちゃな突き上げは、羽優美の身体の芯を攻め立てあられもない声を上げさせた。

「ひぁ！　あっ……はっ……んんっ、ぃぁっ、あん……っ」

予測不能な快感に否応なく絶頂に押し上げられていく。両腕はきつく掴まれたまま身体の横に縫い止められ、上へと逃れることもできない。

「あぁっ、あぁあああぁぁぁ――！」

その快楽に耐えることができず、羽優美は絶頂の断崖《だんがい》から突き落とされた。

＊　＊　＊

マンションに連れてこられてから、何度身体を重ねたことだろう。

一度シャワーを浴びて食事を取ったけれど、後はひたすら身も心も嬲《なぶ》られた。

「こんなにいやらしい女だと分かってたら、遠慮なんかしなかったのに」

「――や……ンン、は……っ」

「奥手だと思ってたのに、清純そうな素振りに騙《だま》されたよ」

「だ、騙してなんか――あぁ！　あっ、あっ」

「こんなに感じやすいなんて、よっぽど飢《う》えてたんだな。俺がなかなか手を出さなかったから、我慢できなくなって坂本を誘惑したのか？」

「私はっ、坂本さんを誘惑してなんか――ふぁっ」

「だったら、最上階のフロアで坂本が何度も目撃されてるのは何故だ？　話しかけたら、坂本は君に呼ばれたと答えたそうだぞ？」

「私には分からないです……っ」

「言い訳も、もう尽きたのか？」

「違いますっ、本当に分からな——ひぁ……っ！」

坂本さんが何度も目撃された……？

坂本が秘書室に現れたのは、あの一度きりだ。羽優美はそれ以外に、坂本と最上階で会ったことなどない。

誰が話しかけたの？　坂本さんは、どこに向かってたの……？

羽優美は知らないし、快楽に翻弄《ほんろう》されて考えもまとまらない。問いかけても無駄だと思ったのか、彼はいつの間にか坂本のことを口に出さなくなっていた。

厚いカーテン越しに白い朝日が射し込むようになった頃には、羽優美は寝不足と疲労のあまり動けなくなっていた。

三上はそんな羽優美を俯《うつぶ》せにし、お尻だけを高く持ち上げて勃《た》ち上がった彼自身を沈めてくる。

もう感じることなどできないと思っていたのに、彼のものが入り込んでくる感触が、羽優美の身体を震わせた。

「ンンっ、ふ……っ」

不自然なその体勢に、嬌声《きょうせい》がくぐもる。

彼も疲れてきているのか、その動きは初めの頃より緩慢《かんまん》だった。

羽優美は朦朧《もうろう》とした頭で考える。

何でこんなになってまでするの……？

羽優美もだけど、彼もなかなかイくことができないようだ。そのうち、彼の手が前に回ってきて、彼と繋がっているすぐ側の突起に触れた。羽優美の内部から溢《あふ》れたものを塗り込めるように柔らかく捏《こ》ねてくる。すると次第に、曖昧《あいまい》だった快感が鮮明になってきた。

「いぁっ、あっ、くぅ……んっ」

三上のものを突き込まれる度に、絶頂の予感が膨《ふく》らんでくる。羽優美の蜜壺がさらなる刺激を求めて、彼の昂《たかぶ》りに絡《から》みつこうとする。

彼は「く……っ」と呻《うめ》きを漏《も》らし、その直後、羽優美の中に入り込んだ欲望が大きな脈動を伴《ともな》って膨らんだ。その瞬間、ぐっと内壁を押し広げる刺激に、羽優美の身体はさらなる高みへと駆け上がる。

「んっ、あ……っ、あんっ、はぁ……ン」

あともう少し、というところで、彼は羽優美の快楽の芽を摘まんだ。膨らみ切って敏感になっていたところに鋭い刺激が走り、羽優美はくしゃくしゃになったシーツを握りしめて全身を震わせる。

「ぁあああぁあぁぁぁ――――――！」

上がる嬌声と彼自身を締めつける動きが止められない。彼は羽優美の最奥に先端をぐりぐりと押しつけながらその感触を味わい、そして薄い膜越しに欲望を吐き出した。

数回大きく身を震わせた三上が、長い吐息とともに羽優美の上に崩れ落ちてくる。羽優美の腰がゆっくりとシーツの上に落ち、二人はぴったり身体を沿わせてベッドに沈んだ。

静かな寝室の中に、二人が忙《せわ》しなく呼吸をする音が響く。

彼の重みを受けながら懸命に息をする羽優美の耳に、かすかな声が聞こえてきた。

「ちくしょう……っ、信じてたのに――！」

おそらく独り言なのだろう。だがその言葉に、羽優美は愕然《がくぜん》とする。

本当は、信じてくれていたの……？

思い返せば、三上はそのようなことを言っていた。浮気は綾奈の思い違いかとも思ったと。それに、秘書課に書類を取りに行った時も、信頼していたと。

――だが、僕の目より綾奈の目のほうが確かだったようだ。

再び彼の言葉が胸に突き刺さる。

坂本のことがある前までは、彼は羽優美を信じてくれていたし、いろんな仕事を任せてくれていた。

なのに、坂本に付け入る隙を与えてしまったばかりに、彼の信頼を失ってしまった。

——よっぽど飢《う》えてたんだな。

彼の嘲《あざけ》りの言葉が、頭の中でがんがんと鳴り響く。

キスされ、触れられただけで、羽優美は我を忘れて彼を求めてしまった。

あんな痴態《ちたい》をさらしてしまった後では、淫乱と呼ばれても否定できない。坂本とのことは誤解だと訴え続けたところで、信じてもらえるわけがない。

羽優美は欲望に勝てなかった。自分で言い訳できる機会を潰してしまったのだ。

気付けば、三上の呼吸は長く深くなっていた。疲労のあまり寝入ってしまったに違いない。

羽優美も疲れていたけれど、後悔に苛《さいな》まれてなかなか眠りは訪れなかった。

いつの間にか眠りに落ちて、気付いたのは日の光が赤く染まり始めた翌日の夕暮れ時だった。

シャワーを浴びて身支度を終えると、三上が車でアパートまで送ってくれる。

会話がなくて居心地の悪い車内で、羽優美はふと思い出した。

「……先日の木曜日の夜と、金曜日の午前にお電話をくださったようですけど、ご用はなんでしたでしょうか……？」

車窓を流れる夕暮れの風景を眺めながら、羽優美はぼんやりと訊《たず》ねる。

返事はなかった。

それでもいい。もともと返事を期待していたわけじゃなかったから。

けれど赤信号で車が停まると、三上は不機嫌な声で話し始めた。

「俺が心配しちゃおかしいか？　あの時君は放心していたし、俺が電話を終えて戻った時にはいなくなっていた。頭に血が上ってたとはいえ、やりすぎたって反省したよ。君の無事を確かめるために、アパートまで車を走らせた。部屋に明かりがついててほっとしたが、君は電話に出なかったから、よっぽど怒ってるんだと思った。翌日は会社に来るわけがないと思ったから、仕事を休んで君に会いに行った。ところがチャイムを鳴らしても出てこないし、中にいる気配もない。実家に帰ったのかもしれないと考えて、連絡先を会社に問い合わせたさ。そしたら君は出社してると聞かされるわ、君は何事もなかったかのように仕事してるわ！　こっちの頭がおかしくなったのかと思ったよ！」

やっぱり心配してくださってたの……？

昨日も同じことを思ったけれど、肝心の誤解が解《と》けていないのを知り、すぐにその考えを打ち消していた。

だけど今、彼が心配してくれたことを知っても、素直に喜ぶことができない。

あの不在着信のどれか一つにでも出ていれば、何かが違ってた……?

いろいろ考えているうちに返事のタイミングを失って、羽優美は黙り込んでしまう。

三上もその後何一つしゃべらず、そのまま車は羽優美のアパート前に到着した。

「あ――」

〝ありがとうございました〟と言おうとして三上のほうを向くと、彼は腕を伸ばして助手席の羽優美を引き寄せ、唇を重ねてきた。

「んっ」

突然のことに驚いて、羽優美の喉からくぐもった声が漏《も》れる。彼の舌は開きかけていた羽優美の唇にあっさり侵入し、口腔《こうこう》をねっとりと舐め上げた。

キスされた瞬間は緊張して身体が強張《こわば》ったけれど、彼のキスにずいぶん慣らされた羽優美は緊張も恥じらいもすぐに意識の隅に押しやり、あっという間にその甘美な感触に溺《おぼ》れる。

……物音が、はるか遠くに聞こえる。行き交う車の音や、近所で誰かが話をしている声。近くの線路を電車が走っていく。

電車の音が遠ざかった頃、彼の唇もゆっくりと離れていった。羽優美は肩で息をしながらぼうっと彼を見つめる。そんな羽優美に、彼は酷薄《こくはく》な笑みを浮かべてみせた。

「こんなに遊び慣れてるんだから、心配することなかったんだよな。――そんなに男に飢《う》えてるなら、ちょうどいい。俺も気軽にヤれる相手が欲しかったことだし、これからは浮気なんていう危ない橋を渡らなくても、俺が満足させてやるよ」

遊び――

羽優美の顔からみるみる血の気が引いていく。

羽優美に遊びのつもりなんてない。でも三上にとっては愛情あっての行為じゃないし、羽優美も承知の上だと思っているのだ。

――彼は羽優美の言い分を聞こうともしない。それほど羽優美のことを嫌っているのだから。

愛情あっての行為じゃないとしたら、それは遊びだと思われても仕方ない。

羽優美がショックで動けないでいる間に、彼は運転席から助手席のドアを開けて羽優美を車外へと押しやった。羽優美がよろよろと降りると、ドアを閉める直前に彼は冷笑を浮かべて言う。

「そういうわけで、これからよろしく頼むよ」

羽優美の胸が、ずきんと痛む。

まるで、仕事を頼んでくるような口ぶり。これから情事を重ねる相手にかける言葉じゃない。

仕事であるなら、誇らしく思ったことだろう。けれど三上が言っているのは淫《みだ》らな関係についてであり、その言葉には羽優美を傷つけようとする意図が見え隠れする。

三上は羽優美の返事を待たず、大きな音を立ててドアを閉めた。邪魔にならないよう二、三歩後ろに下がった羽優美は、赤と黒が染め上げる街中に去っていく彼の車を、ただただ呆然と見送る。

これが、苦しくて甘い日々の始まりだった。

2　誤解と欺瞞《ぎまん》と

定時を回る少し前。

秘書室のドアがノックされ、大きく開かれる。羽優美は仕事を中断し、緊張しながら立ち上がった。

「お帰りなさいませ」

三上は羽優美の挨拶に答えることなくドアを閉め、大股に近付いてくると、デスク越しに手にした資料を突き出してくる。

「これをまとめて。今日中に」

「かしこまりました」

羽優美が丁寧に返事をして両手で資料を受け取ると、三上は羽優美を見ようともせずオフィスに入っていった。

椅子に座り直し、作業中だったファイルを保存して、該当のファイルを開く。冊子状になった資料を開けば、そこには三上の几帳面《きちょうめん》な書き込みがあった。他にも文章にアンダーラインが引いてあったり、図を線で囲んであったり。

羽優美はその傍らに書かれた指示通りに入力していく。

三上常務の専属秘書になってから約二ヶ月。羽優美もずいぶんと仕事に慣れた。最初の頃の素人臭《しろうと》さは抜け、秘書にふさわしい立ち居振る舞いが身につき、三上の短い指示から大体のことは察せられるようになっていた。

三上は一文の途中に改ページがあることを好まず、図や表が説明文と離れたところにあることを嫌う。渡された資料にはそういった細かい指示は書かれてはいないけれど、羽優美は前に受けた指示を思い出しながらレイアウトを整え、プリントアウトして持っていった。

「常務、先ほどお預かりした資料のまとめができました」

三上のチェックは速いから、羽優美はデスクの前に立って終わるのを待つ。

一通り目を通すと、三上は返却した資料の上に羽優美が作成した書類を落とした。

「OKだ。明日朝イチで六部用意してくれ」

「かしこまりました。他に至急の仕事はございませんか？」

「ない」

「それでは、明日のスケジュールの確認をお願いいたします」

羽優美は、ついでに持ってきていたスケジュール帳を開き、はきはきとした声で予定を順に読み上げていく。

最後まで読み上げたところで、顔を上げて訊《たず》ねる。

「以上です。他に確認事項がございましたら承《うけたまわ》ります」

羽優美がそう言うと、三上は不機嫌な顔をして立ち上がった。

「何のつもりだ？　いつもいつも取り澄まして、俺たちの間に何もなかったかのような顔をして」

三上の苛立《いらだ》ちに対して、羽優美は冷静沈着に受け答えをする。

「わたくしは秘書ですから、職場にプライベートを持ち込むなどして常務のお仕事の妨《さまた》げにならないよう気を配っています」

秘書として当然守るべきことだ。以前秘書に悩まされたことのある三上だから、羽優美もそれだけは崩すまいと思っていた。

困惑を押し隠し変わらぬ調子で答えた羽優美に、三上は冷たい視線を向ける。

「秘書室を逢引《あいびき》の場所に使っておきながら、その気配りは遅すぎるんじゃないのか？」

「……秘書室を逢引に使ったことはありません」

羽優美が静かに否定すると、三上の美しい顔に皮肉げな笑みが浮かんだ。

「その割に、信じてもらおうっていう熱意が感じられないじゃないか。最初の頃は熱心だったのに、もう諦めてしまったのか？」

何度言っても信じてもらえなければ、諦めたくもなるだろう。――けれど羽優美は、信じてもらえないから誤解を解《と》こうとしない訳じゃない。

本当の理由を口にすることもできず、わずかに目を逸《そ》らして黙っていると、三上はデスクを回り込んで羽優美の側に寄り、デスクの縁に押しやった。

「仕事を妨《さまた》げないよう気を配ってくれるなら、こっちにも配慮してくれないか？」

下腹に、彼の強張《こわば》りかけたものを押しつけられ、さすがに羽優美の頬が羞恥《しゅうち》に染まる。

羽優美の動揺を見て取って、三上の口元が満足げに歪《ゆが》んだ。

「君を見てると落ち着かないんだよ。だから、宥《なだ》めてくれないか？」

艶《つや》を含んだ声にぼうっとしかけた羽優美は、近付いてきた唇を見て我に返り、彼の肩を押して拒《こば》んだ。

「だ、駄目です。ここでは駄目……」

「どうして？　会社でするのは初めてでもないのに」

最初の情事を揶揄《やゆ》されて胸に痛みを覚えながら、羽優美はなおも拒んだ。

「でも、駄目です……」

三上との関係を続けていく上で、羽優美が密かに決めた一線だった。

仕事中は秘書として恥ずべきことはしない、と。

羽優美自身の矜持《きょうじ》のため、自分がこれ以上堕《お》ちていかないための最低限のラインとして。

羽優美が拒否し続けていると、彼はうんざりしたようなため息をついて羽優美から離れた。

「――帰り支度をしてついてこい」

たったそれだけの言葉に、身体は期待に疼《うず》く。そんな自分が恥ずかしくて羽優美は動けない。

羽優美の背後でデスクの片付けを始めた三上は、途中手を止めて声をかけてきた。

「どうした？　嫌なのか？　――だったらついてこなくていい」

突き放した言い方をされ、羽優美の心は切り裂かれたように痛む。

要するに、彼はどっちでもいいのだ。自分にとって都合がいいから羽優美を抱くのであって、いなければいないで、別の女性を抱くのだろう。

これ以上傷つきたくなければ終わらせるべきだ。

けれど一度拒否してしまえば、きっと次はない。それを思うと「行きません」とは言い出せない。

しばしの逡巡《しゅんじゅん》の後、羽優美はのろのろと秘書室に向かい、帰り支度を始めた。

三上に抱かれるようになって一週間。羽優美は毎夜、彼のマンションに連れ込まれていた。残業の後、今夜みたいに逃げる隙を与えられずに。

……〝逃げる〟？　本当にそうしたいと思っているの？

車でまっすぐマンションに向かい、入り口で暗証番号を入力してエントランスに入ると、エレベーターで三上の部屋のある階まで上がる。

部屋に入ると、三上はすぐに羽優美を引っ張って寝室に向かい、ベッドに押し倒した。

その衝撃で軽く息が詰まったところで唇を塞《ふさ》がれ、羽優美の喉からくぐもった音が漏れた。

「んっ、ぅんっ」

羽優美が苦しげに喉を鳴らすのも構わず、三上は羽優美の唇を舌先でこじ開け、歯列の奥にまで入り込んでくる。今日初めての深い口付けに羽優美が戸惑って舌を引くと、それを追いかけて絡め取り引き出そうとした。口腔《こうこう》の中で繰り広げられるその密やかなせめぎ合いが、ぞくぞくとした快感となって羽優美の背筋をわななかせる。

官能的なキスとは違って、彼の手は性急だった。ブラウスのボタンを次々と外し、キャミソールをブラごと押し下げて、羽優美の慎ましやかな胸をふるんと露《あら》わにする。手のひらで包んだかと思うと頂《いただき》をきゅっと摘まれ、羽優美は電流のような快感にびくびくと身体を震わせた。

次の瞬間、羽優美ははっとなり、彼を押しとどめようとする。

「お願……待って、常務っ、あっ……！」

胸の頂を指先で捏《こ》ねられて、喘《あえ》ぎ身悶《みもだ》える羽優美は言葉を続けられない。三上は愉悦《ゆえつ》の笑みを浮かべて両胸を愛撫《あいぶ》し続けた。

「こういうことしてる相手に〝常務〟はないだろ？　――名前で呼べよ」

「あっ、んっ――な、名前？」

「文隆だ。呼んでみろ」

「ふ……文、隆さん……？」

躊躇《ためら》いがちに答えると、三上――文隆は一瞬泣きそうに表情を歪《ゆが》めて、羽優美を戸惑わせる。

何か言おうと口を開きかけると、文隆は再びキスでその口を塞《ふさ》いだ。唇がぴったりと覆いかぶさり、唇の裏や歯列を舐めつくされる。舌を文隆の舌に絡め取られ、歯列より外へ誘い出されたところで先端をきつく吸われた。

酸素不足と快楽が混じり合い、酩酊《めいてい》のような何とも言えない感覚にとらわれる。

羽優美の頭が朦朧《もうろう》となった頃、文隆はようやく唇を離した。

「それで、何？」

「は……始める前に、シャワーを、浴びさせてください……」

羽優美を睨《にら》みつけていた文隆は、それを聞くと呆れたように口の端を上げる。

「最初の時もシャワーを浴びずにしたじゃないか。シャワーを浴びてからなんて、今更だろ」

そう言って身を屈《かが》めると、文隆は羽優美の胸の先端を再び口に含んだ。膨《ふく》らみを絞るように掴まれ、これまでの愛撫の間にすっかり硬くなった先端を強めに吸われる。舌先で転がすように舐められると、瞼《まぶた》の裏がちかちかするような快感に襲われた。

「ひぁ！　あ……っ、や……っ」

羽優美は思わず声を上げた。快楽が駆け抜けた身体は、反り返って腰が浮き上がる。我を忘れ、より多くの快楽を求めて無意識に文隆の髪に指を差し入れると、彼は急に愛撫をやめてしまう。

何かいけないことをしてしまったかと思い、そろそろと手を離せば、羽優美の胸から顔を上げた彼が口元に笑みを浮かべていた。

「積極的だな。もう我慢できないのか？」

からかいの言葉にかっと頬は染まるけれど、羽優美はそれを否定できない。目を逸《そ》らし黙り込むと、文隆は羽優美がまだ身に付けていたコートと、ブラウス、キャミソール、ブラを次々脱がせてベッドの下に放る。そしてベッドの上に座り込む恰好になった羽優美から離れ、自身もコートと背広、ワイシャツを脱ぎ始めた。

文隆が間接照明と一緒にエアコンを点《つ》けたのか、寝室には強めの温風が回り、そこそこ暖かくなっていた。けれど羽優美は裸身をさらす恥ずかしさから、寒くもないのに両腕で胸を隠し、俯《うつむ》いて背中を丸めた。裸になろうとしている彼を見まいと、瞼をぎゅっと閉じて。

だがその決意も、文隆が次に触れてくるまでの間だった。肩を押された瞬間に薄目を開けてしまい、目に飛び込んできた彼の上半身に釘づけになる。

筋骨隆々《きんこつりゅうりゅう》というわけではないが、男らしく均整のとれた身体。彼のまとう筋肉のしなやかな動きに惹きつけられて、心臓がばくばくと鳴る。瞬《まばた》きもできずにいると、彼は羽優美の肩に手をかけてベッドに押し倒した。

そのまま覆いかぶさってきた文隆は、羽優美の鎖骨の下に吸いついてくる。

そして自分の吸いついた場所を確認するように、二度、三度唇を離してそこを見つめる。そのたびに、彼の乱れた前髪が肩口や首筋をくすぐり、熱い吐息が肌を快楽の色に染めた。

「ついた……」

満足げなため息とともに囁《ささや》かれた言葉に、羽優美の胸はドキンと高鳴る。

キスマーク……

毎夜の情事が始まってからというもの、文隆は必ずつけるようになった。

が、それは羽優美が期待するような、所有欲の表れじゃない。

その証拠に、つけ終わった時の文隆は嬉しそうな表情でそれを見つめているのに、顔を上げて羽優美と視線を合わせる頃にはその表情は酷薄な笑みに変わっている。

「こんなものをつけていたら、坂本や他の男の所へは行けないだろ」

嘲《あざけ》りのこもった言葉が、羽優美の火照《ほて》り始めていた身体から快楽の熱を奪う。

再び胸の頂《いただき》を口に含まれ愛撫《あいぶ》されても、先ほどのように夢中になれなかった。

それに気付いた文隆が、スカートの中に手を差し入れてストッキングの上から秘裂をさすり始めた。羽優美はその刺激に、びくんと身体を跳ねさせてしまう。文隆はその反応に笑みを浮かべると、二度三度と大きく秘裂をなぞった。

それだけで、羽優美の物思いは吹き飛ぶ。

「敏感だな」

「あっ、やっ、そんなこと……ッ」

否定しかけるけど、自分の声がそれを裏切る。

文隆は愉快そうに言った。

「〝違う〟って言いたいみたいだけど、その声じゃ説得力ないな」

「あ……っ」

ショーツをストッキングごと臀部《でんぶ》から引き下ろし、文隆は隙間にねじ込むようにして羽優美の脚の間に手を入れる。その指が柔毛をかき分けて秘裂の中に隠されていた花芽に直接触れると、羽優美はびくびくと身体を震わせた。

「あっ、や……っ！」

「〝嫌〟？　その割に濡れてるみたいだけど？」

　くちゅん、くちゅ……

　指先でわざと音を立てるように入り口をかき混ぜられ、羽優美は真っ赤になりながら手の甲を口に押しつけて声をこらえる。

「んッ、ふ……っ」

　それでも上がってしまう吐息にひどく羞恥《しゅうち》を覚えるのに、文隆はその手ともう一方の手をひとまとめにして、頭の上の枕に押さえつけてしまった。

　羽優美はうろたえて懇願《こんがん》する。

「は、離してください……」

「どうして？　声を我慢したいから？　――嫌だね。君が俺の指で感じて、淫《みだ》らな声を上げるのを聞かせろよ」

　意地悪なことを言われているのに、ぞくぞくとした快感が背筋を走り抜ける。それに合わせるように蜜壷に指を差し入れられ、あからさまに身体がびくんと震えた。

「んぁ……っ！」

「指を入れただけなのに、もうイきそうなのか？」

「ち、違――やっ、んん……っ」

否定したいのに、身体は違う反応をする。

増やされた指をばらばらと動かされ、中の敏感な部分を擦《こす》るたびにびくびくと震える。

両手は押さえつけられているため、喘《あえ》ぐ口を塞《ふさ》げない。

「ここ、もうトロトロだ。三本目もすんなり入りそうだな」

「んっ、言わな――ああ……っ」

一度出ていった指が、数を増やしてまた入ってくる。

「あっ、は……っ、ふ……ぅん……んんッ」

胸の頂《いただき》を舌先で転がすように舐められて、羽優美は次第に快楽を追うことしか考えられなくなっていく。

愛液の泡立つ音、蜜壷が押し広げられる感触。そして胸の蕾《つぼみ》にかりっと歯を立てられて、羽優美は身体の中心へと電流が突き抜けていくような、強烈な快感に声を上げた。

「ああ……ッ！」

身体をしならせてびくびくと震えると、彼は「くくっ」と忍び笑いを漏《も》らした。

「早いな」

達したことを言われているのだと気付いて、羽優美は我に返り、かっと頬を火照《ほて》らせる。

そっぽを向いて羞恥《しゅうち》に耐えていると、彼はまた忍び笑いをして、羽優美から離れていった。体内に埋め込まれていた彼の指がずるんと抜け、羽優美は喉奥から漏《も》れ出そうになった声をぐっと我慢する。

文隆はそんな羽優美からスカートとショーツ、ストッキングをはぎ取ると、ベッドから降りて自分も残りの衣服を脱ぎ始めた。ベルトを引き抜いてベッドの下に落とし、スラックスとボクサーパンツを順に脱ぎ捨てていく。

そしてベッドの端に座ると、ヘッドボードの引き出しから避妊具《ひにんぐ》を取り出した。

羽優美は胸と淡い茂みを手で隠して、文隆が準備を整えるのをドキドキしながら待つ。

準備を終えた文隆は、立ち上がって振り返った。

羽優美の視線は、彼の中心に吸い寄せられてしまう。薄い膜に覆われたそれは、黒々とした茂みから雄々しく勃《た》ち上がっている。

文隆はにやりと笑って、自分のものに手を添えた。

「物欲しげな顔だな。そんなにこれが欲しいのか？」

羽優美ははっと我に返り顔を背けた。

自分のしたことが恥ずかしかった。あんなにじろじろと見てしまうなんて。

目をきつく閉じると、ベッドが揺れて文隆が側に来た。

脚に手をかけられて、心臓が早鐘を打つ。

もうすぐ彼が、私の中に――

いつも通りであれば、彼は羽優美の膝を開いて自身を羽優美の中心に擦《す》りつけ、「欲しいと言え」と要求してくる。

けれど今夜は、文隆は羽優美の膝裏に手をかけると、お尻が大きく上がるように羽優美の身体を深く折り曲げた。秘めやかな部分が羽優美自身にも、もちろん文隆の目にもよく見える。羽優美はその痴態《ちたい》に耐えられなくて、にわかに暴れた。

「いや……っ！」

「〝嫌〟？　欲しくないのか？」

その言葉に、羽優美はぴたっと抵抗をやめる。片方の脚から手を離されても、羽優美はそれを下ろすことができなかった。

そんな羽優美に、文隆は冷ややかな笑みを向ける。

「暴れるほど恥ずかしがってたのに、そんなにこれが欲しいのか？　本当に淫乱だな、君は」

嘲《あざけ》りの言葉が胸に痛い。けれど彼が手を添えながら自身を秘裂に擦りつけてくると、逃げたいという気持ちも霧散《むさん》してしまう。

「欲しかったら、俺が欲しいと言え。坂本なんかより、他のどの男より、この俺が欲しいと」

もう何度も抱かれているのに、文隆だけが欲しいのだと信じてもらえないのが悲しい。

羽優美は涙をこらえて言った。

「……私は坂本さんと浮気をしたこともなければ、無節操に男性と関係を持ったこともありません」

恥辱《ちじょく》に耐えながら絞り出したこの告白も、文隆は全く信じなかった。鼻で笑うような目をして羽優美を責める。

「誤解だと言うなら何故逃げない？　――あんな風に抱かれたら、その男に二度と近付かないのが普通だろ？」

……普通なら多分、文隆の言う通りなのだろう。

好きじゃない相手だったら、羽優美も間違いなく逃げていた。顔も合わせたくなくなるだろうから、仕事も辞めたと思う。

でも、羽優美は文隆が好きだから、一度は逃げ出したけどまた戻ってきてしまった。誤解されたままでいたくなくて。――文隆が、羽優美のことを好きになってくれたのではないかと期待して。

そんな愚《おろ》かな自分に失望して諦めの笑みを口元に浮かべると、文隆は何を思ったのかいきなり自身の切っ先を羽優美の中に沈めてきた。

「んぁ……っ!　あぁ――――」

入り込む彼に合わせ、長い吐息のような喘《あえ》ぎが口からこぼれる。

目を閉じてその感覚を味わい、律動が始まるのを待っていたら、冷ややかに命じる声がした。

「見ろ」

そろそろと目を開けると、文隆は羽優美に見せつけるかのようにゆっくりと自身を出し入れする。

寝室のオレンジ色がかった間接照明の明かりの中、脚を大きく広げて露《あら》わになった秘所に彼の剛直が埋まっているのがよく見える。彼が出し入れするのに合わせて、いっぱいに広げられた蜜口の襞《ひだ》が、彼に纏《まと》わりついて何度もめくれ上がるのも。

その卑猥《ひわい》な光景に、羽優美の中はギュッと締まった。

「いやっ……！」

反応してしまった自分が、たまらなく恥ずかしい。彼が、そのことに気付かないわけがない。

文隆は羽優美の片脚を掴んだまま、もう片方の脚を押さえつけるように跨《また》ぐと、上から突き入れてきた。

「見るんだ。――自分が誰に抱かれて淫《みだ》らになっているのか、その目に焼きつけろ」

強要するその言葉は、羽優美にとって自らへの言い訳となった。

自分が望んだわけじゃない。彼に言われて仕方なくするのだと。

けれど、羽優美のそんな思いを無視して、身体はますます敏感に反応する。

二人が繋がり合った場所の向こうに、快楽をこらえて表情を歪《ゆが》める彼の姿がある。額には汗が滲《にじ》み、その一つがこめかみを伝って頬を流れ落ちる。彼に言われるまでもなかった。羽優美は瞬《まばた》きも忘れ、その光景に釘づけになる。

私は今、彼に抱かれている……。

幸福感が胸いっぱいに溢《あふ》れ、羽優美の身体がずきんと脈打つ。

その反応に気付いてか、文隆は苦しげな表情ににやりと笑みを浮かべた。

「分かるか？　君の中、物欲しそうにうねってる」

「いや！　言わないでくだ――あぁ！」

恥ずかしくて抗議の声を上げたけれど、文隆がいっそう激しく突き進んできて、羽優美は話を続けられない。

「んっ、あっ、ま、待って、常――！」

「名前を呼べって言っただろ！」

怒声と共に激しく責め立てられ、羽優美は息もままならなくなる。

快楽に蕩《とろ》け切った身体はその激しさを貪欲《どんよく》に受け止め、羽優美は彼と一緒に快楽の階段を一気に駆け上がった。

＊　＊　＊

目を覚ますと、羽優美は寝室に一人きりだった。

上掛けで、裸身が肩まですっぽりと覆われている。

常務……

さりげない気遣いに、目頭が熱くなる。

こういう優しさを見せてくれるということは、ちょっとは気にかけてもらっていると思っていいのだろうか？

少しの間、温かい気持ちに浸《ひた》っていると、不意にドアが開いて文隆が入ってきた。

彼はスウェットパンツを穿《は》いただけで、上半身は裸だった。いつもは整髪剤で整えられている髪が水分を含んで目元に掛《か》かっている。その様子が、妙に艶《なま》めかしい。恥じらって下を向いた羽優美に、彼は冷ややかな声をかけた。

「シャワーを浴びてこい」

彼はそれだけ言って羽優美に背を向け、クローゼットを開けた。羽優美はその隙にベッドから出て、床に落ちていた服を抱えてそそくさとバスルームに向かう。

彼が使ったばかりのシャワーは、すぐに程よい温度になった。羽優美は手早く情事の残滓《ざんし》を洗い流し、身支度を整えて脱衣所から出る。

この部屋は3LDKで、出てすぐのところはリビングになっている。最近一人暮らしを始めたとは言っていたけれど、そのせいかあまり生活感がない。このリビングに置かれた家具と言えば、大きなテレビにソファ、コーヒーテーブルだけだ。先ほどまでいた寝室も、セミダブルのベッドと適度に衣服が入ったクローゼットのみ。羽優美が気にすべきことではないと分かっていても、目にするたびに寂しさを感じる。

そっけないリビングを横目に、羽優美は何となしに玄関横のカウンターキッチンに近付く。するとキッチンにいる文隆が、ぶっきらぼうに声をかけてきた。

「座ってろ」

羽優美は言われるままに、カウンター前に置かれたスツールに座る。

その際に、キッチンの中がちらりと見えた。広めにとられた、とても綺麗なキッチンだ。だけど、物がなさすぎる。引っ越してきたばかりだからかもしれないけど、置かれている電化製品は冷蔵庫と電子レンジだけで、調理器具は一切見当たらない。

羽優美に背を向けている文隆は、セーターとチノパンに着替えていた。会社では見られないラフな姿に何故だか気恥ずかしさを感じ、羽優美は俯《うつむ》いて目を逸《そ》らした。

電子レンジが鳴ると、文隆はすぐに温めていた物を取り出してカウンターの上に置く。

「食べろ」

湯気の立つ耐熱皿を手元まで引き寄せたものの、彼より先に食べ始めるのは気が引けて、羽優美はスプーンを手にするのを躊躇《ためら》う。次の皿をレンジにセットしていた彼は、振り返って言った。

「先に食べていてくれ」

情事の後はこうして食事を出してくれるのだが、その度に言わされてうんざりしているのだろう。口調が少し苛《いら》ついている。

食べ始めると、彼はぷいとレンジのほうを向いた。突き放すような態度に心が冷え込むのを感じながら、羽優美は少しずつ食べ進める。

出されたのはラザニアだった。多分手作りだろう。ミートソースもホワイトソースも美味《おい》しくできているけれど、盛りつけにはあまりこだわっていないようだ。ソースからはみ出た板状パスタが、水分を失って固くなっている。

ここで作られたものではないだろう。何となくだけど、ここの綺麗すぎるキッチンは、こういった手料理が作られるというイメージではない。

誰がこれを作ったの……？

最初に食事を出された日から、ずっと気になっていた。取締役をしている彼はそれなりに裕福だから、家政婦か何かを雇っているのかもしれない。けれど、今目の前にあるラザニアは料理を覚えたての人が作ったような印象がある。

今まで出されたのは、ひき肉たっぷりのマーボー豆腐、具を柔らかく煮たビーフシチュー、何という料理か分からないけど、スパイスのきいた肉料理。どれもプロの味というより、食べてくれる人のために一生懸命作った家庭料理、といった感じだった。

こんなに愛情のこもった料理を食べていながら、何故文隆は手料理に飢《う》えているなんて話をしたのだろう。理由は想像できないけれど、嘘をつかれていたことが胸に痛い。

誰かが文隆のために作った料理を食べるのが辛くて、スプーンを口に運ぶ動きは自然とのろくなり、やがて止まってしまった。先に食べ終えていた文隆はそれに気付くと、スツールから立ち上がる。

「口に合わないなら食べなくていい。——送っていく」

残すのはもったいないけれど、すでに玄関へ向かっている文隆を待たせるわけにはいかない。羽優美は申し訳なく思いながら、食べかけのラザニアを置いて玄関に向かった。

羽優美が車に乗り込みシートベルトをすると、文隆は何も言わずに車を発進させた。

煌々《こうこう》と明かりのついた店が並ぶ街の中を、車は流れるように進む。その途中で一度だけ、彼はぼそっと口を開いた。

「どこか、寄りたいところはあるか？」

「……ないです」

言葉少なに答えると、彼もそれきり黙り込んだ。

野菜などの生鮮食料品が底をついているけれど、今の羽優美にはそれらを買い回る気力がない。

気づまりが頂点に達する頃、アパート前に到着する。

車から降りようとした時に、また声をかけられた。

「夕食、あれだけじゃ全然足りなかっただろ。何でもいいからちゃんと食え」

「……はい。それでは失礼します」

車のドアを閉めて小さくお辞儀をすると、羽優美は車に背を向けて歩き出した。部屋に入ってドアを閉め電気を点《つ》けると、ようやく車が遠ざかる音がする。

羽優美がこれからまた出かけて、坂本に会いに行くとでも思われているのだろうか。

そう考えると悲しくなってくる。

羽優美はお風呂に湯を張ると、髪を洗って身体を洗い直し、湯船に浸《つ》かった。緊張していた身体がじんわり温かくなり、強張《こわば》りも解《ほぐ》れていく。それと同時に様々な思いが浮かんでくる。

——何でもいいからちゃんと食え。

ぶっきらぼうだったけれど、気遣いのある一言。

目を覚ました時、肩まで覆っていた上掛け。

言葉で傷つけようとしながらも、羽優美に触れてくる手には労《いたわ》りが感じられて。

彼が何気なく与えてくれる小さな優しさが嬉しい——それらを失いたくなくて、泣きたくなるほどに。

愛されることがなくてもいい。こうして好きな人に抱かれて、ほんのわずかな優しさだけでも手に入れられるのなら、軽蔑されてたっていい——と羽優美は思った。

＊　＊　＊

それから二週間ほど経ったある日、作成した資料を持って文隆のオフィスに入っていくと、デスクに座っていた彼はちょうどスマホでの通話を終えたところだった。羽優美から資料を受け取った文隆は、メモ用紙に走り書きをして羽優美に突き出す。

「予約を入れてくれ。二名だ」

メモ用紙を確認すると、見慣れた高級レストランの名前と時間が書かれていた。

誰と行くの……？

今夜、会食の予定は入っていない。それに、接待にはたいてい誰かを連れていくし、相手にも同行者がいるから、いつも四人かそれ以上になるのに。

けれど、文隆ははっきり二人と言ったのだから、それで間違いないのだろう。ならばそれ以上は詮索《せんさく》すべきではない。

文隆のことを物言いたげな目で見てしまいそうな自分に気付き、羽優美は彼と目を合わせないようにして返事した。

「かしこまりました」

一礼して秘書室に戻ると、電話番号を確認してレストランに予約を取る。

それを報告し、また秘書室へ戻ろうとしたところで文隆に呼び止められた。

「気にならないのか？　今した予約は何のためなのか、とか」

訊《き》くべきことだったのだろうか？　怒っているかのような文隆に戸惑いながら、羽優美は答えた。

「……常務がおっしゃらないということは、わたくしが把握する必要のないことと思ったのですが」

すると文隆は、意地悪い笑みを浮かべて言った。

「じゃあ把握しておいてもらおうか。――デートだよ。三十分前には待ち合わせ場所へ向かう」

デートっていうことは、付き合ってる女性が――？

息もつけなくなるほどの強い痛みが胸に走る。

考えたこともなかったけれど、ありうることだ。文隆は羽優美と付き合ってるわけじゃない。若くして取締役を務め、容姿もいい彼は、付き合う女性に事欠かないだろう。

ショックのあまり表情も動かせず、ただ「そうですか」と答える。すると彼は顔をしかめ、椅子を回転させて羽優美に背を向けた。

「相手と夕食をとる。君は先にマンションへ行って、夕食を済ませて待っていてくれ」

「……かしこまりました」

懸命に動揺を押し隠し、礼儀正しく挨拶してから退室する。

この日は定時間際に文隆にいくつかの急ぎの仕事を任され、終わったのはその二時間後だった。

あと一時間もしないうちに、レストランの予約時間になる。文隆もまだオフィスに残っているが、そろそろ相手の女性との待ち合わせ場所に向かうはずだ。

彼がデートに出かける姿を見たくない――

羽優美は仕事を終えると、文隆に挨拶だけして急いで秘書室を後にした。

エレベーターで一階に降り、通用口で警備員に社員証を見せてから外に出る。

通用口から通りに出るまでの道は、短い間隔で街路灯が設置されていて見通しはいい。

時間も時間のせいか、何人かの社員が帰宅を急いで足早に歩いているのが見えた。

そんな中、一人佇《たたず》む人影が視界に入り、何気なくそちらを向く。それが仁瓶綾奈だと気付き、羽優美はぎくっと足を止め、身体を強張《こわば》らせた。

そんな羽優美に、綾奈はつかつかと近寄ってくる。
「こんばんは。今お帰り？」
何故声をかけられたのかは分からないけど、微笑みの中にも攻撃的な空気があること
に気付き、羽優美は警戒した。
けれどこのまま立ち去るわけにもいかない。羽優美は動揺を押し隠して挨拶を返した。
「こんばんは。そうですが、仁瓶さんは……」
何と訊《たず》ねたらいいか分からなくなって、羽優美は口ごもる。何の用があってここにい
たのだろう。文隆は今からデートだから、綾奈との約束があるわけないし。
綾奈は優雅な微笑みを浮かべながら軽蔑の目を羽優美に向けて言った。
「和史の誘惑に失敗して、今度は文隆さんをターゲットにしたみたいね？　でもそうは
いかないわよ？　あなたの企みなんて、文隆さんはとっくにお見通しなんだから」
最初、何を言われたのか分からなくて困ったけれど、綾奈の話しぶりから和史という
のが坂本の下の名前であることを思い出して納得する。
そういえば、綾奈も坂本とのことを誤解しているのだった。文隆は綾奈に頼まれて、
羽優美を坂本から引き離したと言っていた。
秘書室で会った時に綾奈に睨《にら》まれたのは、そのせいだったのだ。あの時文隆は、羽優
美に文句を言おうとした綾奈を止めてオフィスに連れていった。

彼が羽優美に疑いの目を向けていることを、気付かれないようにするために——胸に走った痛みを知られないよう、無表情のまま羽優美は綾奈に告げた。

「仁瓶さんがおっしゃっていることに、わたくしは身に覚えがありません。三上常務にご用がおありでしたら、そろそろ出てこられるかと思います。本日はお約束があり、その時間が迫っていますけど、仁瓶さんのためでしたらお時間を割《さ》いてくださるはずです。それではわたくしはこれで失礼いたします」

動揺で声が震えるかと思ったけれど、思いの外《ほか》するすると言葉が出てきた。最後まで言い切った羽優美は、綾奈に丁寧なおじぎをすると、すぐさま歩き出す。

さらに何か言われるかもしれないと思ったが、綾奈が追いかけてくることはなかった。

羽優美は動揺を悟られないよう、きびきびとした足取りで通りに出て、街路灯に照らされた歩道を歩き続けた。

文隆のマンションに続く通い慣れた道を歩きながら、途中コンビニに寄る。

冷蔵庫にあるものは何でも食べていいと文隆に言われているけれど、文隆と親しくしている女性が作っていると思うと、食べる気が起きなかった。それに、彼はこれから女性——もしかしたらあの手料理のひとかもしれない——と一緒に楽しく食事をするのだ。それを考えれば食欲自体湧いてこない。

さんざん悩んだ末、羽優美はペットボトルのお茶とおにぎりを一つだけ買ってコンビニを出た。

十二月に入って、街は間近に迫ったクリスマスに浮かれるかのように、あちこちでイルミネーションがきらめいていた。通りを行く人たちの顔も、何だか幸せそうだ。

そんな通りを歩いているのが辛くて、羽優美の足は自然と速くなる。

マンションに着くと、羽優美は教えられた暗証番号をコンソールに打ち込んで入り口のドアをくぐった。エントランスにあるエレベーターを使って目的の階に上がり、渡されていた合い鍵で中に入る。

電気を点《つ》けると、いくつかの家具が置かれているだけの、何だか閑散《かんさん》としたリビングルームが照らし出される。

物――特に女性物が増えていないことにほっとし、直後に自己嫌悪に陥《おちい》った。

彼の部屋をまるで自分のテリトリーのように思うなんて。そんな権利は羽優美にはないのに。

彼はどういうつもりなのだろう。付き合っている女性がいるというのに、羽優美を抱くためにこうして呼びつけるなんて。――少しでも目を離すと、坂本を誘惑しに行ってしまうと思われているのだろうか。そうだとしたらとても辛い。羽優美は他の誰でもない、文隆が相手だから抱かれているのに。

食事をする場所を探してリビングを見渡す。けれどキッチンカウンターのスツールに腰掛けるのは億劫《おっくう》だし、かといって物を食べるのにひと様の家のソファに座るのも躊躇《ためら》われた。羽優美は迷った末、壁際に行ってフローリングの上に直《じか》に腰を下ろす。お茶とおにぎりを取り出してじっと見つめるけれど、どうしても食欲が湧いてこない。しばらくして、羽優美は仕方なくお茶を一口飲んでから、それらをバッグにしまい直した。

代わりに秘書検定の参考書を取り出す。毎日持ち歩き、何度も読み返している。内容はほとんど頭の中に入っているけれど、秘書としての心構えを忘れないために。

参考書を開いて文字を追うものの、目が滑って頭に入ってこない。それで羽優美は、ぼそぼそと音読した。

「……『秘書として大事なことは、誰に対しても礼儀正しく、感情的にならず、褒められても謙虚さを持って受け止めることです。仕事に忙殺《ぼうさつ》されても、冷静さを失ってはいけません。強い責任感を持ち、仕事を最後までやり遂げる能力が求められます』……」

それでも身が入らずに、羽優美は諦めて参考書を閉じて膝の上に置く。

デートの相手って誰だろう？　私の知ってる人？　それとも取引先のお嬢さんとか……？

ありうることだと思った。文隆は三十四歳。結婚を前提にお付き合いしている人がいたっておかしくない。

そんなことに気付かなかったなんて、なんて馬鹿なんだろう。

今頃彼と相手の女性は、羽優美が予約した居心地のいい高級レストランで楽しく食事をしているはずだ。

羽優美はがらんとした部屋でただ一人、おにぎり一つ喉を通らず、侘《わ》びしく彼の帰りを待っている。

「うっ……く、ふぇ……」

こらえていた涙がとうとう溢《あふ》れ、羽優美は嗚咽《おえつ》し始めた。

自業自得だ。

この状況を望んだのは羽優美自身。愛されなくても、軽蔑され続けてもいいから、彼からもらえるわずかな優しさが欲しいと願った。

でも、どこかで期待していたのかもしれない。彼のために秘書として役に立ち、彼の望むまま身体を差し出せば、いつか愛してもらえる日が来るんじゃないかって。

軽蔑されているのだから、そんなわけがないのに。

部屋の中は寒く、コートを着たままでも冷たいフローリングから冷気が這《は》い上ってきて身体を冷やす。けれど勝手にエアコンを点《つ》ける気にはなれなかったし、座れと言われたことのないソファに身を沈める気にもなれない。

寝室に行ってベッドで上掛けにくるまれば暖かいだろうけど、それは一番したくなかった。

後で行くことになると思うけど、今は寝室に近寄りたくない。そこは、彼との関係がそれしかないと象徴するような部屋だから。

文隆と羽優美は恋人同士でもなければ、もちろん結婚する予定もない。友好的にセックスを楽しむセフレの関係ですらない。

辛いなら逃げてしまえばいいじゃない。こんな関係は続けられないと言って、仕事を辞めて実家に逃げ帰れば。

でも、そうしたら文隆とは二度と会えなくなる。

最初に言葉を交わした時は、厳しくて気難しい人だと感じた。

でもそれが日を追うごとに和《やわ》らいでいって、親しみを覚えられるようになって。

微笑んで「ありがとう」と言ってもらえるだけで嬉しかった。

レストランで夕食をごちそうになった時は、まるで天国にでもいるかのように幸せで。

昼食を一緒に食べるようになってからは、そんな日がいつまでも続くのを望んだ。

その全てが偽りだったと知った今でも、気まぐれに与えられる優しさが欲しくて仕方なくて。

私、馬鹿だ……救いようがないくらい馬鹿だ……

文隆がしばらく来ないと分かっている今なら、思う存分泣ける。

羽優美は抱えた膝に顔を埋めるようにして、積もり積もった心の澱《おり》を吐き出し続けた。

いつの間に眠ってしまったのか。

肩に触れる温かさに気付いて目を覚ますと、すぐ目の前に文隆の姿があった。

帰ってきたことに全然気付かなかった。物音にも気付かず眠りこんでいた自分に動揺し、ついいつもの挨拶が口をついて出る。

「お帰りなさいませ」

何がおかしいのか、彼は急に笑い出した。

「〝お帰りなさいませ〟か。君にとってはここも〝職場〟なのか？」

何を言われてるのか分からないまま、羽優美は寝室に引っ張っていかれ、ベッドに押し倒される。

「なら〝仕事〟してもらおうじゃないか。俺を満足させるっていう仕事をさ」

羽優美に覆い被さってきた文隆は、獲物を狙う肉食獣のように、ぎらりと瞳を光らせた。

羽優美はあっという間に服をはぎ取られ、性急なキスと愛撫《あいぶ》に翻弄《ほんろう》される。

羽優美が一度達すると、文隆は彼女を立たせて自分はベッドに腰を下ろした。そうして脚を揃えて伸ばすと、羽優美の両手を引く。朦朧《もうろう》としていた羽優美はよろけ、彼を踏むまいとしてその身体を跨《また》いでしまった。

「あっ！」

小さく悲鳴を上げた羽優美は、彼を跨ぐことで、秘めやかな部分を彼の目の前にさらしてしまったことに気付き、真っ赤になった。

退《ど》こうとしたけれど、文隆は羽優美の両手に自分の指を絡めるようにして握りしめ、仰向けになってしまう。羽優美は彼の動きに合わせて引っ張られ、前のめりになった。

慌てて離れようとしたが、文隆に先に言われてしまう。

「そのまま腰を下ろして」

「え？　あの……」

「いいから、俺を跨いだまま」

そうは言われても、真下にはすでに雄々しく勃《た》ち上がり、薄い皮膜に覆われた彼のものがある。羽優美は不意に彼の意図に気付いて、真っ赤になった。

できるだけ太腿《ふともも》を閉じるものの、そのまま動けなくなってしまう。すると文隆は欲望にぎらつく目で羽優美の全身を見つめながら促《うなが》す。

「〝仕事〟してくれるんじゃなかったのか？」

そう言われてしまうと、従わなければならないような気分になった。羽優美は太腿を閉じたまま、ゆっくりと腰を下ろす。

どうかしてる……〝仕事〟と言われてこんなことに従うなんて……

頭によぎったその思いを、羽優美は意識の隅に押しやる。

途中片手を離された。文隆は自らの猛《たけ》りに手を添え、「もっと腰を下ろして」と指示をする。言われた通りにすると、文隆は羽優美の蜜口に自身の先端をあてがった。

「ん……っ」

彼の昂《たかぶ》りがほんのわずかに入り込んだ感触に、喉から声が漏《も》れてしまう。

いったん解放されていた手が、また文隆の手と握り合わされる。指を交差させて羽優美の手をしっかりと握った文隆は、自分のあまりの痴態《ちたい》に混乱する羽優美に対し、容赦なく告げた。

「そのまま腰を沈めるんだ」

彼に入れられるのと自分で入れるのとでは全く違う。そんな恥ずかしい真似はできないと、羽優美は許しを乞《こ》うように首をふるふると振った。けれど文隆は愉悦《ゆえつ》を覚えたかのような表情で、残酷に言う。

「俺を満足させてくれるんだろ？」

もはや羽優美に拒む術《すべ》はなかった。

どうかしてる……

羞恥《しゅうち》に耐えながら、羽優美はぐっと腰を下ろす。けれど彼から秘部を隠そうと太腿《ふともも》を閉じているせいか、亀頭の先は埋まってもそれ以上は入っていかない。何度か力を入れてその部分を押しつけていると、いきなり文隆が腰を突き上げた。すると、ほんの少し深く彼の剛直が蜜口に入り込む。

「きゃ……っ」

「もっと頑張れよ。それとも焦《じ》らしてるのか？」

「違いま──あっ、や……っ」

軽く突き上げられて、羽優美は喘《あえ》ぎ声を上げる。

文隆は、軽く突き上げては羽優美が嬌声《きょうせい》を上げて悶《もだ》えるのを、慾《よく》を孕《はら》んだ瞳で眺めていた。

「ほんのちょっと入れただけなのに、ずいぶん気持ちよさげだな」

「言わないでくださ──んっ、あん……っ」

くちゅん、という淫《みだ》らな音に、羽優美の艶《なま》めかしい声が重なる。

蜜口を押し広げられて、身体の奥深くがおののき、同時に愛液が溢《あふ》れ出すのを感じた。

奥まで入れられていないのにこんなに感じるなんて、思ってもみなかった。むしろ奥深くに彼を感じる瞬間への期待が膨《ふく》らんで、指で愛撫《あいぶ》された時以上に濡《ぬ》れてしまう。

こんな風に触れ合っていたら、そのことをいずれ彼に気付かれるだろう。

羞恥を覚え表情を歪《ゆが》めると、案の定文隆はそれに気付いて、情欲に濡れた表情にからかいの笑みを浮かべた。

「気付いてるか？　俺が突き上げるたびに君の中から愛液が溢《あふ》れて、俺のものがべとべとだ。そんなにコレが気持ちいいのか？」

かあっと赤くなった羽優美を、文隆はさらに煽《あお》る。

「欲しいくせにやせ我慢して、脚もぷるぷる震えてるじゃないか」

脚が震えているのは、中腰の体勢が辛くなってきたからだ。――でも、それだけじゃないのは分かってる。彼の言う通り欲しくてたまらなくて、でも恥ずかしくてそんな自分を受け入れることができない。

もう許してほしい。そう思って必死に首を横に振ると、文隆にひときわ強く突き上げられた。

「きゃあ！」

その衝撃で、羽優美の足がシーツの上を滑る。足の支えを失うと、自分の重みで、熱く脈打つ彼自身が羽優美の膣《ちつ》に沈み込んでいく。握り合わせた文隆の手も、支えにはならなかった。

「あっ、あぁ――……」

長い嬌声《きょうせい》を上げながら、羽優美は彼の全てを受け入れた。受け入れたそこはじくじくと疼《うず》き、快感と疲労に息が上がる。

下から彼を受け入れる体位はこれが初めてじゃないけれど、やはり少し怖かった。際限なく深く彼が入ってくるという恐怖は和《やわ》らいだものの、そこを強く抉《えぐ》られる感覚に自分を見失いそうで。

目を閉じて、彼の両手にもたれ掛《か》かるようにして息を整えていると、冷ややかな声が下から響いた。

「まだ終わりじゃないぞ」

突き上げられて、羽優美は悲鳴混じりに懇願《こんがん》する。

「やぁ！　待ってて、待っ……！」

「待てって言う割には、気持ちよさげに絡みついてくるじゃないか」

「ひぁ……！　しゃべらっ、ないで……っ！」

彼の声の振動が、羽優美の中に突き入れられた彼自身を伝って、蜜壷の奥底で響く。敏感な部分もそれにくすぐられ、羽優美は身悶《みもだ》えながらもその快感をより多く拾おうとする。

そんな自分に羞恥《しゅうち》を覚えて今すぐ逃げ出したかったけれど、立ち上がろうとして脚に力を込めた途端に体内にも力が入り、彼自身を締めつけてしまった。

「んっ……積極的だな」

「違……っ、あっ、あん」

また突き上げられて、喘《あえ》ぎ声がこぼれる。文隆は荒く息を継ぎながら、満足げに言った。

「いい眺めだよ。君のつんと尖った乳首が、いやらしく弾んでる」

かっと頬を染めた羽優美はとっさに腕を内側に寄せて胸を隠そうとしたけれど、文隆は自分の腕を開いてそれを阻《はば》んだ。

「ぃや！　見ないでっ！　──はっ、あ……っ」

声を上げすぎて息が切れる。

断続的に突き上げられて確認できないけれど、文隆の目に何が映っているのかは想像がつく。小さな乳房の先に色づく蕾《つぼみ》が彼を誘うように膨《ふく》らんで、彼の突き上げに合わせて上下に揺れているのだろう。両手を広げられて、その様子がさらによく見えるようになったはずだ。

文隆の貪《むさぼ》らんばかりの熱い視線にさらされて、羞恥《しゅうち》とともに悦《よろこ》びを感じる。

どうかしてる、私……

軽蔑されてるのに。こうして身体を満足させなければ他人の男を誘惑しに行く淫《みだ》らな女だと思われてるのに──

それでも彼が貪欲《どんよく》な目で羽優美を見つめ、羽優美に触れて興奮し、羽優美の身体で欲望を満たしてくれるのがたまらなく嬉しい。

羽優美が文隆の上に腰を落とす度に、ぴちゃぴちゃと飛沫《しぶき》をあげるような水音がする。

それが自分から出てきたものの音だと思うと、羞恥を上回る快楽が身体を突き抜ける。

「あぁっ……やっ、んんッ……もっもうっ……」

ぐずぐずに溶け落ちるような快楽に襲われて、羽優美は、彼の手にしがみついて懸命に身体を支え、首を激しく振って必死に限界を訴える。

文隆は息を荒くしながらも、まだ余裕がありそうな口調で言った。

「何度抱いても、反応が初々《ういうい》しいな。そんなところに――そそられるよ」

どうかしてる……彼の声音には嘲《あざけ》りが混じってるのに、それを聞いてこんなに身体を熱くするなんて。

「――あッ、あぁあぁぁ――――！」

絶頂を迎え身体を仰《の》け反《ぞ》らせた羽優美の目に、生理的なものとも悲しみゆえのものともつかない涙が滲《にじ》んだ。

自分の上に崩れ落ちた羽優美を、文隆は繋がったままそっとベッドに横たえた。

「はっ……はぁ……はぁ……」

仰向けにベッドに沈んだ羽優美は、貪るように息をする。そんな羽優美に、文隆はからかうような声で言った。

「貪欲だな。君の中はまだ快楽を絞り取ろうとして俺を締め上げてくる」

知られたくなかったけれど、知られないわけがない。彼をくわえ込んだままの秘所が、まだ達していない彼を求めて蠢《うごめ》いているのが自分でも分かる。

恥ずかしさのあまり両手で顔を隠していたのに、すぐにその手を掴まれて、頭の上で押さえつけられてしまった。それでも目をつむって顔を背《そむ》けると、彼は羽優美の目尻に唇を寄せて、涙を吸い取る。

その優しい感触に、羽優美の全身に甘いわななきが広がり、身体の至るところの筋肉に緊張が走る。すると耳元で「くっ」と文隆が呻《うめ》く声が聞こえた。彼が急に腰を動かし始めた。余韻が冷め切らず収縮する中を彼の硬くて太いものが無遠慮に行き来する。

「あっあ……っ、まっ、待って」

「煽《あお》った君が悪い」

文隆は上体を起こして、羽優美の両の乳首を摘《つ》まむ。びりっとした快感が身体の中心へと突き抜けて、羽優美は背を反らして声を上げた。

「はぁ……んっ」

少しキツかった彼の突き上げが、その瞬間に快楽に変わる。

「あ……っ、やっ……ふぁッ、あん……っ」

快楽の頂《いただき》から降りかけていた身体が、再び上昇を始めた。

それに気付いてか、文隆は羽優美の両脚を抱えてさらに激しく腰を打ちつけてくる。

硬い先端が羽優美の蜜壷の奥底を強く突き、圧倒的な質量を持った脈動が内壁を抉《えぐ》るように行き来する。文隆にかき混ぜられている場所からは、羽優美から溢《あふ》れ出した潤《うるお》いがぐちゅぐちゅといやらしい音を立てている。そこに文隆が荒く呼吸をする音と、止めようにも止められない羽優美の喘《あえ》ぎ声が重なって、羽優美は秘所と耳の両方から追い上げられる。

身体の奥で快感がみるみる膨《ふく》らんで、もう弾け飛んでしまいそうだ。声を上げすぎて苦しい中、羽優美は懸命にそのことを彼に伝えようとした。

「は……っ、じょ、常務、もう――」

その途端、文隆は動くのをやめてしまう。

あともう少しのところで放り出された羽優美は、今度は困惑の声を漏《も》らした。

「……常、務……？」

「そうやって呼ぶのはやめてくれ。仕事の最中みたいで嫌なんだよ」

「あ、も、申し訳ありません……」

彼の逞《たくま》しい裸身を直視できず、羽優美は視線を彷徨《さまよ》わせながら謝る。すると、苛立《いらだ》った声が返ってきた。

「仕事中じゃないんだからそれもやめてくれ。それとも、上司と部下のシチュエーションで抱かれたいっていう趣味があるのか？」

何を言われているのかよく分からなかったけれど、違うような気がする。

ふるふると首を横に振ると、文隆は呆れたようにため息をついた。

「だったら、いい加減名前で呼んで」

「で、でも……」

以前も言われたこととはいえ躊躇《ためら》っていると、彼は突然腰を回した。

「んぁ……！」

奥深くまで入り込んだ硬いものに大きくかき回されて、達しかけていた身体は敏感に反応する。

喘《あえ》ぎ声を漏《も》らしながら突然の刺激に身悶《みもだ》える羽優美に、彼はもう一度言った。

「名前を呼んで。欲しいんだろ？」

軽く奥を突かれて、羽優美はびくびくと身体を震わせてしまう。

羽優美は欲望に屈して、か細く彼の名を口にした。

「文、隆さん……」

その時にまた、彼が痛みを覚えるような顔をした気がした。

再び動き出した彼は、羽優美の中をがむしゃらに突き上げてくる。

「もう一度呼んで」

「文隆さ——あっ」

「もう一度」

「文隆――あぁっ！」

羽優美は彼に促《うなが》されるまま、何度も何度も名前を呼ぶ。

本当はこんな風に、何度も名前を呼びたかった。

でも呼べなかった。自分を愛していない人の名前を呼ぶのは気が引けて。自分から呼べば、彼への想いを隠し切れなくなりそうで。

羽優美の想いは、彼にとって迷惑にしかならない。愛せない相手から愛されても、困るだけに決まってるから。

羽優美は以前約束した。彼を困らせるようなことはしないと。だから心に決めていた。自分の想いは決して彼に悟らせないと。

でもこんな時なら、愛されない辛さに顔を歪《ゆが》めていても気付かれないだろう。泣き出しても、感じすぎているからと解釈してくれるだろう。

間違っても〝愛してる〟などと口にしないよう、うわごとのように彼の名前を繰り返す。

身を屈《かが》めて羽優美を抱きしめる文隆の口からは、名前を要求する言葉はもう出てこない。その代わり、耳元でかすかに呟く。

「……ゆみ……、羽優美……」

それが自分の名前だと気付いた時、羽優美は泣きたいほどの幸福感に包まれる。

文隆さんは、今間違いなく私を求めてくれている……

この時だけは何もかも忘れ、羽優美は求められる喜びと与えられる快楽に包まれながら、彼と互いの名前を呼び合い、絶頂を迎えた。


羽優美の上に崩れ落ち、しばらくそのまま荒い息を繰り返していた文隆は、少し落ち着いてくると羽優美の横に身体を投げ出した。それと同時に力を失いかけていた彼自身が羽優美の中から抜け出ていき、羽優美は名残惜しげに小さく身体を震わせる。

彼は抱きつくものを求めるように、息の整わない羽優美の身体に腕を巻きつけてきた。

静かな部屋に、二人が空気を貪《むさぼ》る音だけが響いている。

やがてそれも収まってくると、羽優美はゆっくりと彼の腕から抜け出し、ベッドを降りた。

先ほどの歓喜の余韻は身体に色濃く残っていたが、恋人同士が睦《むつ》み合うような真似を続けるわけにはいかない。こんな時間が続けば、ますます離れられなくなる。

そういえば、今夜のデートはどうだったんだろう？　楽しく食事をして、相手の女性を紳士的に家に送ったの？

それで満たされなかったから、その人の代わりに私を抱いたの……？

いつかは愛してもらえるかもしれないという、あらぬ幻想を抱《いだ》いていた自分が滑稽《こっけい》だ。

羽優美は泣きたくなるのをこらえながら、一つ一つ衣服を拾い集める。

背後で、ベッドがかすかに軋《きし》む音が聞こえた。

「何をしている？」

「……帰ります」

羽優美の妙に落ち着いた態度に怒りを覚えたのか、文隆は鋭く息を呑んだ。

羽優美はその音に気づかなかったふりをして、服を抱えて脱衣所に向かう。

シャワーを借りたいとか、車で送ってほしいなどと自分からは言えなかった。どのみち家でお風呂に入り直すし、遅い時間だけれど電車はまだ走っている。

脱衣所の台の上に服を置いて、その中からまず下着を探す。

その時、ドアが乱暴に開かれ、押し入ってきた文隆にバスルームへと連れ込まれた。

どうしたらいいか分からず、胸元と脚の間の淡い茂みを手で隠しながら立ちすくむ。

そうしているうちに彼はシャワーの温度を調節して、羽優美に浴びせかけてきた。

「待っ、待ってください！　髪が——きゃあ！」

頭から温《ぬる》めのシャワーを浴びて、羽優美は思わず悲鳴を上げる。

彼は高い位置にあるフックにシャワーヘッドをかけ、勢いよく降り注ぐお湯の中に羽優美を引っ張り込んだ。片腕で逃げられないよう抱き締め、もう一方の手で羽優美のセミロングの髪をかき上げる。

「そういえば、何度もここでシャワーを浴びながら、一度も髪を洗ったことがないな？　いつもどうしてたんだ？」

地肌にまでお湯が染みていく感触と、彼の責めるような声に羽優美はぞくっと身を震わせる。

「俺が送っていった後、またどこかに出かけていたのか？　それとも、家に男を引っ張り込んでその後に洗っていたのか？」

髪をかき上げる手に力がこもるのを感じ、羽優美は掠《かす》れる声で答えた。

「違います……。お待たせしてはいけないと思って……それで、家でお風呂に入り直して……」

「遠慮することないだろ」

突然、彼の声も手つきも優しくなる。羽優美はほっとするのと同時に悲しくなった。

勘違いしちゃダメ。私が好きだから優しくしてくれてるわけじゃない——

髪をたっぷり濡《ぬ》らし終えると、彼の手が下がってきた。顔や耳の裏、首筋を拭《ぬぐ》うように撫《な》で、やがてその手は肩から鎖骨、胸へと移動する。

「あ、あの……やめてください……」

「どうして？」

そうやって訊《き》き返されると困る。

彼の手は、羽優美の慎ましやかな胸を捏《こ》ね回していた。明らかに汚れを拭う動きとは違う。けれど本当にここでするつもりなのか分からなくて途方に暮れる。

どう答えたらいいのか分からず、羽優美は悩んだ末に、おとなしくされるがままになった。

乳房を揉みしだかれ、時折立ち上がった乳首を強く摘《つ》まれると、羽優美の身体には再び火が灯る。

「んっ、んんっ」

浴室に声が響くのを憚《はばか》って、羽優美は唇をきつく引き結ぶ。

文隆は、胸から腹部へと手のひらを滑らせた。

官能を呼び覚まされた羽優美は、その感触だけでびくびくと震えてしまう。声を我慢しているから尚更だ。声を出せば身の内に溜まっていく快感を散らすこともできるのに、それもできずに身体は急速に高まっていく。

「あっ……やっ、やめてください……っ」

快楽に負けないよう懸命に声を抑えて訴える。

「〝やめて〟？　本当にそう思っているのか？」

からかいの声とともに、文隆の手が羽優美の脚の間に伸びてくる。その手から逃れようとして腰を引くと、お尻の少し上の辺りに熱くて硬いものが当たった。それが何なのかすぐに察し、羽優美は真っ赤になって彼から腰を離す。その隙をついて文隆の指が羽優美の秘めやかな部分に滑り込んできた。

「もうたっぷりと濡《ぬ》れてるじゃないか。――これは、今出てきたものなんだろ？」

「――！」

言われて、羽優美は声を詰まらせる。

その通りだった。羽優美の脚の間を濡らすのは、先ほどの情事の名残でもシャワーのお湯でもない。ここで胸を愛撫《あいぶ》されている間に生まれた潤みだった。彼の指がそこをかき混ぜるように動くと、ぴったりと閉じた脚から力が抜けてしまいそうになる。その隙をついて彼の長い指が深く蜜壷に差し入れられる。羽優美は快楽に屈しかけながら懸命に彼を押し退《の》けようとした。

「待ってください！　これ以上したら、明日に差し障《さわ》りが……っ！」

実際、明日働ける自信がない。最近食欲が落ちて、朝にも疲れが残る。今も体力の限界を感じていて、もう一度されたら起き上がれるかどうかも分からない。

羽優美は本気で拒んでいるのに、彼の指は奥深くまで入り込んできて、お腹側の一点を擦《こす》った。

「あっ、やぁ……！」

声を上げ、身体を捩《よじ》って悶《もだ》える羽優美に、文隆は満足げな吐息とともに言った。

「明日は有休を取ればいいだろう？」

「そんなわけには——んぁ……！」

話している途中で内壁をぐるりとなぞられて、羽優美は息を吞んでしまう。喋《しゃべ》ることもままならなくなった羽優美に、彼は揶揄《やゆ》の声を浴びせた。

「俺の秘書になってから、有休を取ってないじゃないか。いつ消化するつもりだったんだ？」

「こんな理由でっ、有休を取るなんて、できな——あぁっ！」

懸命に絞り出した言葉も、三本に増やされた指を激しく出し入れされて、嬌声《きょうせい》に変わってしまう。

軽く達し、その場に崩れ落ちそうになった羽優美の手を、文隆はシャワーホルダーにかけさせる。彼の腕の支えを失った羽優美は、それにしがみつくようにして何とか立ち続ける。

シャワーの湯を浴びながら身体が落ち着くのを待っていると、彼の手が再び伸びてきて、羽優美の腰を持ち上げた。

拒絶する間もなかった。

脚の間に膝を割り入れられたかと思うと、彼の昂《たかぶ》りが一気に入り込んでくる。

「——！」

ズン、と最奥を強く突かれる衝撃に声も上げられない。背後からしたことも数えるほどしかないのに、しかも立ったままするなんて初めての経験だった。

羞恥《しゅうち》は覚えるけど未知の快感に抵抗もできず、羽優美はされるがままになる。

「んっ……、はっ……」

不自然な体勢に、嬌声《きょうせい》もまともに上げられない。

シャワーホルダーに懸命にしがみついていると、彼は羽優美の背に覆いかぶさり耳元で囁《ささや》いた。

「つけてないって言ったら、どうする？」

一瞬、何を言われているのか分からなかった。そして意味ありげに腰を揺らされてはっと気付く。

「だ――駄目です！」

慌てて腰を引こうとしたけれど、がっちり掴まれていてどうにもならない。すぐに激しく突き込まれて、羽優美は逃げるどころでなくなってしまった。

新たに愛液が溢《あふ》れた蜜壷をめちゃくちゃな突き上げでかき混ぜられる。予測不能な刺激に翻弄《ほんろう》され、声が響いてしまうのを気にかけることもできない。

「あっ、あああっ、あぁあああ――！」

激しい律動と共に腰をさらに持ち上げられ、つま先立った足さえも時折足元のタイルから浮いてしまう。そのたびに奥を抉《えぐ》られ、声を上げる。

こんなことはいけないと分かっていながらも、羽優美の身体は快感を貪《むさぼ》ることをやめなかった。荒々しい快楽に羽優美の襞《ひだ》は彼の昂《たかぶ》りに絡みつき、体内は収縮を繰り返す。そうして彼から一層の快楽を絞り取ろうとしているのが分かる。

そして羽優美がとうとう絶頂を迎えると、彼は最奥を数度強く突いてから勢いよく引き抜き、羽優美の臀部《でんぶ》にシャワーよりも熱い飛沫《しぶき》を浴びせかけた。

羽優美の脚を白いものが伝っていく。

彼の手が羽優美の腰から離れると、羽優美はその場に崩れ落ちる。

「なんて……ことを……」

外に出したからといって大丈夫なわけがない。

できちゃったら、どうしたらいいの……？

羽優美に一人で子どもを産み育てる自信なんてない。

将来のことを思い絶望していると、文隆が不機嫌な声で言った。

「そんなに心配しなくても、つけてたよ」

そう言って彼は、手にしていたものを羽優美の目の前に突き出す。

恥ずかしくて直視できなかったけれど、それが何かを認識した羽優美は安堵と、そして落胆も覚えて、ぐったりと浴室の壁面に寄りかかった。

つまり直前に外したのだろう。文隆が嘘をつくとも思えない。

でも――ほんの少しだけ期待したのだ。彼が責任を取る心づもりがあってそういうことをしたのではないかと。

そうよね……文隆さんがそんな危険を冒すわけがない。デートしてる女性《ひと》もいるんだし、その人と結婚したら私とは二度と関わりたくないって思うはず……

疲労と悲しみで、神経が麻痺《まひ》したかのように身体が動かない。

意識が朦朧《もうろう》としてきて、羽優美は勢いよく流れる水音を聞きながら、すうっと暗闇に沈んでいった。


気がついた時には、遮光《しゃこう》カーテンの向こうは明るくなっていた。

羽優美は名残惜しく思いながらも、傍らに眠る文隆の腕から抜け出てベッドを降りる。

脱衣所に入ると、羽優美の服は昨夜と変わらず台の上に置いてあった。羽優美はいつの間にか着せかけられていた彼のシャツを脱ぐ。

そういえば、昨夜は深い眠りの底にありながら、彼に髪と身体を洗われたような覚えがある。実際身体には情事の残滓《ざんし》は残っておらず、濡《ぬ》らされて放置していたのであればぐちゃぐちゃになっているはずの髪も、思ったほどひどいことにはなっていない。

——目が覚めて最初に気付いたのは、俯《うつぶ》せになり、羽優美の腰を抱くように腕を回していた文隆の存在だった。

恋人同士であれば、至福の瞬間だっただろう。

けれど、そんな幻想はもう抱《いだ》けない。

洗面台の鏡で髪を確認していた羽優美は、胸元に散る鮮やかな紅をいくつも見つけた。

鮮やかさと数からして、昨夜つけられたものだ。でも、いつの間につけられたのだろう。少なくとも羽優美の記憶にはない。

普通であれば独占欲の証《あかし》のようでドキドキしたはず。が、今は悲しみを誘うばかりだった。

どうしてこんなことをするのだろう。キスマークを付けて〝他の男の所には行けないだろう〟と揶揄《やゆ》し、まるで恋人同士のように羽優美を抱きしめて眠るなんて。

文隆がこういうことをするから、羽優美は彼のことを諦め切れない。

でも、そろそろ気持ちを断ち切らなきゃ……

衣服を身に付け終えると、羽優美は文隆のシャツをきちんと畳んで台の上に置く。

そしてキッチンのスツールの近くに落ちていたバッグとコートを持つと、静かに外に出て、預かっていた鍵で施錠し、始発電車が走り出している駅に向かって歩き出した。

＊＊＊

その日の昼休憩のすぐ後、羽優美は用事があって総務課のある三階までエレベーターで降りた。

すると、総務部のほうから圭子がやってくるのが見える。彼女は羽優美に気付くと、笑顔になってエレベーターホールまでやってきた。

「うわあ、偶然！　今から総務課に？」

「うん。圭子も総務課に用だったみたいね」

圭子の押している台車には、コピー用紙がどっさり積まれている。

「最近なかなか会えないけど、元気？　――には見えないね。どうしちゃったの？　顔色悪いよ」

疲れと睡眠不足のせいだ。

今朝、始発でアパートに帰ってから、お風呂に入り直し、着替えてすぐにアパートを出た。仮眠する時間も、もちろんお弁当を作る時間もなかった。

自分でもちょっと顔色が悪く見えたけれど、今朝会社で顔を合わせた文隆には何も言われなかったので、誰も気づかないと思っていた。

心配をかけたいわけではないから、羽優美は微笑んで遠慮がちに答えた。

「今日はちょっと寝不足なだけで……」

「それだけじゃないでしょ。ちゃんと食べてないいんじゃない？」

言い当てられて、羽優美はどきっとする。

寝不足は今日だけだが、食欲不振は連日に及ぶ。文隆との関係が始まってからというもの、食事があまり喉を通らない。

けれど、相談することはできなかった。坂本とのことだって、口を酸《す》っぱくして忠告してくれた圭子だ。愚《おろ》かにも羽優美が離れたくない一心で、軽蔑されながらも文隆に抱かれていると知ったら、打つ手なしと考えて今度こそ見放すに違いない。

「仕事が最近忙しくて、それで疲れてるだけだから」

羽優美はそう言ってごまかした。

万が一、圭子にも見限られたら、羽優美の心は折れてしまう。それに、相談できなくても、圭子みたいに気にかけてくれる人がいるというだけで気持ちを強く持てる。

ちゃんと笑顔を作っているつもりだったけれど、圭子は表情を曇らせて訊《たず》ねてきた。

「本当に？　何かあったんじゃないの？　坂本のこととか……」

羽優美は再びドキッとする。

直接的には関係ないけど、全く無関係と言うわけではない。坂本とのことを誤解したから、文隆は羽優美と関係を続けているのだから。

その時、ちょうど下から来たエレベーターが停まり、中から人が出てくる。

羽優美はとっさにコンソールに近付いて、ボタンを押した。

「圭子、エレベーターが来たよ。乗って乗って」

話を終わらせようとしているのが分かったのだろう。圭子は羽優美に心配そうな視線を向けつつ、台車を押してエレベーターに乗る。

「何かあったら相談に乗るから」

「ありがとう。また一緒にご飯食べに行こうね」

エレベーターのドアが閉まるまで、羽優美はにこにこと手を振り続けた。


その日、定時から一時間ほど過ぎた頃に、外から帰ってきた文隆に「今日の残業はそこまででいい」と言われた。「分かりました」と返事をして後片付けをしていると、オフィスに一旦戻った文隆が出てきて、ぶっきらぼうに声をかけてくる。

「帰り支度はできたか？」

「すみません。あともう少しかかります」

今日も羽優美を抱くつもりらしい。彼に他の女性との約束がないことを密かに喜ぶ反面、羽優美は自分の体力のことが心配になる。

こんな生活はいつまでも続けていられない。きっとそのうち限界が来る。文隆の求めに応じられなくなったり、会社に来られなくなる日もあるかもしれない。

その時、常務はどうするんだろう……？

「終わったか？」

声をかけられて、羽優美ははっと我に返る。

「は、はい。もう終わりました」

慌てて上着とバッグを抱え、ドアの前に立つ文隆の傍まで行く。

「行くぞ」

文隆はそっけなく言い、ドアを開けて外に出る。羽優美も続いて出ると、文隆はドアに鍵をかけて歩き出した。


いつものように車でまっすぐあの部屋に行くと思っていた羽優美は、車窓を流れる景色がいつもと違うことに戸惑う。それでもどこに行くのか訊《たず》ねられずにいると、車は覚えのあるホテルの駐車場に入った。

すると文隆は、羽優美を連れて中層までエレベーターで上がり、以前二人で行ったレストランへと向かう。

店に入ると、前と同じようにスタッフが出迎えてくれた。

「いらっしゃいませ」

「予約していた三上です。時間より少し早いですが、お願いしておいた目立たない席をお願いします」

「はい、すぐにご案内できます。こちらへどうぞ」

通されたのは、前と同じ席だった。

「ご注文がお決まりになられました頃に、またお伺《うかが》いいたします」

スタッフは二人の前に一つずつメニューを開いて置くと、一礼して静かに離れていった。

羽優美は気が気でなくて、視線だけできょろきょろと辺りを見回す。

すると文隆がメニューから顔を上げた。

「どうした？」

「あの……いいのですか？　私と一緒にいるところを、人に見られても」

そう訊《たず》ねると、文隆はむっとしたように言った。

「坂本の目でも気にしてるのか？　まだ奴に未練があると？」

坂本のことが好きだと誤解され続けるのはたまらない。

羽優美は周囲を憚《はばか》って小さな声で訴えた。

「私は、坂本さんのことは好きでもなんでもありません。それより常務のほうこそ見られたりしたらお困りになるんじゃないですか？　お付き合いしている女性に見られたり、共通のお知り合いからその女性に伝わったりしたら……」

羽優美の言葉を、文隆はぶっきらぼうな声で遮《さえぎ》った。

「見られて困るような相手なんかいない」

それはどういう意味？　私との関係を知られてもいいということ？　ううん、そんなはずはない。この間デートに出かけたのだから、今の彼には恋人がいるはずで……

俯《うつむ》いて悩み始めた羽優美に、文隆は声をかけた。

「決まったか？」

「え？　あ、すみません」

まだこういう店に慣れていない羽優美は、しどろもどろに注文を決める。

スタッフがオーダーを取りに来て程なく、前菜が運ばれてきた。

配膳《はいぜん》してくれたスタッフは、サーモンのマリネに色どり野菜とフォンダン添え、鴨《かも》のフォアグラと季節野菜のテリーヌ、と説明する。

スタッフが離れていくと、文隆は早速食べ始める。羽優美もフォークで取って口に入れた。

前に食べた時と変わらず美味《おい》しい。ここ最近ずっと強張《こわば》っていた口元が、知らず知らず綻《ほころ》ぶ。

久しぶりに食の進む羽優美を、文隆は手を止めて眺めていた。

それに気付いた羽優美は、一人でぱくぱく食べていたのが恥ずかしくなってフォークを下ろす。

「……あの、どうかなさいましたか？」

「食欲があるようでよかった」

そっけない口調で言うと、文隆は食事を再開する。羽優美のことはすでに眼中にない様子だけれど、彼のその言葉は羽優美の心を徐々に温かいもので満たした。

常務も私の体調に気付いてくれていたの……？

以前言われた言葉が、不意に脳裏を掠《かす》める。

——何でもいいからちゃんと食え。

あの時からずっと心配してくれていたのかと思うと、嬉しくて仕方ない。

その後ろくに話をしなかったけれど、以前ごちそうになった時と同じくらいドキドキふわふわした気分で、羽優美は食事を終えた。

車に戻ると、文隆は当たり前のように自身のマンションまで車を走らせた。

マンションに入り、部屋が見えるところまで来ると、ドアの前に人が立っているのが見えた。

「綾奈」

そこにいたのは、仁瓶綾奈だった。薄手のニットセーターにタイトスカートというい
でたちで、外にいるからか少し髪が乱れている。

文隆は、早足で彼女に近付いた。

「どうしたんだ？」

綾奈は文隆の顔を見てほっとしたような顔を見せたが、羽優美の姿を認めた途端、血
走った目をして掴みかかってきた。

「あんたのせいよ！　許さない！　許さないんだから！」

「よすんだ、綾奈！」

文隆がとっさに割って入ってくれたおかげで、綾奈の手は羽優美に届かない。

綾奈は自分を止めた文隆にも食ってかかった。

「文隆さんもこの女に騙《だま》されてるのよ！　みんなこの女に騙されるんだから！　文隆さ
んも和史も！」

「高梨さん、今日は帰ってくれないか？」

文隆は暴れる綾奈を腕の中に閉じ込めながら、羽優美に冷静な声をかけた。

「分かりました……」

羽優美は小さくお辞儀をすると、今来た道を戻る。この階に止まったままだったエレ

ベーターに乗って一階に下り、そのままマンションを後にする。

従妹《いとこ》だもん。常務の部屋に来ることがあってもおかしくないよね……

そうは思っても心が沈む。

文隆は綾奈に優しい。彼女のために営業アシスタントでしかなかった羽優美を専属秘書にして、坂本を誘惑しないよう監視していたと言った。羽優美を抱くようになってからも、キスマークまでつけて、羽優美を坂本のところへ行かせまいとして。

もしかすると彼は、綾奈のことが好きなのかもしれない。綾奈が坂本を好きになってしまったから、その気持ちを抑えているだけで。

そう考えた瞬間、羽優美の胸に鋭い痛みが走る。

恋心は誰だって止められない。文隆は綾奈への恋を諦めて、綾奈の幸せを願い、坂本が浮気するのを防ごうとしたんじゃないだろうか？　そして綾奈が婚約してからも、羽優美が坂本を誘惑しないよう、身体で繋ぎ止めようとして。

常務はそこまでするほど、仁瓶さんのことが好きなの……？

羽優美は新たに浮かんだ考えに呆然としながら、すっかり覚えた道を辿《たど》って駅に着き、電車に乗ってアパートの自宅に帰り着く。

玄関のドアを閉めた途端、こらえていた涙がどっと溢《あふ》れた。

なった。

＊＊＊

あの部屋の前で綾奈と会って以来、文隆からマンションへ来るように言われなくなった。

週が明けてもずっと。

そして金曜日、昼休みに携帯電話を確認すると、圭子からのメールが入っていた。

『坂本が電話で仁瓶さんと揉めてるのを見た人がいて、それで婚約解消になるんじゃないかって噂《うわさ》が流れてるんだけど、羽優美は何か知らない？』

メールを読み返しながら、羽優美は妙に腑《ふ》に落ちた気分になった。

坂本さんとの仲がこじれてたんだ……だから仁瓶さんは――

先日、綾奈は文隆の慰《なぐさ》めを求めてあのマンションを訪れていたのだろう。ところが、二人の仲がこじれる原因となった羽優美がついてきていたから、あんなに怒ったのだ。

綾奈が坂本と破局して婚約解消となれば、文隆は綾奈と付き合うようになるかもしれない。そうなれば文隆は羽優美を抱く理由がなくなるし、それどころか羽優美が邪魔になるだろう。

胸に鋭い痛みが走ったけれど、ここ数日文隆と綾奈が一緒にいるところを想像して苦しんできた羽優美には、もう泣く力も残っていない。

羽優美はのろのろと返信を打った。

『分からない。常務からもそういう話は聞かないし。答えられなくてごめんね』

秘書には守秘義務がある。社内機密はもちろんのこと、上司のプライベートについても。だから綾奈とマンションの前で会ったあの夜のことも、圭子に話すわけにはいかない。

嘘をついたことに罪悪感を覚えながらも、羽優美は送信ボタンを押した。


その日の午後も、羽優美はいつもと変わりなく仕事をこなした。

夕方、定時の少し前に、外出中の文隆から電話が入った。

『私用が入って、出先からまっすぐそちらへ向かう。君は適当なところで仕事を切り上げてくれ』

ここ一ヶ月ほどずっと厳しかった文隆の声が幾分和《やわ》らいでいる。悲しみで思考が麻痺《まひ》した羽優美はその声をぼんやりと聞いていたが、それでも習慣付いていたのか、言うべきことが自然と口から出た。

「はい、分かりました。今、お時間はよろしいでしょうか？」

『ああ。何？』

「お留守の最中にお電話が一件入っております」

必要なことを伝えると、文隆から『分かった』との応答が返ってくる。

話は済んだので文隆が通話を切るのを待っていると、彼はしばし口ごもった後、言いにくそうに切り出した。

『今夜、部屋で待っていてくれないか？　——話があるんだ』

ずきん、と胸の奥が痛む。

とうとう来た——

「分かり、ました……」

覚悟していたはずなのに、声が震える。それに気付いているのかいないのか、文隆はさらに続けた。

『こちらの用事が済んで帰れるのは、多分早くても八時——九時過ぎになるかもしれない。それでも待っていてくれるだろうか？』

いつになく労《いたわ》りのある言葉に泣きたくなる。

優しくなったのは、私が仁瓶さんの幸せの障害にならなくなったから……？

二人が別れたのなら、羽優美が坂本を誘惑していようといまいと文隆にはどうでもよくなる。それどころか綾奈を自分の手で幸せにできるチャンスが巡ってきたから、文隆は幸せな気分で羽優美にも寛容になれたのかもしれない。それで全て辻褄《つじつま》が合う。

だとすれば文隆の優しさを得られるのは、これが最後になるだろう。

羽優美は嗚咽《おえつ》をこらえて答えた。

「はい……何時になってもお待ちしています」

『俺も、できるだけ早く帰るから。——それじゃ、また後で』

通話が切れる。

羽優美は受話器を置きながら、退職届を出そうと心に決めた。

圭子にも心配されたくらいだ。身体を壊したから退職したと言えば家族も信じてくれるだろう。これ以上、文隆の側にはいられない。

文隆が綾奈と幸せになるのを見るのは、耐えられそうになかった。


辞めると決めたのなら、引き継ぎの準備をしなくちゃ……

営業課にいた時からの習慣で、誰が見ても分かるように、資料もパソコン内のデータも常日頃から整頓している。けれど文隆が好む連絡の伝え方とか、資料作成の際の注意点とか、文隆に対する細々とした気遣いまではマニュアル化していない。

……そういうのまではいらないかもしれない。羽優美は何も分からないところから、彼の仕事の仕方や好みを一つずつ見つけていった。後任の人も、文隆と信頼関係を築いていく間に自分で見つけていったほうがいいだろう。

それに羽優美の場合、彼のことを理解できたと思い込んだだけで、全て幻想にすぎなかったのだし。

もう出ないと思っていた涙が零《こぼ》れ落ちる。……どれだけ泣けば、気が済むんだろう。

ううん、きっと気が済むということはないと思う。文隆を忘れ、前に向かって進もうと思えるようになるまでは、毎夜枕を涙で濡《ぬ》らすことになる。ここ数日のように。


文隆のいないマンションの部屋に長くいたいとは思わなかった。

用事が終わるのは早くて八時とのことだから、八時に着いていれば十分だろう。

それまでに終わりそうな仕事を選んで没頭する。

入力したデータを保存し、バックアップを取りながら時間を確認すると、ちょうどいい時間になった。

頼まれた仕事はまだ残っているけれど、羽優美は片付けを始めた。辞めると言ってもすぐに辞められるものでもないのだから、残務処理は週明けからでいいだろう。

その時、廊下に続くドアノブがガチャリと鳴って、羽優美はぎくっと身を竦《すく》ませた。

だが、ドアには鍵がかけてある。

坂本とここで会う約束をしているのかと文隆に非難されて以来、夕方になると羽優美は必ず鍵をかけるようにしている。文隆はそれに気付いた時、満足げな笑みを羽優美に見せて「ちょっとは賢くなったようだな」と皮肉を言った。どういう意味かはよく分からなかったけれど、鍵をかけるなとは言われなかったので、以来そのようにしていた。

ドアが開かなかったことに、羽優美はほっとするのと同時に不安に駆られる。

この部屋には、予定外の客は訪れない。文隆は出先からあの部屋に向かうと言っていたし……

その時、鍵を挿《さ》し込む音がして、羽優美は安堵を覚えた。鍵を開けて入ってくるのは文隆しかいない。でも、文隆は自分で鍵を開ける時でも、必ず一声かけてくれたはず――

疑問が頭を過《よぎ》ったその時、ドアが開いた。次の瞬間、羽優美は息を呑む。

「な……んで……？」

そこにいたのは、下卑《げび》た笑みを浮かべた坂本だった。

坂本は目を見張る羽優美を嘲笑《あざわら》うかのように、悠々と秘書室に入ってくる。

「何バケモノでも見るような顔してんだよ。相変わらずつれないよなぁ」

「だっ……て、鍵……」

「オレにはね、おまえ以外にも言い寄ってくる女がいーっぱい、いるんだよ」

ドアを閉めて鍵をかけた坂本が、わめきながら羽優美に近寄ってくる。その顔は、女子社員の間で騒がれた爽やかな笑顔とは程遠いものだった。荒《すさ》んだ目で、獲物を吟味《ぎんみ》するかのように羽優美の頭から足元まで眺める。

それが気持ち悪くて、羽優美は思わず自分の身体を抱いた。

怖い。前の時も怖かったけれど、今日のほうがもっと怖い。前回はまだ、無理やり言い寄られるという恐怖しかなかった。でも今は、下手なことをすれば直接的な暴力を加えられそうな、危険な雰囲気がある。

「おまえさぁ、三上常務に何か告げ口でもしたワケ？　オレがおまえに言い寄ったとかいう、根拠もない嘘をよぉ。おかげさまでさっきまで仁瓶の創業者一族のつるし上げくらって、綾奈との結婚もパァだ。どうしてくれるんだ？」

告げ口なんかしてない。そもそも坂本が言い寄ってきたというのは、嘘ではなく本当のことだ。羽優美が頼んだことでも、ましてや羽優美から言い寄ったわけでもない。

反論しようにも声が出なくて、羽優美はただ首を横に振る。

坂本はそれまでかすかに浮かべていたにやにや笑いを消し、怒りの形相《ぎょうそう》で羽優美に迫ってきた。

「お前のその態度がイライラすんだよ！」

羽優美は助けを呼ぼうととっさに電話の受話器に手を伸ばしたけれど、その前に坂本は電話機を払い落としてしまう。

「きゃあ……！」

羽優美は伸ばした腕を掴まれてデスクに引きずり上げられ、そのまま坂本のいる側に落とされてしまう。床に落ちた衝撃でくらくらしているうちに、坂本がのし掛《か》かってきた。

「オレは地味でネクラなおまえをかわいそうだと思って、声をかけてやったんだぜ？

なあ、オレみたいなイケメンに言い寄られて、ホントは嬉しかったんだろ？　ちやほやされて有頂天《うちょうてん》になったんじゃねぇのか？　なのにヒトの恩をアダで返しやがって」

腕を掴まれ床に押しつけられた羽優美は、怯えながらも言い返した。

「し……知りません……。有頂天になんてなってない……」

「嘘つくんじゃねぇよ!!」

力いっぱい頬を張られ、一瞬羽優美の意識は飛ぶ。

坂本は羽優美に馬乗りになって、ブラウスのボタンを引きちぎった。

「おまえがチクったせいで逆玉《ぎゃくたま》がご破算になったんだ。その詫《わ》びの分と、おまえにかけてやった金と時間の分、たっぷり返してくれよ」

「嫌！　やめて……っ！」

前回と違って、今回は力が出た。羽優美はがむしゃらに暴れ、大声で叫ぶ。

「静かにしろって。こんなことしてるとこ、他人に見られてもいいのか？」

羽優美は一瞬怯《ひる》む。その隙に、坂本は力任せにキャミソールを引き下げた。

「何だよ、これ？」

坂本が何のことを言っているのかはすぐに分かった。

文隆のつけた、いくつものキスマーク。それを見られたことがショックで羽優美は息を呑む。

顔を背《そむ》けても、いやらしく歪《ゆが》んだ坂本の顔が視界に入る。

「大人しそうな顔して、お盛《さか》んじゃん。誰とヤッてんの？　三上常務とか？」

言い当てられ、ハッと坂本の顔を見る。同時に血の気が引いていくのも感じた。そのあからさまな反応を見て、坂本の顔が今度は怒りに歪んだ。

「なんだ、そうかよ。あのおキレイな常務もやるなぁ。職権乱用しておカタイおまえとオフィスでしっぽりかよ」

坂本はブラを強引に引き上げ、むき出しにした羽優美の胸を、痛いほどに揉みしだく。羽優美はその手を引きはがそうとしながら、懸命に否定した。

「ちっ――違います！　常務はそんなことしません！」

でも、一度はここで彼と――

心の声が顔に出てしまったのだろう。坂本はにたりと笑っていやらしく言った。

「へっ、図星かよ。……オレがそのことを他人《ひと》に話したらどうなるだろうな？　会社役員とその秘書が、オフィスでよろしくヤってたって広まったら、常務の立場はどうなるだろうな？」

ゲラゲラと笑う坂本を見て、羽優美は彼が本気だと悟る。怖くて目を逸《そ》らせないでいると、坂本は唇を近付けてきた。

「嫌っ！」

羽優美は再び顔を背《そむ》け、両手をがむしゃらに振り上げて坂本の唇から逃れる。坂本はその手を掴み上げながら言った。

「大人しくしろ！　おまえらが会社でふしだらな行為に及んでたって、噂《うわさ》を流されてもいいのか!?　ネットに上がったら話題になるかもな。『重役とその秘書、オフィスで情事』ってさあ！」

羽優美も今度は屈しなかった。羽優美は必死に手を振りほどこうと、もがきながら叫ぶ。

「常務は何もいけないことなんてしてない！　そんな根も葉もない噂、誰も信じたりしない！」

文隆は噂にされて困るようなことなんてしていない。

羽優美を抱くのは、婚約者のいる男性を誘惑するふしだらな女を止めるためだ。

それに羽優美自身、彼に抱かれたくて抱かれていた。

あくまでプライベートの男女の関係であって、文隆が非難される謂《い》われはない。

「大人しくヤらせろよ、このアマ！」

暴れ続ける羽優美に腹を立て、坂本は再び殴った。

頭がくらくらして意識を失いかけながらも、羽優美は廊下に向かって懸命に叫んだ。

「助けて！　誰か助けて！」

殴られた衝撃で力が入らなくなった羽優美の腕を、坂本はまとめて掴んで床に押さえつける。そして羽優美のスカートの中に手を入れて、ストッキングとショーツを脱がせにかかった。

「おとなしくしろって！　今回は前回みたいに都合良く常務は戻ってこねーぞ。さっきまでオレと綾奈の婚約破棄の席にいたからなぁ。今頃ご一同、婚約解消祝いのパーティーで盛り上がってるさ。何しろ、社長をはじめ重役全員が揃ってたからな。つまり、この階はからっぽってわけさ。どんなに叫んだって助けは――」

その時、ドアがガチャッと音を立てた。

坂本の言うとおりだったとしたら、そんなこと起こるはずがない。

坂本がぎょっとして身体を強張《こわば》らせた隙に、羽優美は押さえつけられていた腕を解《ほど》いて叫んだ。

「助けて！」

「てめっ、黙れよ。その恥ずかしい恰好を誰かに見られたいのか？」

坂本は羽優美の口を塞《ふさ》ごうとしたが、羽優美はそれを押しのけた。

「私は好きな人にしか抱かれたくない！　あなたと関係してるって誤解されるよりマシよ！」

これ以上常務に軽蔑されたくない――！

羽優美が叫んだ瞬間、ドアが勢いよく開かれる。

部屋の中に飛び込んできた文隆は、顔を上げた坂本の胸倉を掴み上げて殴った。

坂本の身体が後ろへ吹っ飛ぶ。

「まだ懲《こ》りないのか！」

文隆は庇《かば》うように羽優美の前に立ち、坂本を怒鳴りつけた。

のろのろと身体を起こした坂本は、せせら笑いながら文隆を見上げた。

「よく言うよ。あんたは秘書にした女を好き放題抱いてるくせにさ」

文隆の息を呑む音が、羽優美の耳にも届いた。

そこに別の人物の声が聞こえる。

「そいつのことは俺に任せて、おまえは羽優美ちゃんのことを心配しろ」

紫藤常務が秘書室に入ってきたことに気付いて、羽優美は露《あら》わになった胸を隠そうと床の上で身を丸くする。その身体に背広が掛《か》けられた。かすかに文隆の汗のにおいがして、羽優美はようやく安堵する。

それと同時に、先ほどの坂本の言葉を思い出した。

羽優美は大きな背広で身体を隠しながら顔を上げ、傍らにしゃがみ込んだ文隆に縋《すが》った。

「常務、坂本さんは根も葉もない噂《うわさ》を流そうとしてるんです！　常務と私がこの部屋でいけないことをしていたって――――！」

必死に訴える羽優美を宥《なだ》めるように、文隆は羽優美の肩を抱いた。

「大丈夫。そのことも含めて全部僕たちに任せて」

紫藤常務も頷《うなず》き、坂本の腕を掴み上げ、秘書室の外へと連れ出そうとする。観念したのかしぶしぶ従っていた坂本は、ふと振り返って勝ち誇ったように言った。

「その女がオレをここに引き入れた証拠ならある！　その女はここの合い鍵を作ってオレに渡したんだ！」

羽優美はとっさに叫んだ。

「そんなことしてない……！」

次から次へと何を言い出すんだろう、この人は。

また誤解されてしまったらどうしよう――

焦って文隆を見ると、彼は辛そうに微笑んで羽優美を抱きしめた。

「分かってる。君はそんなことしてないって」

「その件については、別室で言い訳を聞かせてもらうよ、坂本」

紫藤常務はそう言って、誰それがどうこうとわめく坂本を連れて秘書室を出ていった。

扉が閉められ、足音や声が遠ざかっていく。

それらが聞こえなくなったところで、文隆はほっと息を吐いた。

「君にはいろいろ話したいことがある。――でも、その前に病院に行こう」

病院？　何で……？

背広をかき合わせた時、ふと破れたストッキングがまとわりつく自分の脚が目に入った。その酷《ひど》い有様に羽優美は血の気の引く思いがした。

常務は、私がレイプされたと思ってるの……？

そう考えるといたたまれなくて、羽優美は背広を強く握りしめた。

「あの……私、されてません……」

床に座り込んだまま、俯《うつむ》いて消え入りそうな声で言う。

一旦羽優美から離れ、デスクの反対側に落ちたものを拾っていた文隆は、一瞬ぽかんとして羽優美を見た。

「え？　──ああ、そういうことじゃなくて」

文隆はもどかしそうに後ろ頭を掻く。

「その……怪我をしてるじゃないか」

文隆の視線を辿《たど》って自分の脚をよく見ると、破れたストッキングの隙間から、擦《す》りむき少々血のにじんだ皮膚が見える。床に引きずり落とされた時のものだろうか。全然気付かなかった。

「暴力を受けた後はショックが強くて痛みを感じにくいから、後になってこんなところを怪我してたのかって驚くこともあるそうだし。──何より頭を打っていたら大変だから」

「でも病院はとっくに閉まってる時間じゃないですか？」

「救急がある」

この程度の怪我で夜間救急病院のお世話になるなんて気が引ける。

そう思って遠慮したのだけど、文隆は羽優美を半ば強引に救急病院へ連れていった。

長い待ち時間の後に診察を受けた羽優美は、脳震盪《のうしんとう》はないでしょうという診断をもらい、傷の手当てを受けて文隆と共に病院を後にする。

駐車場に停めておいた車に乗り込み、真夜中の街を走る。

商店などの明かりはほとんど消え、街路灯だけがぽつぽつ灯る街並み。その中を迷うことなく運転していた文隆がぽつりと言った。

「夕食は食べてないだろう？　……コンビニで何か買って帰るか？」

「……いえ、いいです」

羽優美は小さな声で答える。

これから文隆と今後のことについて話すのだろう。そう思うと緊張して、食事が喉を通りそうもない。

少しの間、車内に沈黙が落ちる。

羽優美は覚悟を決めて切り出した。

「あの……お話があると常務はおっしゃっていましたが、私からもお話があるんです」

「――後にしてもらっていいだろうか？　今は運転中だから」

「す、すみません……」

羽優美は肩をすぼめて黙り込む。

そうしているうちに、文隆が言ったように今になって傷が痛み始めた。先ほど手当てされた脚の打撲《だぼく》や擦《す》り傷、それに今まで痛みのなかった肩や腰などが。

車内に漂う緊張と傷の痛みに耐えながら、羽優美は助手席でじっと大人しくする。

文隆のマンションに着いてエントランスに入ったところで、羽優美はにわかに不安になった。

「や、やっぱり家に帰ります……」

今入ってきたばかりの自動ドアから出て行こうとすると、文隆に二の腕を掴まれて引き寄せられた。

「すまない。君のアパートには駐車場がないし、今夜は君を一人にしておけない。……ここは、君にとって嫌な思い出しかないかもしれないが」

〝嫌な思い出〟？　何の話をしているのか分からないけど、今ここに羽優美がいるのはマズいのではないだろうか。

「仁瓶さんがいらっしゃっていたらどうするんです？　私とまたここで鉢合わせしたら、仁瓶さんが何て思うか」

今この瞬間にもエントランスに入ってくるのでは、という不安を覚えて、羽優美はちらちらと自動ドアに目を向ける。

羽優美のその心配は、文隆に伝わらなかった。

「綾奈の誤解は解《と》けているから気にしなくていい」

「誤解が解けていても、私を常務のお部屋に連れて行ったりしたら意味ないと思うんです」

こんな話をするのは羽優美にとって辛いことだ。なのにそんな羽優美の気持ちにはまるで気付かず、文隆はきょとんとする。

「え？　何を言ってるのか分からないけど」

羽優美は胸の痛みに耐えながら指摘した。

「常務は綾奈さんのことが好きなんでしょう？　私と一緒にいるところを見られたら、また誤解されてしまいます」

文隆はびっくりしたように目を見開いた後、弱った顔をして後ろ頭を掻いた。

「……何だか、いろいろと誤解があるようだな。言っておくけど、綾奈が僕の恋人だったことは一度もないし、綾奈を女性として好きになったこともない」

「え……？」

どういうこと？

あっさり違うと言われ、羽優美は混乱してしまう。

文隆は立ちすくむ羽優美の腕を引いてエレベーターに乗り込み、自分の部屋のある階のボタンを押した。


綾奈は文隆の想い人じゃないというし、彼は急に以前のように優しくなったし、綾奈たちが何故婚約解消したのかも分からない。

混乱しながら文隆について行って、彼の部屋に入る。パンプスを脱ぐ時に痛みが走り、羽優美が顔をしかめると、文隆は羽優美に手を貸してソファまで連れて行った。

そのまま羽優美をソファに座らせた文隆は、すぐ側にしゃがんで声をかけてきた。

「痛み止め、のむ？」

「いいえ、そこまでは痛くないので……」

「痛みがひどくなったら言って。水持ってくるから」

そう言って立ち上がり、コートと背広を脱いでコーヒーテーブルの上に置く。

「お腹空いただろ？　食べられるものをすぐ温めるから」

「あ、はい……」

エアコンの強力な温風のおかげで部屋はすぐに暖まり、羽優美もコートを脱ごうと立ち上がる。その時キッチンに入っていった文隆と目が合った。彼は苦笑いをして言う。

「口に合わないけど、こういうのでもまあ腹の足しにはなるよね」

羽優美はコートを脱ぎながら、心の中で首を傾げた。

〝口に合わない〟？

羽優美があまり食べなかったからそう言ったのかもしれないけれど、今の言い方だと〝文隆の口に合わない〟という意味に聞こえる。

好きな人が作った料理でも、口に合わないことはあるだろう。けれど、文隆の性格からするとそういうことを他人には言わないのではないだろうか。

何か大きな思い違いをしているようで、羽優美はおずおずと訊《たず》ねてみる。

「あの……お訊《き》きしてもよろしいですか？」

「何？」

冷蔵庫を覗き込んでいた文隆が、羽優美のほうを見る。羽優美はごくりと唾を呑み込んでから切り出した。

「ここでごちそうになっているお料理って、手作りですよね？　その……どなたがお作りになってるんですか？」

文隆はちょっとうんざりしたようなため息をついて答える。

「綾奈だよ。花嫁修業の一環で料理教室に通ってたんだが、僕の親に『練習ついでに料理を持っていってくれ』って頼まれたらしくてね。だけどこってりしたものや味が濃いものばかり作るから困ってるんだ。俺は昔っからあっさりした味付けが好きだって言ってるのに。もらったものは仕方ないから食べるけど、その——君が作る弁当のような料理が恋しくてね」

羽優美自身が恋しいと言われているわけじゃないのに、羽優美は妙にどきどきしてしまう。

常務は嘘をついてたわけじゃなかったんだわ……

『手料理に飢《う》えている』とは、『自分好みの手料理に飢えている』という意味だったのだ。羽優美もここでごちそうになったような料理は嫌いじゃないけど、確かに毎日があれだと胃が受けつけそうもない。

文隆があっさり味を好むならさぞかし辛かっただろう。

辟易《へきえき》した様子の文隆に笑ってしまいそうになりながら、羽優美はひどく安堵していた。

綾奈は文隆の恋人ではなく、冷蔵庫の料理は文隆の恋人が作ったものではなかった。

勝手に想像して傷ついたりして、馬鹿みたいだ。

「傷、痛むだろ？　座ってて」

「あ……ありがとうございます」

羽優美は言われた通り、大人しくソファに座る。

背もたれが低めに見えたソファは、座ってみると身体にフィットするように座面が沈み込んで、ちょうどいい塩梅《あんばい》になった。

ベッドより柔らかく心地いいソファにホッとしながら、羽優美は知らず顔を綻《ほころ》ばせていた。

誤解が始まる前のような彼の態度が嬉しい。

でも、誤解はどうなったの……？

少しずつ本当のことは分かってきたけれど、今もまだ、よく分からないことはたくさんある。

気にはなったけど、坂本の手から逃れられた安堵と日頃の疲れ、それにソファのあまりの座り心地の良さに抗《あらが》えず、羽優美の瞼《まぶた》はすうっと閉じていった。

気が付いたら、羽優美は一人でベッドの中にいた。

きっと文隆が、起こさないように運んでくれたのだろう。

常務はどこにいるの……？

一つだけ点《つ》いている間接照明の明かりを頼りに、羽優美はベッドから降り、寝室からそっと出る。

ドアを開けてすぐのリビングには、明かりが点《つ》いていなかった。カーテンを開け放したままの窓から射し込む街明かりに、薄ぼんやりと物の形が浮かび上がるだけ。明かりに吸い寄せられるように視線を動かした羽優美は、窓際に立つ人影に気付いて一瞬ぎくっとした。

人影はゆっくりと振り返って言葉を発する。

「どうかした？」

文隆だった。

「あ、あの……」

あなたを探していましたとは言い出しにくくて口ごもると、文隆はまた話しかけてきた。

「お腹空いた？」

「……いいえ」

お腹は多少空いていたけれど、食欲はなかった。それより、何がどうなったのか知りたい。文隆が綾奈のことを想っていたというのは誤解だとしても、彼にはデートするような相手がいるのだ。

そんな相手がいるのなら、やはり今日のことを機に今までの関係を清算すべきだ。

それを切り出さなければならないと思うと、お腹がぎゅっと締めつけられるようで、何か食べたら気分が悪くなりそうだ。

また口ごもった羽優美に、文隆は辛抱強く優しい声をかけてきた。

「疲れてるだろ？　もっと寝ていていいよ」

「あの……常務は寝ないんですか？」

逆光になっていてよく分からなかったけれど、文隆がふっと笑ったような気がした。

「何だか眠れなくてね。街の明かりを眺めてた」

羽優美も窓辺に近寄り、ベランダ越しに見える地上を見下ろす。

病院を出たのが深夜過ぎだったから、ひと眠りしてしまった今は、夜明けまであと少しという時間らしい。暗く沈んだ街並みの中、街灯の明かりがぽつぽつと見える。

「何だか寂しい景色ですね」

「ああ……」

景色から感じる物寂しさとは裏腹に、羽優美の心は穏やかな温かさを感じていた。

文隆と二人、無言で佇《たたず》み同じ景色を見る心地良さ。

できることなら、いつまでもこうしていたい。

けど、こんな時間が続けば続くほど、決心が鈍《にぶ》るだろう。

羽優美は思い切って口を開く。

「お話ししたいことがあります……」

「その前に、僕の話を聞いてもらえないだろうか？」

文隆の弱々しい声に驚いて横を向くと、暗がりに慣れた羽優美の目に、悲しそうに微笑む彼の顔がぼんやりと映った。彼のこんな声も、こんな顔も初めてで、羽優美は胸が詰まって何も言えなくなる。

「……ずっと立ってると足が痛いだろうから、座って話そう」

彼はそう言って、自らソファに向かいつつ羽優美を促《うなが》した。


明かりを灯さない暗い部屋の中で、羽優美と文隆は並んでソファに座る。文隆は膝に肘をつき、前かがみになって話し始めた。

「……今夜は、坂本を止められなくてすまなかった」

「それは常務に謝っていただくことでは」

坂本のことは、文隆とは全然関係ない。そう口にしようとしたら、途中で遮《さえぎ》られた。

「いや、僕の読みが浅かったせいなんだ。今夜――いやもう昨夜と言うべきか。綾奈の両親や僕の父、守……紫藤常務も集まって、坂本に綾奈との婚約解消を言い渡したんだ。大事《おおごと》にされると綾奈の名誉にも関わるからできるだけ穏便にね。坂本はごねにごねたんだが、多額の慰謝料と、割のいい転職先への世話を条件に出したら悔しそうにしながらも承諾した。だが、僕はそれだけで坂本が同意したのが腑《ふ》に落ちなかったし、帰る時にあいつがちらっと見せた、何かを企んでいるような顔が気になってね。それが意味するところになかなか思い至らなくて、駆けつけるのが遅くなった。ごめん」

「結果的に助けていただいたんですから、やっぱり謝っていただくことでは……。助けてくださってありがとうございます」

話は一旦そこで切れた。明かりを点《つ》けず、ほとんど光の射し込まないリビングに沈黙が降りる。

その沈黙が重苦しくなってきた頃、文隆が静かに口を開いた。

「……訊《き》かないんだね」

「え……？」

「何で綾奈が、坂本との婚約を解消したのか、とか」

「気にはなります。でも……」

興味本位に訊いていい話じゃないような気がする。そう口に出せずにいると、文隆は自分から話し出した。

「紫藤常務は、綾奈が坂本と付き合い始めた頃から不信感を抱《いだ》いてたんだ。それで婚約の話が出た時に、興信所に調査を依頼していたらしい。――坂本は女性関係においてうぬぼれすぎているところがあって、そのせいで過去に数回トラブルを起こしてた。付き合ってる女性が思い通りにならないと暴力を振るったり、その気もない女性に付きまとって、〝自分に気があるはずだ〟と言い張って関係を迫ったりね。ただ、坂本の外面《そとづら》のせいであまり表面化はしなかったようだ」

それって私にもしてたこと――

はっと息を呑む羽優美の横で、文隆は淡々と話を続けた。

「一度この部屋の前で綾奈と会っただろ？　あの時、綾奈は気が進まないのに行為を迫られて、拒んだところ坂本に殴られたらしい。坂本も結婚間近でうっかり本性を出してしまったんだろうな。それで綾奈は身の危険を感じて逃げてきたんだ。ここは綾奈と坂本が同棲《どうせい》してたマンションに近いし、暗証番号を知らない坂本は中に入れないからね。ただ、綾奈には玄関の鍵を渡してなくて。スマホも上着も財布もなくて寒さに震えながら待ってたところに、僕が君を連れて帰ってきたものだから、〝自分はこんなに惨《みじ》めな思いをしてるのに〟って腹が立ったらしい」

羽優美は、自分の目のあまりの節穴《ふしあな》ぶりに呆然とした。

そういえば綾奈は、あの寒空の中、上着も着ずに部屋の前に立っていた。それなのに羽優美は、文隆の部屋の前で女性が待っていたことにショックを受けて、彼女が寒さに震えているのにも気付かなくて。

上着を着ていても寒さが身にしみたのに、上着もなく文隆の部屋にも入れなかった綾奈は、さぞかし辛かったことだろう。

文隆は、言いにくそうに話を続けた。

「おまけに綾奈は君のことを悪女だと決めつけていてね。坂本が自分を殴ったのも、君のせいだと言っていた。坂本への幻想が捨て切れなかったんだろうな。その上、あんな風にプライベートな時間も僕と一緒にいる君を見て、ついに僕まで毒牙《どくが》にかかったと思い、それで君に食ってかかったらしい。その後もしばらく坂本との結婚を諦め切れずにいたようだが、興信所の調査結果を見せてやったら、ようやく納得してね。今は本当のことをちゃんと理解していて、君にすまないことをしたって反省しているよ。僕からも謝る。綾奈のこと、本当にすまなかった」

「いえ……気にしないでください。そう、綾奈さんにも……」

綾奈も、羽優美と同じで坂本の犠牲者なんだと思う。坂本の外見と口の巧《うま》さに騙《だま》されて、あの身勝手な本性に傷つけられることになった。

坂本にされた数々のことを思い出し、羽優美の心は沈む。

そんな羽優美に、文隆は穏やかな声をかけてきた。

「君は優しいね。――綾奈から聞いたよ。前に通用口の外で、僕と待ち合わせしてた綾奈と会ったって」

「通用口のところで、私が綾奈さんと会った日――って、えぇ!?」

羽優美は思わず声を上げてしまう。それは確か、文隆がデートに行くからと言って羽優美にレストランの予約を入れさせた日だ。その日に文隆が綾奈と待ち合わせしていたということは、一緒にレストランに行ったのは——

「でも何で綾奈さんは外で待ってたんですか？　前はオフィスまで上がってこられてたのに」

「創業者一族でも、退職すれば部外者だ。必要もないのに社内に入らないよう言っておいたんだ。あの日は僕が迎えに行くのを待ちきれなくて、通用口の近くまで押し掛《か》けてきてね」

それで初めて会った日以来、綾奈が秘書室を訪れることがなかったわけだ。

何と言ったらいいか分からず固まってしまった羽優美の耳に、ばつの悪そうな文隆の声が届く。

「デートっていうのは嘘だよ。綾奈に頼まれて、夕食がてら相談に乗ってたんだ。君があんまり僕に関心を示さないから、腹が立ってね。君の嫉妬を煽《あお》ろうだなんて馬鹿なことを考えて、すまないと思ってる」

嫉妬って、どういうこと——？

突然そんな話を聞かされて、羽優美の頭は混乱する。どう受け止めていいのか分からない。

妙にどぎまぎしてカチコチになっていると、彼は声もなく笑ったらしく、ソファが少し揺れた。

「綾奈は君に、挑発的な口をきいたんだってね。けれど君は、顔色一つ変えずに否定して、そのまま立ち去った。君が予約してくれたレストランでそれを聞いた時――いや、それ以前から僕は違和感を覚えていたんだ。僕が思い込もうとしていた君と、実際目にする君とが、かけ離れ過ぎてるってことに」

それってつまり、前から私への誤解に疑問を思ってたってこと……？

完全に誤解されていたわけじゃないという喜びと、それなら何故疑問を解消せず羽優美を軽蔑し続けたのかという悲しみとで、頭の中がぐちゃぐちゃになる。

理由も訊《たず》ねられずにいる間に、文隆は話を続けた。

「さっき、眠った君をベッドに寝かせた後、紫藤常務から電話があったんだ。――彼はあの後、坂本を自分のオフィスに連れていったんだが、その時にまだ会社に残っていた秘書課のあの女性社員も呼んだんだそうだ」

紫藤のオフィスに連れていかれながら、羽優美に罪をなすりつけられないと悟った坂本は、ある秘書課の女性社員から合い鍵をもらったと名前を出して叫んだのだという。

その女性社員は、以前羽優美を侮辱して、文隆に注意された人だった。その時のことを逆恨みして、羽優美に復讐する機会を窺《うかが》っていたらしい。彼女はたまたま羽優美と坂本が非常階段の近くで揉めていたのを見て、坂本を利用できると踏んだ。それで羽優美が逃げ去った後で坂本に声をかけ、同情するふりをして、秘書室に行って羽優美に迫ればいいと唆《そそのか》したのだという。

「二人とも、相手に罪をなすりつけようと互いのしたことを暴露して、紫藤は問い詰める必要もなかったそうだよ」

文隆はそう言って小さく笑ったけれど、羽優美は笑うに笑えなかった。

坂本以外にも、羽優美にそこまでの悪意を抱《いだ》く人間がいたなんて。

そういえば圭子も言っていた。秘書課の人には気をつけるようにと。でもまさか坂本と結託するなんて思わなかった。

「おかげで状況がほぼ分かったと紫藤は言っていたよ。――あの女性社員は、もし誰かに見つかったら君から鍵をもらったと言うよう、坂本に入れ知恵をしたんだそうだ。彼女は秘書課で管理されているはずの常務室の鍵を勝手に社外に持ち出して、合い鍵をつくったらしい。君が内緒で作ったように見せかけてね。だが、そういう小細工はどこかしらでボロが出るものだ。合い鍵の引き取り表に君の名前を書く時は、自分で記入したそうだしね。明日にでも紫藤が調査の手配をしてくれる。それを証拠に今度こそ彼女に懲戒処分《ちょうかいしょぶん》を下すつもりだ」

極秘資料が管理されている部屋の鍵を勝手に複製すれば、目的は何であれ就業規則違反となり何らかの処罰を受ける。秘書課のあの女性は羽優美にその罪を被せようとして、自分の策に溺《おぼ》れたというわけだ。

「坂本が君のいる秘書室に向かう姿を見たという情報も、彼女が出所《でどころ》だ。彼女は坂本に、僕が会合で常務室を留守にするからチャンスだと情報を流し、坂本が実際に秘書室に向かったところを見計らって、社から出ようとしていた僕に坂本が秘書室に向かっている、と告げ口したんだ。君が専属秘書になって以来、坂本が僕のオフィスに向かう姿を何度か見かけていると嘘までついてね。……あの日の会合の準備は秘書課が受け持っていたんだから、彼女が知っているのは当然だった。それなのに僕は、坂本が僕の予定を知っていたことこそ君の裏切りの証拠だと思い込み、おまけに坂本の上にのし掛《か》かる君を見て逆上してしまった」

「違うんです！　あれは、常務が戻ってきたことに気付いた坂本さんが、急に床に寝転がって自分の上に私を引き寄せただけで」

また誤解されるのが怖くて羽優美が必死に訴えると、自嘲混じりの声が返ってくる。

「なるほどね。僕はそんな単純なごまかしにまんまと引っ掛かってしまった訳だ。それで君の言い分もほとんど聞き入れずに――責めに責めてしまった」

そう言って文隆はソファから下りて羽優美の足元に膝をつき、頭を下げた。

「すまないことをした。許してほしい」

文隆の声に苦渋が滲《にじ》む。羽優美は慌ててソファから下りた。

「頭を上げてください。分かっていただけたのでしたら、それだけでいいんです」

誤解が解《と》けたというだけでも、羽優美は胸がいっぱいだった。

これで文隆から軽蔑されなくて済むようになる。嘲《あざけ》りや身に覚えのないことで責められなくなるのなら、本当に嬉しい。

もともと羽優美は、文隆に謝ってほしいとは思っていなかった。誤解は悲しかったけれど、それがきっかけになって文隆に抱かれるようになったのだから。

だけど。

これでもう、常務に抱いてもらえなくなっちゃうのね……

誤解が解けた以上、文隆に羽優美を抱く理由はなくなった。

彼は羽優美のことを好きでも何でもないのだから、理由がなくなれば抱く気にもなれないはずだ。

それに、あのデートの相手は綾奈で、文隆には付き合っている女性がいなかったと言っても、彼が誰かと出会って結ばれる日が、いつかきっと来る。そう考えるだけでも辛くて耐えがたいのだから、今のうちに離れるべきなのだ。

軽蔑されても嫌われても、それでも羽優美は文隆が好きだった。

名残惜しいけど、もう終わりにしなきゃ……

文隆の前に膝をついて密かに胸を痛めている羽優美に、彼は謝罪を続けた。

「最初から違和感はあったんだ。君は真面目で素直で、綾奈から聞いていた計算高い女とはとても思えなかった。なのに僕は一時《いっとき》の怒りから、勢いに任せて君を抱いてしまった。——今となっては言い訳にしかならないけど、僕は君に惹かれていた」

え——？

思いがけない言葉を耳にして、羽優美は小さく息を呑む。

さっき言ってた嫉妬って、まさか本当に……？

困惑と期待で頭がいっぱいになった羽優美に、文隆は俯《うつむ》いたまま話し続けた。

「坂本の一件があるまでは、もう少し君との距離を縮められたら、交際を申し込むつもりだった。君もまんざらじゃなさそうだったから、坂本と二人でいる姿を見た時に、君に裏切られたと勝手に思ってしまったんだ。君はなかなか手を出さない僕に見切りをつけて、坂本を誘惑することにしたのかと」

「そんなことしてません！　信じてください！」

懸命に言う羽優美に、文隆は顔を上げて微笑んだ。

「うん。今はもう、信じてる。——君の叫び声は聞こえたよ。『私は好きな人にしか抱かれたくない』って」

羽優美は頬を赤らめる。そんな大胆なことを叫んだだろうか。——叫んだかもしれない。あの時は無我夢中だったから。

火照《ほて》る頬に両手を当てて俯《うつむ》こうとすると、その手を握られ止められる。

「僕はうぬぼれてもいいんだろうか？　君にあんなことをしたのに、まだ君は僕のことを好きでいてくれるのだと」

〝うぬぼれても〟って、それってつまり……

嬉しくて言葉が出ない。

でも表情が語っていたのだろう。文隆は笑みを深めて言った。

「君が許してくれるなら、僕と付き合ってほしい。ここから新しく始めたいんだ」

「――はい！」

羽優美は胸を詰まらせながら返事をした。

窓から差し込む光に、二人の笑顔が映《は》える。

空は、いつの間にか白み始めていた。

3　今度こそ、最初から……

年の瀬も間近の、自宅マンションで過ごす休日の夜。リビングのソファに座った文隆は、点《つ》けたテレビを見ずにキッチンのほうばかり気にしていた。

「言っちゃなんだけど、切って煮るだけだと何だか料理した気にならないわね」

「私も前はそう思ってたんですけど、自炊するようになって気付いたんです。料理って、食材を食べられるようにすることなんだなって。そう考えると、お米をといで炊飯器で炊くのも料理だし、キャベツを千切りにするのも料理なんですよね。それに気付いてから、手の込んだ料理を作らなくちゃ、って気負わずに済むようになって、楽になりました。それに毎日のことなので、料理にあまり時間をかけていられないということもありまして……」

「そうよね。毎日半日もかかって料理してちゃ、仕事との両立なんて無理だわ」

「え……毎日半日かけて作ってるんですか？」

キッチンで話しながら料理をしているのは、羽優美と綾奈だ。この二人がこんな風に楽しげに話す日が来るなんて思ってもみなかった。

坂本との婚約破棄の後、これまでの非礼を羽優美に詫《わ》びた綾奈は、簡単に許してくれた彼女にころっと懐《なつ》いた。退職してしまったし、結婚の話もなくなって暇なせいか、綾奈はこうして、文隆と同棲《どうせい》を始めたばかりの羽優美に会いにやってくる。

以前は考えられなかった微笑ましい光景だ。

――そう思いながら、文隆は感慨深くこれまでのことを思い起こす。

羽優美との出会いは、綾奈の〝恋敵《こいがたき》〟を確認するため、書類の受け取りを口実に営業課へ下りていった時のことだった。だが、自分を見て遠巻きに騒ぐ女子社員たちの姿に、すぐに仕事の邪魔をしてしまったことに気付いた。そこで目的を果たすのを諦め、書類を受け取ってさっさと立ち去ろうとしたが、営業課の課長から書類を渡された際に耳打ちされたのだ。

――あの子ですよ。高梨羽優美は。

先日彼女について問い合わせしたので、気を回して教えてくれたらしい。

課長がこっそり指差した先には、男性社員に急《せ》かされながらパソコンのキーボードに何かを打ちこみ、プリントアウトした書類を次々に渡していく女子社員の姿があった。余裕がないのか、こちらをちらとも見ようとしない。

セミロングの髪を頭の後ろでひとまとめにした、小柄な女性だった。ほっそりした身体つきで、ちらっと目にした横顔には、取り立てて目を引くようなところはない。

観察したのはほんのわずかの間。どこかから「おい～、女性陣、仕事してくれよ」と嘆《なげ》く声がして、これ以上邪魔になってはいけないと思った文隆は、急いで営業課を後にした。

就業時間に仕事に専念するのは当たり前のことだ。だが他の女子社員が自分に注目する中、一人懸命に仕事を続けていた彼女の姿に、文隆は好感を持った。

あんなに真面目そうな彼女が浮気をしているなど、想像もつかない。一方、普段仕事を真面目にしていても何かの拍子に豹変《ひょうへん》する人間がいることも、文隆は身を以《もっ》て知っている。

ともかく、彼女に仕事における過失があったわけではない。不倫ならともかく、創業者一族の恋人と交際していたというだけでは退職に追い込むわけにはいかないのだ。

そこで文隆は、彼女を自分の専属秘書にすることを思いついた。

坂本を取られまいとして結婚を急ぐ綾奈には早めの寿退社《ことぶきたいしゃ》を勧め、綾奈の代わりに彼女を自分の専属秘書にして、坂本と浮気しないよう監視する――そう約束したら、綾奈は渋々その提案を呑んだ。

羽優美を専属秘書にすると決めた時、正直綾奈より役に立てばそれでいいとしか思ってなかった。

だが羽優美は、初日こそ頼りない印象だったが、それ以降は自分のすべきことを理解し、文隆の手を煩《わずら》わせることなく、てきぱきと仕事をこなしていった。文隆の仕事の邪魔をすまいと最低限のことしか話しかけてこないし、電話応対は丁寧で、取引先から彼女への褒め言葉をもらったこともある。――もっともそれは、前任の綾奈がひどすぎたからというのもあるが。

整理されることなくキャビネットに詰め込まれていた資料は、彼女の手によってきちんと管理され、それまで探すのに苦労していた資料が、頼めばすぐ出てくるようになった。

文隆が羽優美を意識し始めたのは、過去の秘書たちの振る舞いを、事の成り行きで彼女に打ち明けた時からだ。

――あのっ！　私は常務のことを狙ったりしませんから！

彼女がとっさに口にした言葉に、安堵ではなく落胆を覚えたのだ。

その時から、彼女の姿が目につくようになった。平凡に見えていた顔立ちが可愛くて仕方なくなり、ちょっとアプローチしただけで真っ赤になってうろたえるところにそそられた。

彼女を自分の手で〝女〟にして、自らの腕の中に閉じ込めておきたい。

そんな、文隆の邪《よこしま》な想いに気付いてか、二度目以降の夕食の誘いを断られたりして距離を置かれてしまった。が、文隆を見る時のきらきらした瞳や、話の最中に頬を染める様子からして、脈はあると感じていた。だからゆっくり距離を縮めていければいいと思っていたのに。

それがめちゃくちゃになったのは、彼女が坂本と二人きりで秘書室にいるのを目撃した時からだ。

様々な情報に惑《まど》わされて誤解して、羽優美にはずいぶんひどいことをしたと思う。なのに彼女は文隆を許してくれて、最初からやり直そうという提案も受け入れてくれた。

彼女の寛大さには、感謝してもし切れない。

が、その寛大さもほどほどにしてほしいと思うことがある。

許してもらったことで羽優美に懐《なつ》いた綾奈は、坂本とのことで傷ついたせいもあって、一人でいたくないと文隆たちのマンションに入り浸《びた》ろうとする。羽優美はそんな綾奈に同情して、入れてやってほしいと言いたげな表情で文隆を見る。文隆が渋々入れてやると、羽優美は客である綾奈にかかりきりになるのだ。

「どうぞ……」

羽優美ははらはらしながら、綾奈と文隆の前にコーヒーを置いた。

先ほどこの二人の間で、「食後のコーヒーが飲みたーい」「家に帰って飲め」というやりとりがあって、危うく喧嘩になりかけた。

その様子を見守っていた羽優美が、「私が淹《い》れるから」と言ってそそくさと立ったことで、綾奈はにんまりとし、文隆はむすっとしながらも矛先《ほこさき》を収めたのだった。

早速コーヒーを一口飲んだ綾奈が、うっとりした表情で言う。

「あー美味《おい》しい。いい豆使ってるよね」

「銘柄《めいがら》なら喜んで教えるから、自分で買って自分の家で飲め」

「文隆さんの家で飲めるのに、何で自分でやんなきゃなんないのよぅ」

冷たい文隆にぶーたれる綾奈は、年齢より幼い感じがする。

綾奈は現在二十六歳。羽優美より年上だが、親から大事にされすぎたせいで世間知らずで甘ったれだ――と文隆は言っている。口には出さなかったけれど、羽優美も似たような印象を受けた。

会社で会った時は大人っぽくて自分を強く持っている人というイメージだったが、こうして話していると甘え上手で、ちょっとわがままな一面が逆に可愛らしい。

「羽優美ちゃんって、料理もできて秘書の仕事もできてすごいよね。ね、わたしに秘書の仕事を教えてくれない？」

そして、年下の羽優美にこんなお願いができるほど、素直で無邪気な人だ。

だからなのだと思う。羽優美が坂本に襲われて怪我を負った翌日、わざわざ羽優美のもとを訪れ、謝ってくれたのは。

——嫌な思いをさせちゃって、本当にごめんなさい！

自分も結婚したいほど好きになった相手に傷つけられて辛いだろうに、泣くのをこらえて何度も頭を下げてくれた。そんな謝罪をはねつけられるわけがない。

——そのことは、お互いもう忘れませんか？　私も誤解だと分かってもらう努力をしなかったですし、おあいこです。

そう言ったら綾奈がどっと泣き出したので、羽優美はそれからしばらくの間、彼女を慰《なぐさ》めることになった。

以来四日間、綾奈は毎日、お見舞いと称して会いに来てくれる。

その度にこうして綾奈が羽優美に甘え、羽優美がついつい「いいですよ」と受け入れ、文隆が不機嫌になるという光景が繰り返されている。

だが、今日の頼み事には羽優美も困って曖昧《あいまい》に微笑んだ。

「え……でも私は秘書になって日が浅いですし、本当に秘書の仕事を分かっているかどうかも怪しいんです」

「知ってる仕事だけでもいいから。ね！」

その時、文隆のいつもにまして不機嫌な声が割って入った。

「綾奈、向上心を持つのはいいことだが、秘書になりたいならまず再就職しろ」

可愛いわがままをする人は、引き際をよく知っている。文隆の堪忍袋《かんにんぶくろ》の緒もここまでだと察した綾奈は、コーヒーを飲み干して立ち上がった。

「はいはい、分かりましたよ。文隆さんは羽優美ちゃんと早く二人きりになりたいんでしょ。いいわねー〝新婚さん〟は。アツアツで」

「綾奈！」

怒鳴る文隆に、羽優美も立ち上がりながら言った。

「ふ、文隆さん。私、綾奈さんを車のところまで送っていきます」

四日前にこのマンションに引っ越してきた際、プライベートでは下の名前で呼ぶよう言われた。けれど、やっぱりちょっと照れくさい。

綾奈と一緒に玄関に向かいかけた羽優美を、文隆が追ってくる。

「待って、羽優美。僕も行く」

三人一緒にマンションを出て、綾奈の車が停めてある近くのパーキングに向かった。

身を切るように冷え込んだ夜の路上を歩きながら、綾奈は雑談のついでに話し出した。

「そういえば、明兄《あきら》さんが帰ってきてるわよ」

それを聞いて、文隆が驚いたような声を上げる。

「え？　明が？　仕事納めまで、まだ一週間近くあるじゃないか」

「それが、明兄さんを預かってくれてた取引先が匙《さじ》を投げちゃったみたいでね。『ちょっと早いけど、長期休暇に入っていい』って言われたらしいの。それで喜んで帰ってきちゃったのよ」

「そこは食い下がって〝仕事させてください〟と頼み込むところだろ」

文隆は額を押さえて下を向く。話が見えなくて羽優美が横を歩く二人をちらちらと見ていると、綾奈がそれに気付いて説明してくれた。

「明兄さんは馬鹿でやる気がないもんだから、どんな仕事も続かなくてね。最近はちょっと遠い所にある会社に預けられてたんだけど、この分じゃそこでもダメだったみたい。父のところに『おたくのご子息の面倒は見切れません』っていう連絡が入るのも、時間の問題だわ」

「おまえといい、明といい、本気で仁瓶酒造の未来が心配になってきたよ……」

疲れたようにつぶやく文隆に、綾奈はからからと笑う。

「敬一《けいいち》兄さんがいてよかったわよね。じゃなきゃ将来倒産間違いなし。あ、敬一兄さんっていうのはわたしの上の兄ね」

「あ、はい。知っています。いつお電話を取り次がせていただくか分からないので、グループ会社の取締役の皆様のことは一応……」

確か、仁瓶敬一という人は仁瓶酒造株式会社の専務を務めているはずだ。羽優美は頭の片隅に〝仁瓶敬一専務は優秀、明氏はちょっと問題のある人〟とインプットする。こういう情報は些細《ささい》なものでもいつどんな時に役立つか分からないので、可能な限り記憶することにしている。

「羽優美はこうやって努力してるんだ。綾奈、おまえも見習え」

「いえ、努力というほどのことは……」

羽優美がもごもご謙遜《けんそん》すると、文隆はきっぱりとした口調で否定した。

「君は僕が言わなくったって、勉強して足りない知識を補《おぎな》ってるじゃないか。綾奈にはそういう努力が足りないんだ」

熱い眼差しをした文隆に褒められて、羽優美は照れて俯《うつむ》いてしまう。それを見ていた綾奈が、これ見よがしにため息をついた。

「新婚さんはこれだから。文隆さんは羽優美ちゃんが可愛くって仕方ないんでしょ」

「そういうことを言ってはぐらかすんじゃない」

文隆のお説教が再開すると、綾奈は肩を竦《すく》めて黙り込む。羽優美はおろおろしながらその様子を見守り、パーキングが見えてきたところで天の助けとばかりに二人に声をかけたのだった。

綾奈の車が大通りに出たのを見届けると、羽優美と文隆は並んで歩き出した。

「……ごめん。また綾奈が変なことを言って」

〝新婚さん〟のことだろう。羽優美と文隆はもちろん結婚したわけではなく、結婚する予定もない。綾奈に初めてそう呼ばれた時には動揺したけれど、ここ数日に幾度となく言われたので、慣れっこになってしまった。羽優美は申し訳なさそうな顔をする文隆に、にこっと笑って答えた。

「気にしないでください。私も気にしてませんので」

文隆はほっとしたような顔をして、羽優美の肩に手を回す。

「……身体が冷え切らないうちに、早く帰ろう」

彼の表情と声がちょっと寂しげに感じたけれど、理由を訊《たず》ねるのも気が引けて羽優美は黙り込んだ。

文隆の部屋に帰ってすぐ、お風呂に湯を張り順番に入る。髪を乾かし終えると、カーディガンを羽織り、リビングのソファに並んで座ってテレビを点《つ》けた。特に観たい番組があるわけでなく、流れる音声をＢＧＭにぽつぽつと会話する。

「文隆さんって、ご親戚の皆さんと仲がいいですよね」

「会社同士が連携してるから顔を合わせる機会は多いけど、仲いいかな……？　羽優美は親戚付き合いは？」

「そんなにないです。みんな、遠方に住んでいるので」

「そういえば、家族の話も聞かないね」

「家族ともあんまり……うちは放任主義で、年の離れた兄と姉がキャリアを積んでバリバリ働いてるのに、私は秘書にしていただくまで営業アシスタントで、出世の見込みもなくて……一人でもやっていけるようになりたくて、一人暮らしを始めたんですが……」

〝それでもなかなか家族には認めてもらえない〟という話まではしづらくて黙り込むと、文隆は羽優美の肩に腕を回してきた。

「……ごめん。あまり話したくないことだったみたいだね」

カーディガン越しに感じる腕の重みにどきどきしながら、羽優美は明るい口調で言う。

「いいえ。こちらこそすみません。変な話をしちゃって。――そう、だから文隆さんと綾奈さんがぽんぽんおしゃべりしてるのが、羨《うらや》ましかったりするんです。それに明さんのことだって、色々言いながらも心配してるんだなっていうのがよく分かるから、そういう関係っていいなって思って」

「羨ましがられるような関係じゃないと思うけどね。心配の種が尽きなくて」

「でも、やっぱり羨ましいです」

家族には、正直あまり心配されているという感じがしない。そのことが寂しくて俯《うつむ》き加減になると、頭を抱えられて引き寄せられた。

「君の自信のなさは……――」

「え？」

途中から声が聞こえなくなったので、訊《き》き返そうと羽優美は文隆を見上げる。すると彼の顔が近付いてきて、羽優美は静かに目を閉じた。

そっと唇に触れてくる、温かくて柔らかいもの。

キスの初めは、触れ合った唇にいつも痛いほどの快感があって、自分がこれをどれだけ待ち望んでいたかを教えてくれる。顔にかかるかすかな吐息。彼から香る石鹸《せっけん》のにおい。角度を変えてついばむように繰り返されるキスに唇が蕩《とろ》けて、少しだけ緩む。その隙間から彼の舌が忍び込み、歯茎をゆっくりと舐め上げた。それから唇の裏も舌先で丹念に愛撫《あいぶ》する。

甘い……。

〝甘い口づけ〟という言葉はよく聞くけれど、文隆とするまでは本当に甘いとは思わなかった。口腔《こうこう》をなぞる柔らかな、けれど力強さもある舌。混ざり合う唾液。羽優美を求めて荒くなってくる彼の呼吸。その何もかもが甘い。

それらは羽優美の頭の芯を痺《しび》れさせ、その痺れは全身へと広がった。

期待に震える羽優美の身体を、文隆が抱き寄せる。最初は優しく、次第に強く。意外に骨ばった長い指で顎《あご》を持ち上げられ、キスがさらに深くなる。

けれど羽優美の舌には触れず、文隆は唇を離した。

物足りなさと、これで終わりかもしれないという不安を覚えながら、羽優美はゆっくりと目を開ける。

それは杞憂《きゆう》だった。

「ベッドに行こう……」

文隆は羽優美をぎゅっと抱え込み、耳元で熱っぽく囁《ささや》いた。

服を脱ぎ、彼の舌や指にたっぷりと愛撫され、一度達したところで、羽優美はベッドに身体を沈める。忙《せわ》しなく息をしていると、彼が羽優美の上に覆いかぶさってきた。

「――いい？」

羽優美は胸元を腕で隠し、恥じらいながら小さく頷《うなず》く。

文隆は微笑んで羽優美の脚に手をかけ、少し大きく開かせてからゆっくりと彼自身を沈めてきた。

指よりも太くて熱い、力強く脈打つ彼のものが、羽優美の中を押し広げて満たしていく。自制をきかせ眉をひそめる彼の表情が艶《つや》めいていて、羽優美はそれを見上げながら、身体の奥深くに痛いほどの快感を覚える。

羽優美の太腿《ふともも》の裏と文隆の腰がぴったりと触れ合い、彼の全てが羽優美の中に収まると、彼は羽優美の首筋に顔を埋めて気だるげな息を吐いた。その熱い吐息は肌を焼き、その刺激に羽優美はぴくんと身体を震わせる。

文隆は身体を起こし、心配げに羽優美の顔を覗き込んだ。

「大丈夫?」

「は……い」

彼が言葉を発した振動が体内に響き、そのわずかな動きにも羽優美は感じてしまう。快楽で瞳が潤んでいるのに気付いたのだろう。文隆は羽優美の頬をそっと撫《な》でて囁いた。

「動くよ……」

文隆はその唇を羽優美のそれに重ねたまま、ゆるゆると動き出す。

大きくて男っぽい手のひらが、羽優美の太腿からふくらはぎをなぞり、お尻からわき腹、二の腕を辿《たど》る。やがて羽優美の手首を掴むと、ベッドに押しつけた。

その瞬間、身の内にぞくっとした快感が走り、羽優美は思わず首を仰《の》け反《ぞ》らせた。

羽優美の顔中にキスを降らせていた文隆は、首筋に吸いついてくる。ちりっとした軽い痛みが電流のように駆け抜け、羽優美の体内にぎゅっと力が入った。

「く……っ」

文隆は一旦動きを止めて呻《うめ》くと、先ほどよりも勢いをつけて、羽優美への抽送《ちゅうそう》を始める。

「あぁ……あん……あ……はぁ……」

小さく漏《も》れ出る羽優美の嬌声《きょうせい》と、二人の肌がぶつかり合う音、そこでかき混ぜられる愛液の淫《みだ》らな水音と文隆の忙《せわ》しない息遣いとが、エアコンが静かにうなる寝室の中に響き渡る。

やがて文隆が羽優美の腰を掴み、一層速く突き上げを始めると、羽優美の喘《あえ》ぎ声も大きくなる。

「んっ、はぁ……んっ、あっ、ふっ、文隆さんっ、も、もう」

「羽優美……っ、イッていいよ…っ、僕もすぐ――」

羽優美の体内でかさを増した彼自身が、羽優美の中を激しく行き来して内壁を擦《こす》り、羽優美の感じる部分を的確に突き上げる。少しずつ高まってきていた身体は、追い立てられるように高みまで昇りつめた。

「あっ、文隆さ……んっ、あぁっ、あぁあぁぁ――！」

羽優美は身体の下で皺《しわ》くちゃになったシーツを掴み、身体を仰け反らせながら果てる。

文隆はさらに数回、羽優美の最奥を突き上げると、羽優美の名を呼びながら身体を大きく震わせた。

羽優美の上に崩れ落ちた文隆は、息が落ち着いてくるとゆっくり身体を起こした。

「気持ちよかった？」

「は、はい……」

こういう質問をされるのが恥ずかしくて、羽優美は伏し目がちになりながら小さく答える。

文隆は羽優美の頬をそっと撫《な》でて、それからベッドを下りて彼女に上掛けをかけた。

「もう少し休んでるといいよ。――先にシャワーを浴びてくる」

そう言ってから、文隆はパジャマ代わりのスウェットを拾い上げて寝室を出ていく。

そんな文隆をこっそり見送ってから、羽優美は小さくため息をついた。

文隆さんは気持ちよかったのかな……？

気になるけれど、やはり恥ずかしくて訊《き》くに訊けない。

少しして戻ってきた文隆と入れ替わりに、羽優美は身体にバスタオルを巻いてバスルームに向かった。

羽優美がシャワーを浴びて戻ると、スウェットを身に着けた文隆が、シーツを換え終わったところだった。

「すみません。一人でやってもらっちゃって」

「このくらい大したことじゃないよ。もう遅いし、早く寝よう」

先にベッドに入った文隆に手招きされ、羽優美はカーディガンを脱いでそそくさとベッドに入る。羽優美がふかふかの大きい枕に頭をつけると、文隆は羽優美の肩を上掛けで包んだ。

「寒くない？」

「はい、寒くないです。ありがとうございます」

おやすみの挨拶も済ませてから、文隆もベッドに横になる。

憧れの文隆とこうして一緒に眠るなんて、夢みたいだ。ちょっと前までは、こんな日が来るなんて思ってもみなかった。

文隆が同棲《どうせい》を提案してきたのは、二人が付き合うことになったその日のことだった。

——一緒に暮らさないか？

文隆にそう言われて嬉しくもあったけれど、付き合い始めてすぐ同棲することに、躊躇《ためら》いがなかったわけではない。が、坂本や、彼を手引きした秘書課の女性のことを考えると安心できないと、紫藤常務に忠告されたのだ。

——二人の執念深さは相当みたいだからね。逆恨みして何をしてくるか分からない。羽優美ちゃんはしばらくの間、一人で行動しないほうがいい。一人暮らしのアパートに帰るのも危険だな。

そのためろくに遠慮できないまま、羽優美はこの部屋に住んでいる。

アパートからは、とりあえず必要なものだけを持ってきた。今、上品で高級そうなキッチンの片隅には、使い古した安物のオーブントースターと炊飯器が不釣り合いに置かれている。

文隆は部屋代を受け取ってくれず、料理をしてもらうからと言って、食費も出させてくれない。それだけではない。コーヒーの好きな羽優美のためにコーヒーメーカーと高級な豆を買い、怪我のせいでスツールに座りづらそうな羽優美を見て、その日のうちにダイニングテーブルのセットを買ってスツールのあった場所に置いた。まさに至れり尽くせりで、羽優美はありがたく思うより恐縮してしまう。

エッチのことだってそうだ。付き合うと決めたにもかかわらず羽優美に触れようとしない文隆に、三日前、勇気を振り絞って言った。

——あの、しないんですか……？　怪我をしてもう二日になりますし、痛くないから大丈夫です。

——羽優美はしたい？

——えっと、あの……前は毎晩のようにしてたじゃないですか。しなくても、文隆さんは大丈夫なのかなって思って……

——していいなら、したいよ。……してもいい？

そうして再びするようになったけれど、文隆の行為は前のように激しくはなく、羽優美を労《いたわ》りながら優しく丁寧に愛撫《あいぶ》して、そっと繋がってくるというものだった。

正直羽優美は、その行為が物足りなかった。軽蔑されたり侮辱されたりするのはもちろん嫌だけど、もっと激しく、いろいろしてほしいと思ってしまう。けれどいやらしい女だと思われたくなくて言い出せずにいた。

＊＊＊

翌朝、朝食の席で羽優美が言った言葉に、文隆はわずかに眉をひそめた。

「え？　出社したい？」

「顔の青痣《あおあざ》も黄色くなったのでファンデで隠せますし、それに――仕事をしないでのんびりしているのもちょっと、落ち着かなくて……」

羽優美の顔には、坂本に殴られた時の痣が残っていた。

その他の怪我も文隆たちの不手際で負ったものだから、治るまで特別有給休暇にする――そう言われているけれど、そもそも悪いのは坂本であって文隆たちではないのだから、甘え続けるのは気が引ける。それに休み前に頼まれていた仕事も終わっていないし、羽優美が仕事をしなかったら、誰が文隆の膨大な仕事を手伝ってくれるのか。

文隆はしばし渋った後、「一緒に通勤するなら」という条件付きで出社を許可してくれた。

車で五分の短い道のりの間にも、文隆は注意事項を挙げていった。

「会社の外には一人で出ないこと。帰りも一緒に帰るから、僕が外出していたら戻るのを待ってて。秘書室を出る時も念のため気をつけて。携帯電話は非常時の連絡手段として、必ず持ち歩くこと。僕がいない時は日中でも鍵をかけて。常務室の鍵は交換して秘書課には預けないようにしたから大丈夫のはずだ。さっき渡した新しい鍵、ちゃんと持ってるね？」

羽優美は「はい」と小さな声で返事をする。心配してくれるのはありがたいけれど、あまり細かいことを言われると、それほど信用がないのかなと落ち込んでしまう。

羽優美の気落ちに気付いてか、文隆は慌てて言葉を取り繕《つくろ》った。

「要は、会社の外はもちろん、会社の中でも気をつけてほしいってことなんだ」

「はい……ありがとうございます」

羽優美は運転席のほうを向いてにこっと微笑んだ。運転しながらそれをちらっと見た文隆は、ほっとした表情を見せる。けれど、すぐに気まずげな顔をして前を向いた。

「それで……しばらくの間、君と僕が付き合っていて同棲《どうせい》もしているっていうことは伏せておいたほうがいいと思うんだ」

「え……？」

意味が分からず羽優美が呟《つぶや》いた時、車はちょうど駐車場に入るところだった。文隆が車の運転に集中し始めたのに気づき、羽優美は邪魔をしないように黙り込む。

車を停めると、文隆は「先に行って」と羽優美を促《うなが》した。

「この程度のごまかしじゃ、伏せててもすぐ誰かに気付かれてしまうかもしれないけど、今は君を一人にしないことが最優先だから」

羽優美が不安そうに文隆を見ると、彼は羽優美を安心させようと優しく微笑んだ。

「念のための用心だから、そんなに気にしないで。――君がそこの通用口から入っていくのを、ここから見守ってるよ。さ、降りて」

再度促されると、羽優美は車を降りないわけにはいかなかった。ドアを閉め、早足で通用口に向かいながら、ちらっと文隆のほうに目を向ける。文隆はハンドルに両腕をかけて、微笑みながら軽く手を振ってくれた。羽優美も小さく微笑み返してから、通用口で社員証を提示して中に入っていった。

だが、羽優美の中の疑問が消えたわけではなかった。

秘書室に着いてからも、羽優美は文隆が言ったことを考え続けていた。

念のための用心とは何だろう？　同棲《どうせい》のことを特に誰かに言うつもりはなかったけれど、他の人に知られると何かまずいのだろうか？　それに文隆の過剰とも思える警戒ぶりが、気になって仕方ない。坂本もあの秘書課の女性ももう会社にはいないのに、社内にはまだ危険なことがあるのだろうか？

訊《たず》ねたかったけれど、文隆は何故か始業時間を過ぎてから上がってきて、慌ただしくオフィスに入っていってしまう。そのため、羽優美はもやもやしたまま仕事をすることになったのだった。


十時を過ぎた頃、秘書室と廊下を結ぶドアがノックされた。

羽優美は反射的に身構える。坂本のことがあってから、事前に連絡のない客の訪問にひどく緊張するようになっていた。けれど、この秘書室は文隆のオフィスに入るための受付なのだから、いつ誰が訪問してきても対応しなければならない。

羽優美は唾を呑み込んで気持ちを落ち着けてから、努めてさりげない口調でドアの向こうに声をかけた。

「どうぞ」

席を立って出迎えた相手は、初めて見る人物だった。文隆より少し年下だろうか。細《ほそ》面《おもて》のイケメンで、口元には人懐っこい笑みを浮かべている。上等そうなスーツを着崩し、短めの髪もカジュアルな感じで、勤め人にしては少々だらしがない。場にそぐわないその恰好に何やら危険なものを感じながらも、羽優美はにこやかに声をかけた。

「いらっしゃいませ。恐れ入ります。お名前をお伺《うかが》いしてもよろしいでしょうか?」

「ダメって言ったらどうする?」

「あの……」

名乗ってくれないのならオフィスに案内しないだけだけど、相手のいたずらっぽい目を見れば、からかわれているのは分かる。羽優美はどうしたらいいか迷ってしまった。

黙り込んでしまった羽優美に、その男性は苦笑しながら言った。

「冗談だよ。オレは仁瓶明。文隆さんの従弟《いとこ》で——名前で分かると思うけど、仁瓶酒造の社長の息子なんだ」

羽優美はほっとして息を吐いた。言われてみれば、文隆や紫藤常務と少し似ているような気がする。羽優美は微笑んで伝えた。

「三上常務は、ただいま電話に出ておられます。恐れ入りますが、こちらの椅子におかけになってお待ちいただけますか？」

「優等生な受け答えだね。——いや、今日は文隆さんじゃなくて君に会いたくて来たんだ」

「わたくしに、ですか？」

戸惑う羽優美をまるで気にせず、仁瓶明は辺りを見回して話し始めた。

「久しぶりに来たけど、重役付の秘書室っていいよね。こんなに広い部屋を一人で使えて、上司はなんだかんだで出てることが多いから、仕事もサボり放題」

頼まれた仕事ができていなければすぐバレるから、手は抜けないんですけど……

そう思ったけれど口には出さず、曖昧《あいまい》に微笑んで誤魔化す。そんな羽優美に、明は意味深な視線を向けてきた。

「人もあんまり来ないでしょ。重役室の界隈《かいわい》なんて一般社員にはうろうろしにくいし。――男も引き込み放題、ヤりたい放題なんじゃない？」

「え――」

思ってもみなかった侮辱の言葉に、羽優美は凍りつく。

何故、初対面の人間にこのようなことを言われなければならないのだろう？

明は人懐っこい笑みを引っ込めて、攻撃的な目で羽優美を見た。

「オレは知ってんだよ。あんた、綾奈の男に手を出したんだろ？　それで今度は文隆さんに目をつけたのか？　坂本を悪者にして、被害者面《ひがいしゃづら》で文隆さんの家に転がり込むなんてさ。いらなくなった坂本を、上手く再利用したもんだ」

何を言われているのかようやく分かった羽優美は、慌てて声を上げた。

「そんなことしてません！」

気分が悪かった。どんな話を聞いたか知らないが、明は羽優美がそんな女だと決めつけているのだ。

嫌悪と屈辱に身を震わせる羽優美に、明はデスクに身を乗り出すようにして続けた。

「言っておくけどさ、文隆さんも馬鹿じゃないから、結婚を期待してるなら無駄だよ。そのうちあんたの正体に気付いてお払い箱さ。同棲《どうせい》してること、伏せてるんだろ？　案外、あんたの本性にうすうす気付いてて、別れる時の予防線張ってるんじゃない？」

何で、文隆さんが私との関係を隠したがってるって知ってるの……？

羽優美だって、今朝聞いたばかりだというのに。それに。

〝別れる時の予防線〟……？

ショックに息もつけない羽優美に、明は軽い口調で言った。

「文隆さんともここでヤッたの？　このデスクの上で、とかさ」

不意に思い出し、かあっと頬を赤らめる。

「お、図星？　遊んでるくせに顔に出しちゃうなんて、かわいいねぇ。そういうところを文隆さんも気に入ってるのかな？　そのことをオレが触れ回ったら、あんた困らない？」

「な……にを……」

ショックを受けながら声を振り絞って反論しようとすると、突然オフィスのドアが開いて文隆が秘書室に入ってきた。

「明！　どうやってここまで入り込んできた!?」

すごい剣幕《けんまく》で詰め寄る文隆に、明は冗談めかして答える。

「どうやってって、正面玄関から？」

文隆は大きなため息をついた。

「……まったく。綾奈の時といい、受付が受付として機能してないな。――来い！」

「またね、羽優美ちゃん」

明は文隆に腕を引っ張られながら、もう一方の手を羽優美に向かってひらひらと振る。

「明！　――すまない。しばらく出てくるよ」

「いってらっしゃいませ……」

慌ただしく出ていく文隆を、羽優美は呆然としながら見送る。

通勤中の言いつけ通りドアに鍵をかけた羽優美は、仕事を再開しながら思い悩んだ。

文隆さんはいずれ私と別れるつもりで、この関係を伏せておきたいのかもしれない……。

そう言われてみれば、それが一番納得できる理由のような気がしてくる。〝念のための用心〟と言われるよりもずっと。

だいたい、文隆と付き合っていること自体、羽優美にも信じがたいことなのだ。文隆はグループ創業者一族の一人で、会社役員。羽優美は専属秘書という立場にはいるが、所詮しがない一般社員。坂本とのことがなければ羽優美と文隆は付き合うことはなかっただろう。

一度考え出すと、様々な疑念が頭の中で渦巻いてくる。

前から惹かれていたと言ってくれたけれど、本当にそうなの？

文隆さんは〝好きな人にしか抱かれたくない〟と叫んだ私の声を聞いていた。

それで私の気持ちを知った彼は、罪滅ぼしのつもりで付き合ってくれることにしたんじゃないの？

そう考えれば、至れり尽くせりな態度にも説明がつく。文隆は本来、優しくて清廉潔《せいれんけっ》白《ぱく》な人だ。だから贖罪《しょくざい》のために何でもしようと考えているのかも。

エッチだって、羽優美が言い出さなければするつもりはなかったのかもしれない。

文隆さんは、私に言われて仕方なく抱いてくれているのかもしれない……

そう思うと、不安と羞恥《しゅうち》が胸の内に湧いてくる。

物思いに沈み込んでいた羽優美は、ドアがノックされた音にびくっとした。少し遅れて、文隆の声が聞こえてくる。

「高梨さん？　ごめん。鍵を忘れて出てしまったんだ。開けてもらえる？」

羽優美はほっとしながら、急いで鍵を開けに行く。

鍵を開けて内開きのドアを開くと、ちょっと疲れたような笑みの文隆が入ってきた。

「さっきはばたばたしてごめん。あいつを会社の外に放り出して、『訪問相手も用件も言わないで入り込もうとする奴は、創業者一族であっても追い返していい』って受付に伝えてきたから。親戚連中にも連絡を回すよ。今後ああいうことはないと思うけど、アポも取らずに押し掛《か》けてくる奴がいたら、相手にしなくていいからね。――それで、明から何か言われた？」

「え……？」

一緒に外に出た際に、明から聞かなかったのだろうか？　あの剣幕《けんまく》なら、文隆にも羽優美について、あることないこと言うかと思っていたのに。

返事に窮《きゅう》した羽優美の目の前で、文隆は居心地悪そうに後ろ頭を掻いた。

「今朝、始業時間に間に合わなかったのは、直前に明が電話をかけてきたからなんだ。……あいつ、悪い奴じゃないんだけど、人の話をろくに聞かない上に思い込みが激しくてね。君に迷惑をかけてなければいいんだが」

「迷惑なんて、そんなことはなかったです」

文隆が知らないなら、余計話すことなどできない。身内である明に文隆との関係を触れ回ると脅《おど》されたことなんて――

羽優美のぎくしゃくした微笑みに違和感を抱《いだ》いたのか、文隆は念を押すように訊《き》いてくる。

「本当に？」

「本当です」

できるだけ明るい調子で言うと、文隆は釈然としないながらも納得したようだった。

「何かあったら、ちゃんと僕に話して。いいね？」

「……はい」

羽優美は笑みを深めて返事をする。

こんなこと話せない。

文隆が罪滅ぼしのためだけに羽優美と付き合っているのではないか――そう思ってしまったことなんて――

誤解が始まる前は、好感くらい持ってくれていたかもしれない。でも今は、罪悪感しか抱《いだ》かれていないような気がする。誰にも相談できず、一人で考えれば考えるほど、そんな思いが強くなってくる。

その日の夜、夕食もお風呂も終えてリビングのソファでくつろいでいた時、昨日や一昨日と同じように、文隆は囁《ささや》いてきた。

「寝室に行こう」

羽優美は思い切って訊《たず》ねてみる。

「今日もするんですか……？」

文隆さんはしたいの？　無理はしていない？　私が「しなくていいんですか？」って訊《き》いたから、仕方なく誘ってたりしない？

羽優美の問いかけを、文隆は別の意味に受け取ったようだった。

「ごめん。毎日するのは嫌だった？」

すまなそうに言って、羽優美の肩にかけていた腕を外す。

言い方がまずかったと気付いたけれど、もう遅い。

「久しぶりに出社して疲れただろ？　今日は早く寝よう」

立ち上がった文隆が、羽優美に手を差し伸べてくる。

羽優美はその手を取るしかなかった。

そうじゃないの。文隆さんに無理してほしくないの。もし、好きでもないのに付き合ってくれているのなら――……

そんなこと、口にできない。もしそうであったとしても、この幸せを壊したくないと願ってしまっているから。

羽優美は、誤解されていた時より、自分の心ががんじがらめになっているのを感じていた。

＊　＊　＊

その後、特に何事もなく数日が過ぎて、無事仕事納めの日も終えた。

年末年始休暇に入った初日、一緒に朝食の後片付けをしながら、文隆が言った。

「今日は、君のアパートを片付けに行かないか？　今から退去の連絡をしても、賃貸契約の解除は来月末になるだろうけど、早めに片付けてしまったほうが君も気が楽だろ？」

「え……？」

呆《ほう》けたように返事をする羽優美に、文隆は苦笑する。

「もう同棲《どうせい》してるんだし、元のアパートも長く空けておくと不用心だしね。時間のある今のうちに片付けて引き払ったほうがいいと思うんだ」

「でも、その……引っ越したことを、家族に何て言えばいいのか……」

あまりアパートには訪ねてこない家族だけれど、引っ越すならば伝えないわけにはいかない。新しい住所を知った家族は、羽優美の給料ではとても住めないところだと気付くはずだ。そうしたら、同棲していることも話さなければならなくなる。——それを聞いた時、家族はどう思うだろう？

食器をすすぎながら黙り込んだ羽優美に、文隆はちょっと言いにくそうに呟《つぶや》いた。

「……僕がご家族に挨拶に行ってもいいんだけどね」

「え……ええ!?」

一瞬羽優美の理解が遅れる。が、その直後、素《す》っ頓狂《とんきょう》な声を上げ、隣で食器を拭く文隆をまじまじと見てしまう。すると彼は呆れたような笑みを浮かべた。

「そんなに驚くことかな？」

「す、すみません……だって、そこまでしていただくわけには……」

羽優美はしどろもどろに辞退する。家族に挨拶なんて、まるで結婚の許可でももらいに行こうと言われてるみたいだ。そうでなくても、親密すぎる感じがしてドギマギする。

「分かったよ。アパートのことはおいおい考えるとして、今日はもう少し荷物を運ぼう。前回は取るものもとりあえずって感じになっちゃったからね」

食器の片付けが終わった後、すぐに出掛ける準備をして、羽優美のアパートへ向かった。必要なものを持っていくだけのつもりが、冷蔵庫などの掃除もしていったほうがいいんじゃないかという話になり、文隆と一緒に昼過ぎまで掃除にいそしむ。それから郊外のレストランで昼食を取り、スーパーで食料品の買い出しをして、文隆のマンションに帰った。

「手伝うよ」

「いえ、文隆さんは休んでいてください。お家賃の代わりに私がお料理するっていう約束ですから」

「厳密に考えなくていいよ。今日はいろいろ動き回って君も疲れてるだろうし、夕飯ができるのをただ待ってるってのも退屈だしね。――里芋は全部剥《む》けばいい？」

「いえ、一つだけは明日のおみそ汁の具にしようかと――じゃなくて、私がやります！」

キッチンでそんなやりとりをしていると、カウンターの上に置いた羽優美の携帯電話が鳴り出した。最近は文隆にいつも持ち歩くよう言われていたし、綾奈からもよく連絡が入るので、すぐ近くに置いておく習慣がついていた。羽優美はすぐ手にとって、画面を見る。

「あ、綾奈さんからです」

「〝今から来る〟とか言ったら、断ってくれよ」

文隆はすかさず言った。本当に来てほしくなさそうな口ぶりだ。頻繁な訪問にうんざりしているのだろう。羽優美はくすくす笑いながら電話に出る。

「もしもし、綾奈さん？——っ」

電話口から聞こえてくる声を聞いた途端、羽優美は小さく息を呑んで表情を強張《こわば》らせた。

「どうかした？」

羽優美のほうを見た文隆が、心配そうに声をかけてくる。羽優美ははっと我に返り、取り繕《つくろ》うような笑みを浮かべた。「ちょっと待ってください」と電話口に向かって言うと、携帯を手で押さえて文隆に言う。

「ごめんなさい。寝室で話してきます。その……女同士の内緒話がしたいんだそうです」

「いつも時と場所を考えずに喋《しゃべ》るくせに、何の内緒話をしたいんだか。——綾奈のわがままに、あんまり付き合わなくてもいいからね。行ってらっしゃい」

「行ってきます」

小さく手を振って見送る文隆に、羽優美もにこにこしながら手を振り返す。

それから寝室に入ってドアをぴったり閉めると、笑顔を引っ込め硬い口調で電話口に話しかけた。

「お待たせしました。ご用件は何ですか？　――明さん」


夕食の後に風呂に入った文隆は、羽優美の姿の代わりに、ダイニングテーブルで一枚のメモを見つけた。

――少し出掛けてきます。心配しないでください。――

心配するに決まってるじゃないか……！

文隆はスマホを充電器から取り、羽優美の携帯に電話をかけた。

羽優美は、文隆の言いつけを破ったことがない。秘書室の施錠《せじょう》も守っていたし、ほんのちょっとでも一人で外出しては駄目だと言えば、「ごみ捨てだけでも駄目でしょうか？」と訊《たず》ねてきた。

そんな羽優美が、「食べすぎたからお風呂はもうちょっと後にしたい」と嘘をついて文隆に風呂を譲り、書き置き一つで夜遅くに外出した。その上行き先も告げないなんて、これで心配しないようならよっぽどの馬鹿だ。

予想通り、携帯電話からは『おかけになった番号は電源を切っているか……』のアナウンスが聞こえてくる。文隆はすぐに切って別の電話番号にかけた。数回のコールで相手は出る。

『こんばんはー。文隆さんが電話くれるなんて珍しいね』

「綾奈。今日の夕方、羽優美と電話で何の話をした？」

『え？　何の話？　何そんなに慌ててるの？』

「羽優美がいなくなったんだ！　夕方、おまえからの電話に出たその後、様子がおかしくなったんだよ！」

寝室から出てきた羽優美はどことなくそわそわしていて、文隆と話していても上の空だった。疲れが出てきたんだろうという彼女の言葉を信じ、それ以上訊《たず》ねたりしなかった。

あんまりしつこくして、羽優美に嫌われるのを恐れて。

『ねえ、それってホントにわたしからの電話だったの？　羽優美ちゃんが嘘ついたってことない？』

「それはない。羽優美はおまえからの電話だと言って出たんだ。それまでは、おかしなところはなかった。おまえに女同士の話をしたいと言われたからって、寝室に引っ込んだり——」

気が急《せ》くあまり、説明ももどかしい。言葉に詰まってイライラしながら前髪をかき上げていると、綾奈がのんきな口調で言った。

『何それ。わたしがそういうこと言うわけないでしょ。その時に、何で羽優美ちゃんにツッコミ入れなかったの？　――あ、そういえば。ちょっと待ってて……あれ？　通話中はどうやって確認すればいいの？　えーと……一旦切るね』

説明もなく一方的に切られて、文隆の苛立《いらだ》ちは募《つの》る。

スマホをじっと見つめて待つこと数十秒。綾奈からの着信があった。

『文隆さん！　やっぱりあった！　今日の夕方、羽優美ちゃんへの発信が一件！　そういえば夕方、スマホをリビングに置きっぱなしにしちゃったんだけど、その近くで明兄さんがうろうろしてたのよね。わたしが近付いたらさっさと行っちゃったから気に留めてなかったんだけど、多分わたしのスマホを使って羽優美ちゃんに電話したんだわ』

『明』と聞いて、かっと頭に血が昇った。

「何でスマホを置きっぱなしにしたんだ!?　どうしてロックをかけておかなかったんだ！　あいつはな、おまえの話を断片的に聞きかじって分かった気になって、羽優美がおまえや俺を騙《だま》していいように利用してると思い込んでるんだぞ！」

羽優美が数日ぶりに出社したあの日の朝、明はわざわざ文隆に電話をかけてきて『そんな女に騙されるな』と忠告してきた。そして文隆が聞き入れないことを知ると、創業者一族の名前を振りかざして会社に入ってきて、羽優美に接触したのだ。

そこまで説明すると、綾奈もようやく事の重大さが分かったようで、反論する声が弱々しくなる。

『そ、そんなことをしてたの？　羽優美ちゃんがわたしたちを騙《だま》してるっていうのはわたしも言われたけど、違うって説明したのよ？　……まさかそのことで明兄さんがわたしのスマホを勝手に使うなんて思ってもなかったし。――それより文隆さん。そんなことがあったなら、何で明兄さんのことを羽優美ちゃんに忠告しなかったの？　羽優美ちゃんも文隆さんの言うことなら聞いたはずよ？』

「……そうだな。すまない、おまえばかり責めて。羽優美の耳に入れないで済むなら、それに越したことはないと思ったんだ。その――坂本のことで、羽優美は傷ついたばかりだったから」

羽優美を傷つけたのは坂本だけじゃない。自分もまた羽優美を傷つけたことを、文隆は誰にも話せずにいた。

自分のしたことは、とてもじゃないが身内にだって打ち明けられはしない。文隆も、羽優美の心を散々傷つけた。その傷が癒《い》えてない羽優美に、明の戯言《たわごと》など聞かせたくない。

――文隆さん、騙される時はね、〝この人が自分を騙すなんて信じられない〟って感じの人から騙されるんだ。その高梨羽優美って娘《こ》、上手い具合に被害者側に回ったよね。

文隆さんはできすぎだって疑わなかったの？

自分が正しいと信じて疑わない明に、それはおまえの考え違いだと言えば、『人はそうやって騙されてるんだって分からないの？』と返された。

羽優美に状況を話して明とは関わるなと伝えるべきだったのかもしれないが、羽優美が明から何も聞いていないのなら、こんな不快な話は耳に入れるまでもないと考えた。どのみち羽優美を一人で行動させるつもりはなかったから、守ることは可能だと思って。けれどその油断が、こんな事態を招いた。

明が羽優美を呼び出したのなら、羽優美を追い払うことが目的に違いない。そのためなら何をしでかすか分からない。

「綾奈、明がどこへ行ったか知らないか？」

悔恨《かいこん》は後回しにして、早く見つけ出さなければ。

『聞いてない……夕食の前にふらっと出掛けたまま、帰ってこないけど……お父さんとお母さんに訊《き》いてみる』

「頼む。俺は守に応援を頼むよ」

綾奈との電話を切った後、すぐに従兄《いとこ》である紫藤守に電話して、早口で説明をする。

「――それで明が行きそうな場所の心当たりはないか？」

『行きつけの場所をいくつか知ってるから、当たってみるよ』

「面倒かけてごめん。頼みます。俺は羽優美の友人に当たってみるよ。営業アシスタントをしてる子だから、会社に連絡先が登録されてるはずだ」

『了解。個人情報閲覧の承認をするよ。セキュリティ会社にも、おまえがこれから社屋《しゃおく》に入るって連絡入れておく』

「ありがとう」

電話を切ると、文隆は急いで外出着に着替え、会社の鍵を持ってマンションを飛び出す。

会社の駐車場に着くと、先に着いていた車から綾奈が飛び出してきた。

「文隆さん！　守さんからここに向かってるって聞いて……！」

「明の行き先が分かったのか⁉」

「ううん。でも、お母さんが『明日まで帰らないかもしれない』って言われたって」

羽優美を一晩拘束《こうそく》するつもりなのか……⁉

そこから否応なく連想されたことに、文隆はぞっとするのと同時に、怒りが煮えたぎるのを感じた。

唇を引き結び通用口に向かって駆け出すと、綾奈も走ってついてきた。

「羽優美ちゃんの友達が、行き先知ってるかな？　羽優美ちゃんのことだから、誰にも言ってないような気がする」

「知らない可能性は高いが、他に手掛かりがないんだから当たってみるしかないだろう！」

そう吐き捨てた文隆が、通用口前に辿《たど》り着こうとしたその時、文隆と綾奈のスマホが同時に鳴り出した。


——文隆さんと同棲《どうせい》してるってこと、言いふらされたくなかったら抜け出してこい。

綾奈のスマホから電話をかけてきた仁瓶明は、そう言って会社近くのシティホテルの名を告げてきた。ろくに話もできないうちに切られてしまったし、発信元は綾奈のスマホだったから、それ以上訊《き》こうにも連絡を取るすべはなかった。

文隆に相談しようと何度も思ったけれど、できなかった。彼は呆れながらもこの従弟《いとこ》を心配していた。その大事な従弟がこんな脅迫をしたなんて、できれば伝えたくない。文隆も「悪い奴じゃない」と言っていたのだから、ちゃんと説明すれば分かってくれるかもしれない。

それにホテルに呼び出されたなんて、文隆に知られたくなかった。いくら恋愛事に疎《うと》い羽優美でも、男の待つホテルに行くということが人にどう見られるかは知っている。

——あんた、綾奈の男に手を出したんだろ？

あの時の言葉が、今更ながら羽優美に重くのしかかる。

明は羽優美のことを、人の婚約者に手を出すだけでなく、他の男の誘いにも乗るような女だと思っていた。

気付かないうちに、羽優美はそんな風に見える素振りをしているのだろうか。

坂本――そして文隆も、羽優美をそういう女だと思っていた。

誤解だと分かった後はそういったことは言わなくなったけれど、人の印象なんて簡単に変わるとは思えない。

そのことに思い至った時、羽優美の中で二つの事柄が結びついた。

腫《は》れ物に触るかのごとく羽優美に接する文隆の態度。

誰とでも寝るような印象を与えてしまう自分。

やはり文隆は、そんな羽優美と付き合いたいと思っていなかったのではないだろうか。

羽優美が文隆のことを好きだから、罪滅ぼしになると思って付き合ってくれているだけで――


羽優美がホテル入り口の、大きなシャンデリアの灯るロビーに入っていくと、フロントの側にあるソファに悠々と座っていた明が、勢いをつけて立ち上がった。

「ホントに来たんだ」

ワインレッドのニットにカーキ色のチノパンツというラフな恰好をした明は、近付いてきて羽優美をじろじろと眺め回す。その視線に居心地の悪さを感じながら、羽優美は

わない。

「おいおい、来ただけで黙っててもらえるなんて、考えちゃいないだろうな？」

呼び出された場所とこの言葉。これで明が何を要求しているか分からないなどとは言
「来ました。ですから、あのことを他人《ひと》に言うのはやめてください」

緊張に強張《こわば》った声で言った。


けれど、その要求に応じるつもりはなかった。羽優美は話題を変える。

「話を聞いてください。内緒にしたいと思っているのは、私ではなく文……彼のほうなんです。あなたは彼を困らせたいんですか？」

「イイ子ぶって話を逸《そ》らすのはよせよ。バラされて困るのはあんたのほうだろ？」

「私が？　どうして……？」

困惑する羽優美に、明は空《そら》とぼけた顔をして辺りを見回した。

「このままここで話し込みたい？　何か目立ってるみたいだけど」

入り口とフロントを結ぶ場所に立っていて通行の邪魔になっているし、話が聞こえているのか、フロントの女性がこっそりこちらを窺《うかが》っている。

「彼のために、他人に知られたくないんだろ？」

その通りだ。でも……。

躊躇《ちゅうちょ》する羽優美に、明は顔を近づけて囁《ささや》いた。

「オレがあんたをどうこうしたいって思ってるわけないじゃないか。自意識過剰なんじゃない？」

そう指摘され、羽優美は頬が熱くなるのを感じた。二人きりになる場所へ誘われたせいで、彼の言葉の意味を読み違えたのだろうか。

「何もしないよ。あんたが望まない限りはね」

明は文隆たちの身内だし、坂本のような非道な真似はしないだろう。

羽優美は覚悟を決めると、エレベーターに向かう明について歩き始めた。

部屋はちょっと豪華なスイートルームで、羽優美は明についてそのリビング部分に入った。ドアのない右手の部屋にモカとオフホワイトのシーツのかかったベッドが見えて、羽優美の足はリビングの入り口のところで止まってしまう。

先ほど羽優美を自意識過剰と嘲《あざけ》った明が何かしてくるとは思わないけれど、やはり落ち着かなくて、できるだけベッドルームのほうを見ないようにしながら早速話を始めた。

「それで、私が文隆さんと同棲《どうせい》していることを言いふらされたくないなんて、何でそんなことを思うんですか？」

明は弄《いじ》っていたスマホをテーブルの上に置いて、羽優美に皮肉げな笑みを向けた。

「とぼけるのはよせよ。他の愛人に気付かれたくないんだろ？　だから文隆さんや綾奈に何も言わず、一人で来た。違うか？」

　とんでもない思い込みをされ、羽優美はかっとなって叫ぶ。

「私に愛人なんていません！　それに、何も言わずに一人で来たのは、あなたがしていることを知ったら文隆さんや綾奈さんが悲しむと思ったからです」

　誰だって、身内が脅迫めいたことをしているなんて聞くのは嫌だろう。でも、そんな羽優美の気持ちは伝わらず、明は顎《あご》を上げて馬鹿にしたように羽優美を見下ろした。

「イイ子ぶるなよ。綾奈たちは騙《だま》せても、オレまで騙せると思うなよ？　あんたはそうやって人が良さそうなふりして、男を誑《たぶら》かしてきたんだろ？　これまでに何人弄《もてあそ》んできたんだ？　相手のいる男を翻弄《ほんろう》して、何組のカップルをぶっ壊してきたんだ？　綾奈と坂本の婚約をぶっ壊したみたいにさぁ」

「――！　違います！　私のせいじゃありません！」

　二人が婚約を解消したのは、坂本が綾奈を殴ったからだ。

　明さんは、知らないの？

　とっさに反論した羽優美に、明は激昂《げっこう》した。

「あんたのせいじゃなかったら誰のせいだっていうんだ！　婚約解消の何日か前までは、高梨羽優美って女が坂本を誘惑して自分たちの仲を裂こうとしてるって電話で泣いてたんだ！　婚約解消した途端、綾奈はあんたのことといい人だいい人だってそればっかり。

こんなに急に考えが変わるなんておかしいじゃないか！」

「それは綾奈さんが坂本さんに殴られたのがその何日か前の日で、それから文隆さんたちが綾奈さんに婚約を解消するよう説得して……！」

必死に説明したけれど、取り合ってもらえない。

「それもあんたが仕組んだんじゃねーの？　――この間あんたのとこに寄る前に、秘書課にも寄ったんだ。オレ、一時期ここで働いてたから、秘書課にも顔見知りがいてさぁ。聞いたぜ。あんた、自分に反感持ってた秘書課の女を、文隆さんにねだってクビにしてもらってたんだって？　おカタイ文隆さんにまで公私混同させるなんて、とんでもない女だよ。その分だと、あんたが坂本に襲われたっていうのも、自分でそう仕向けたからだろ。清純そうな顔して、どんだけ男を騙《だま》してきたんだ？」

前にも耳にしたその言葉を聞いて、羽優美は凍りつく。

――清純そうな顔をして、どれだけの男を誑《たぶら》かしてきたんだ？

文隆の声が耳に蘇《よみがえ》る。誤解をしていた時の文隆は、そう言って羽優美を責めた。それに坂本も、羽優美が誘ったのだと何度も言った。

ずっと、頭の片隅で思ってきた。先日までの一連の出来事は、全部自分が悪かったんじゃないかと。

私のせいなの？　綾奈さんが殴られたのも、二人の婚約が駄目になったのも……

〝そうかもしれない〟と思ってしまった羽優美は、自分の考えがおかしくなっていることに気付けない。

私がいなければ、坂本さんは浮気しようなんて考えなかったはずだ。

私がいなければ、綾奈さんは坂本さんと幸せになれた。

私がいなければ、文隆さんは誤解などしようもなく、罪滅ぼしのために私と付き合ったりしなくて済んだ――

溜め込んでいた疑念が、間違った形に結びついていく。

自責の念に押しつぶされそうになっている羽優美を、明は容赦なく責めた。

「図星すぎて言葉も出ない？　残念だったね。悪事はいつかバレるものさ。坂本を利用して同情買って、上手い具合に文隆さんと同棲《どうせい》始めて。このまま結婚に持ち込もうと思ってたんだろうけど、お生憎様《あいにくさま》。――オレがさっき、スマホで何してたと思う？」

羽優美はぼんやり顔を上げる。

「文隆さんと綾奈にメールを送ったのさ。あんたをホテルに誘ったら来たぞってね。証拠を見たかったら来ればいいって、部屋番号も送った。――おっと、オレは手を出さないぜ？　坂本みたいに濡《ぬ》れ衣《ぎぬ》を着せられるのはごめんだからな。あんたはそのつもりはないみたいなこと言ってたけど、ホテルの一室に二人きりになっておきながら、そんな言葉を信じてほしいなんて虫がよすぎるんじゃない？　文隆さんも、今度こそあんたの正体に気付くさ」

また文隆さんに誤解されてしまう……

でも、それでいいのかもしれない。

文隆とは別れるしかない。今回のことでまた迷惑をかけてしまったし、これ以上罪滅ぼしのために付き合ってもらうわけにはいかない。

羽優美に幻滅すれば、文隆の罪の意識も消えるはずだ。それでいい。悪いのは自分なのだから。

立っていられなくなり、よろよろとソファに近付いてどさっと腰を下ろした。そんな羽優美を、明はせせら笑う。

「あれ？　逃げ出さないの？　そんな演技したって文隆さんも、もう騙《だま》されないだろうけどね」

そういうことなのね……

羽優美はショックでぼんやりしながらも気付いた。明は綾奈と文隆を守るために、羽優美が信用ならない女だということを二人に証明してみせたかったのだ。

それからあまり時が経たないうちに、ドアが乱暴に叩かれる音がした。

「お、思ったより早かったな」

明はいそいそと出口に向かう。

ドアが開く音がしたかと思うと、ガツッと大きな音がそれに続いた。

「羽優美はどこだ!?」

「――てぇ。いきなり殴ることないだろ?」

「殴られるようなことをしたおまえが悪いんだろ！　言え！　羽優美に何をした!?」

「痛《いて》っ、痛いって！」

明の悲鳴を聞きつけ、羽優美はふらつきながらも戸口に向かう。入り口が見えるところまで行くと、文隆が明の腕をひねり上げているのが見えた。

明は悪くない、悪いのは……

「文隆さん……」

消え入りそうな声で呼びかけると、文隆は明を放り出して、羽優美に飛びつくように近寄ってきた。

「羽優美！　無事か!?」

その勢いに押されて羽優美がよろめくと、文隆は羽優美を抱えるようにして部屋の奥に入り、そのままソファに座らせた。そうして膝をついて、顔を覗き込んでくる。

「何もされなかった？」

優しい問いかけに、羽優美は小さく頷《うなず》く。文隆はほっとしたように息をついてから言った。

「どうして明の呼び出しに応じたんだ？　一人で出歩くのは危ないって言ったじゃないか」

「すみません……」

「男と二人きりで部屋に入ったりして、何かあったらどうするつもりだったんだ？」

文隆の責めるような言葉を聞いているうちに、鼻がつんとしてくる。

「ご……めんなさい。ごめんなさい……」

泣き出した羽優美にぎょっとして、文隆は声を和《やわ》らげた。

「怒ってるわけじゃないんだ。ただ、羽優美にはもっと自分を大事にしてもらいたかっただけで。僕や綾奈の身内だから大丈夫って思ったのかもしれないけど、最近はそういう理由で警戒を緩めるのが一番危ないから気をつけて」

「そうじゃないんです……」

嗚咽《おえつ》を上げてしまいそうになりながら、羽優美は何とか声を絞り出す。

「迷惑をかけてごめんなさい……明さんが悪いんじゃなくて、私が悪いんです……」

「明の言ったことなんか気にしなくていい。あいつは事情をろくに知りもしないで、頭の中で勝手に話を作って、君を悪者に仕立て上げてるだけなんだから」

羽優美は力なく首を横に振った。

「明さんに言われたからじゃなくて……前から薄々思ってたことなんです。私がいなければ何も起こらなくて、みんな幸せでいられたんじゃないかって。私がいなければ坂本さんも浮気なんて考えなくて、綾奈さんも婚約解消をしなくて済んだんじゃないかって」

「それは違う！　君がいなくたって、坂本は別の誰かを浮気相手にしようとしたさ。坂本はそういう男で、婚約解消しなければ綾奈はもっと不幸になっていた。君のおかげで綾奈は救われたようなものなんだ」

「でも……明さんも、きっと同じことを思ったんです。私はどんな男性の誘いにも簡単に乗る女だって。私にはそんな雰囲気があるんだと思います……だから、明さんは私を警戒して、文隆さんたちに警告しようとしたんです……」

〝文隆さんも〟という言葉は口にできなかった。どういうことなのかと、綾奈たちに訊《き》かれたら困るから。

男の人にこんな風に誤解される自分。

ううん、もしかしたらそれが自分の本質なのかもしれない。

こんな自分は、文隆にふさわしくない。

解放してあげなくちゃ、私から……

そう思うのに、喉がつっかえて声が出ない。喘《あえ》ぐように懸命に声を出そうとしていると、俯《うつむ》いている羽優美の耳に文隆の震える声が聞こえてきた。

「ごめん……」

その声に驚いて顔を上げた羽優美は、自分が今何をしようとしていたのかも忘れて文隆の顔に見入る。

文隆は、両の目に涙を溜めていた。

だが、羽優美と目が合うと、顔を背《そむ》けるようにしながら瞼《まぶた》をきつく閉じる。その拍子に零《こぼ》れた雫《しずく》が、彼の精悍《せいかん》な頬を伝った。

「ごめん……本当にごめん……」

羽優美は何故謝られているのか分からず、かといって泣きながら謝罪する文隆に声をかけることもできずに、ただただ呆然と彼を見つめ続けた。


翌日、目を覚ました時、羽優美は文隆のベッドに一人きりだった。

閉め切った厚いカーテンの隙間から入ってくる光はかなり明るい。

寝過ごしてしまったのだと気付き、羽優美は慌ててベッドから下りた。

——昨夜は、ひとしきり謝って落ちついた文隆に連れられて、このマンションに戻ってきた。

別れを切り出せる雰囲気ではなかった。文隆は泣いたことをなかったことにしたそうだったし、羽優美のことも腫《は》れ物を触るかのごとく扱った。

まるで神経をすり減らしているかのようなその態度に、羽優美は別れるべきだという思いを強くする。

羽優美はヘッドボードの隅に畳まれていたカーディガンを取る。その時、折り畳まれた紙がベッドの上に落ちた。何だろうと思って手に取って見ると、白い紙に几帳面《きちょうめん》そうな文隆の字がびっしりと並んでいる。

〝羽優美へ〟の言葉から始まるその文面に、羽優美は早速視線を走らせた。

――羽優美へ
直接話すことのできない、意気地《いくじ》のない僕を許してくれ。いや、許してくれなんて言えた義理じゃないな。

誤解があったとはいえ、僕は君にひどいことをしてしまった。

それは十分に承知しているつもりだったが、正直昨夜まで、君の心にどれほど深い傷を負わせてしまっていたか理解していなかった。

君が許してくれて、やり直すことに同意してくれて、それで済んだ気になっていた。君は心の中で苦しんでいたのに、気付いてあげることもできなかった。

君を傷つけた僕に言う資格があるとは思えないが、これだけは分かってほしい。

君は何一つ悪くない。

坂本が君を浮気相手にしようとしたのは、奴の身勝手な考えからだ。

明が君を責めたのは、ほんのちょっと聞きかじったことを捻《ね》じ曲げて解釈し、勝手に想像を膨《ふく》らませたからだ。

君に、男の誘いにやすやすと乗りそうな雰囲気なんてありはしない。むしろ清らかで、そういったこととは全く無縁に見えるくらいだ。そんな君に、二人はありもしないイメージを勝手に貼りつけただけだ。

そんなことをしたという点では、僕も二人と同罪だ。いや、君に一番ひどいことをしたのはこの僕だった。

すまなかった。心から反省している。

言い訳にしかならないけれど、僕が君を求めたのは、君のことが好きだったからだ。

いずれは一緒に家庭を築けたらと、夢を見たこともあったよ。

でも、その夢は僕自身が壊してしまった。

付き合い始めても、君は幸せそうじゃなかったね。

以前と変わらず一歩引いて僕と接し、とても遠慮深かった。

夜のこと、しなくてもいいのかと訊《き》かれた時、僕は嬉しくてたまらなかったけれど、同時に心配にもなったよ。

君が無理をして、そう言ってくれているんじゃないかと思って。

その心配がさらに深まったのは、僕がご家族に挨拶に行こうかと言った時だった。

君は、必死に遠慮したね。

その時になって、僕は気付いたんだ。君は、僕との将来など考えたことがなかったんじゃないかって。

君は、本当は僕とは付き合いたくもなかったんじゃないだろうか？　でも、誤解したことを後悔する僕に同情して、僕の申し出を受け入れてしまったんじゃないか？

そうだとしたら、君の良心につけ込むような真似をして、本当にすまないことをした。

君は坂本に「好きな人にしか抱かれたくない」と言っていたけれど、あれが僕への恋愛感情から出た言葉じゃなかったとしたら、僕は自分の勘違いがすごく恥ずかしいよ。

そして、君が僕に恥をかかせないためにその勘違いを正そうとしなかったのなら、付き合おうなんて言った自分がいっそう恥ずかしい。

最初から気付くべきだったんだ。あんなことをした僕を、君が本当に好きになってくれるわけがないって。

そのことに気付いたからには、僕はもう君に合わせる顔がない。

いろいろとすまなかった。そして、今までありがとう。

よければ、このマンションにはそのまま住み続けてほしい。坂本たちのこともそうだが、それ以前に女の子がアパートで独り暮らしをするのは心配だから。家賃は僕の口座からちゃんと引き落とされるようにしておくから気にしないで。

仕事は、よければ続けてくれ。君の配属先については、父や紫藤に君の希望を聞いてくれるよう頼んでおくよ。

そしていつか、君のことを本当に大事にしてくれる男と巡り合って、幸せになってほしい。

最後にもう一つ。

君は自信を持っていい。君の誠実さ、真面目さ、一生懸命さは、何物にも代えがたい宝だ。それは誇りにすべきだ。

それでも自分に自信を持てない時には思い出してほしい。そんな君を愛し、本気で幸せにしたいと思った男がいたことを。

読み終えた時、羽優美はとめどなく涙を流していた。

文隆さんは、本当に私のことを……

なんて思い違いをしていたのだろう。彼は羽優美を愛していてくれたのに、羽優美はそれを信じることができなかった。信じられなかったばかりに彼をこんなに傷つけてしまって、羽優美のほうこそ彼に合わせる顔がない。

ごめんなさい……ごめんなさい……

心の中で、何度も何度も謝罪を繰り返す。

ふと気付くとチャイムがひっきりなしに鳴り響いていた。羽優美はのろのろとキッチン脇のインターホンへ向かう。

インターホンに出た瞬間、スピーカーからきんきん声が飛び込んでくる。

『やっぱりいた！　もう！　ホントに心配したんだから！』

「綾奈さん……」

呆然と呟《つぶや》いたきり動けない羽優美に、綾奈は『開けて』とせっついた。

玄関に行って鍵を開けると、綾奈は自分でドアを開けて入ってきた。ブーツを脱ぎ捨てると、綾奈の勢いに押されて数歩後退《あとずさ》った羽優美に勢いよく近付いてくる。

「何でケータイに出てくれないのよ！　そりゃ、昨日みたいなことがあったら出にくいのは分かるけど——って羽優美ちゃん、泣いてたの!?」

怒っていたはずの綾奈は、労《いたわ》るように羽優美の肩を抱くと、彼女をリビングのソファまで連れていって座らせる。そうして自分も隣に座り、羽優美の顔を覗き込んで言った。

「羽優美ちゃんまでどうしたの？　文隆さんは文隆さんで、役員を辞任するって言うし」

「辞任!?　どうして……!?」

綾奈は落ち着かなげに前髪をかき上げながら言った。

「それはわたしのほうこそ訊《き》きたいわよ。——ねえ、もしかして文隆さんも、羽優美ちゃんのことを誤解してひどいことを言ったんじゃない？」

「え……？」

文隆との間にあったことに気付かれてしまったのだろうか。ぎくっとした羽優美を見て、綾奈は大きくため息をついた。

「まあ、そうとしか考えられなかったんだけどね。昨夜の文隆さん、羽優美ちゃんに何度も謝ってたし。……ホントのところ、最初から何かあったなって薄々感付いてたのよ。わたしが謝りに来た時に『付き合い始めました』って言ってすぐ、同棲《どうせい》報告でしょ？展開が早いからそんなにラブラブなのかって思ったんだけど、それにしては甘い雰囲気がほとんどないし、お互いに遠慮してるみたいで何だかぎくしゃくしてるし。これはわたしが羽優美ちゃんのことを誤解してたのが、何か関係してるなって思ったの。それでお詫《わ》びに緩衝材《かんしょうざい》になるつもりでお邪魔してたんだけど、あんまり効果なかったみたいね」

そう言って、綾奈は苦笑いを浮かべる。本当のことが知られているわけではないとほっとする一方で、羽優美は感謝の気持ちで胸がいっぱいになるのを感じた。

綾奈さん、気付いてたんだ……

実のところ、綾奈が来てくれる度に羽優美はほっとしていた。綾奈がいる時だけは、文隆との間に流れるぎくしゃくした空気がなくなるから。

そのことに、文隆も気付いていたのだろう。

それで、私が文隆さんのことを好きじゃないって思い込んで……

止まっていた涙が再び瞳を濡《ぬ》らす。それを見て綾奈は慌てて謝った。

「ご、ごめん。わたし変なこと言っちゃった？」

「違うんです……ごめんなさい。気を遣ってくださってありがとうございます……わ、私がいけないんです。文隆さんの気持ちを信じられなかったから……それで文隆さんは傷ついて、出て行ってしまったんです……」

文隆が羽優美に優しすぎたのは、羽優美が彼の気持ちを信じられなくて距離を置こうとしたからだったのだ。彼は羽優美を幸せにしようとしたけれど、羽優美はそれを罪滅ぼしのためだと誤解してその努力を水の泡にしてしまった。

「辞任するのって、私を避けたいからなんでしょうか……？　だったら、文隆さんの目の届かないところに私を異動させればいいだけなのに……」

辞任しなければならないと思わせるほど傷つけてしまったのなら、文隆には謝っても謝り切れない。

どうしたらいいの……？

そこまでしなくていいと言いたいし、羽優美も文隆のことが好きだと言いたい。でも彼の居場所も分からないし、第一それほど傷ついているのなら、もう羽優美のことが好きじゃないかもしれない。

私が会社を辞めると言えば、もしかしたら……

そんな風に思った時、綾奈が思案げに訊《たず》ねてきた。

「ねえ羽優美ちゃん。もしかして今、『私が会社を辞めれば、文隆さんは辞任を思い留まってくれるかも』って思わなかった？」

言い当てられて、羽優美はどきっとする。綾奈はまた大きなため息をついた。

「あのね、羽優美ちゃん。そんなことしたって、文隆さんは余計辛い思いをするだけよ？」

そうかも……きっとそうだろう。羽優美がしゅんとして俯《うつむ》くと、綾奈は言いにくそうに話し始めた。

「原因を作ったわたしが言うのもなんだけど、羽優美ちゃんのそういう自己犠牲の気持ちが、文隆さんを傷つけてると思うの。――昨日、羽優美ちゃんも謝ってたわよね？明兄さんは悪くない、悪いのは男を誘う雰囲気のある自分だって。それを聞いて、文隆さんはショックだったみたいね。大方、文隆さんも明兄さんと似たようなこと言って、羽優美ちゃんを非難したんでしょ？　羽優美ちゃんがそんな風に思うようになったのは、自分のせいだって考えたんでしょうね」

思ってもみなかったことに気付かされて、羽優美は蒼白になる。

私、自分を責めてるつもりだったのに、逆に文隆さんを苦しめていたの……？

ずっと手にしていた手紙をギュッと握りしめ、羽優美は自責の念に押しつぶされそうになって俯く。すると綾奈は、羽優美の肩を揺すった。

「だから！　そこは落ち込むところじゃないってば！　羽優美ちゃんは何も悪くないじゃない。勝手に誤解されて理不尽に責められたのは羽優美ちゃんなんだから。その傷を見せられて自分も傷ついたからって、文隆さんに羽優美ちゃんを責める資格なんてないの。それが分かってるから、文隆さんは生半可《なまはんか》な謝罪じゃ足りないって思ったのよ、きっと。――で、どうする？　羽優美ちゃんが文隆さんを罰したいって思うなら、このまま放っておくって手もあるわよ？　羽優美ちゃんが何もしなければ、文隆さんは勝手に自滅の道を進むと思うわ」

「罰したいなんて、そんなこと……！」

そんなこと思ってない。顔を上げた羽優美は、声を詰まらせ首を横に振った。

縋《すが》るような目を向けた羽優美に、綾奈はゆっくりと確かめるような口調で訊《き》いてきた。

「自滅の道に進もうとしてる文隆さんを助けたい？」

羽優美は迷わず首を縦に振る。

「文隆さんのこと好き？」

照れくさいことを訊《き》かれ一瞬怯《ひる》んだけれど、羽優美は力強く頷《うなず》く。すると綾奈は、挑戦的な笑みを浮かべて力強い言葉を返す。

「だったら、羽優美ちゃんがすべきことは一つよ」

＊＊＊

羽優美を明の手から救い出した翌朝、文隆は実家に顔を出した。そうして、休日ということもあって遅く起きてきた父に、役員を辞任したいと告げた。

理由を問われても答えずにいると、父はため息をついて言った。

――どのみち会社が休みだから、辞任の手続きは来年になってからだ。

しつこく問われなかったのは、何か感付いていたからかもしれない。

坂本に言い寄ったと思われていた羽優美。綾奈と坂本の一連の騒動。その直後に文隆は羽優美と同棲《どうせい》を始めた。そして、今日になって突然辞任したいと言い出したのだから、何か関連があると考えるのも当然だ。

これからどうするつもりかと訊かれ、遠くに行ってこれからのことを考えたいと言うと、父は『ひとまずグループが所有する別荘に滞在したらどうか』と勧めてきた。そしてすぐさま仁瓶の伯父に電話して使える別荘はないかと問い合わせる。そんな父を止める気力は、文隆にはなかった。

高速道路に車を走らせ、湖畔《こはん》を臨《のぞ》む別荘地に到着したのは、その日の夕暮時だった。久しぶりに来たカントリー風の建物の中は寒かった。玄関の鍵をかけると、文隆はリビングに入ってエアコンをつける。暖房をきかせた車を出て急速に体温を失い強張《こわば》っていた身体は、暖かい空気に包まれ次第に緩んでいく。

接待や会社の集まりで使われることもあるため、リビングにはたくさんのソファが並んでいる。文隆はそのうちの一つにのろのろと近寄り、身体を投げ出すように座った。

昨夜はほとんど眠れず、高速道路のサービスエリアで少々仮眠を取っただけだ。頭は朦朧《もうろう》としているのに、睡魔はなかなか訪れない。眠れないまでもベッドで身体を休めればいいものを、そのために立ち上がって二階の寝室に行くのも億劫《おっくう》だった。

目の裏に浮かぶのは、羽優美の遠慮がちで寂しげな微笑み。

文隆が羽優美を誤解し始めた頃から、彼女はそういう笑い方しかしなくなった。誤解が解《と》けて文隆が謝罪をした後もずっと。何とか以前のような穏やかな微笑みを取り戻してもらいたいと頑張ったが、できなかった。

羽優美に付けてしまった心の傷は、文隆には治せない。きっと羽優美は、文隆を見るたびにその傷を抉《えぐ》られていたに違いない。

本当は、自分の手で羽優美を幸せにしたかった……

だが、羽優美の心の傷を癒《い》やすには、文隆が離れるのが一番だ。

彼女の幸せを願いながらも、その隣に立つのは自分ではないことに、文隆の心は痛んだ。


リビングは、いつの間にか暗くなっていた。

別荘に入った時には夕日が射し込んでまだ明るかったが、ぼんやりしている間にずいぶん時間が過ぎてしまったらしい。

そのことに気付いたのは、玄関のほうから話し声が聞こえてきたからだ。

他の誰かが使う予定だったのを、仁瓶の伯父が忘れていたのだろうか？

慌ててソファから立ち上がった文隆は、聞き覚えのある声に硬直する。

まさか……とは思いながらも動けずにいると、廊下に電気が灯《とも》り、スリッパでぱたぱたと歩いてくる音がして、リビングのドアが開かれた。

廊下の明かりを背にした羽優美が、ほっとした顔をしたかと思うと玄関のほうを見て声をかける。

「やっぱりいました！」

羽優美の弾むような声に、綾奈の声が答える。

「表に車があるから多分いるだろうって思ったけど、電気も点《つ》けずに何やってんだか。——それじゃ羽優美ちゃん。荷物と、あと食材とかも玄関の中に入れておいたから」

「ありがとうございました。それじゃ、気をつけて帰ってください。明さんも」

玄関に向かって手を振った羽優美は、リビングに入ってきてドア横のスイッチを入れた。真っ暗だった部屋に、ぱっと明かりが灯る。

「明も一緒だったのか？」

眩《まぶ》しさに目を細めながら、文隆は真っ先にそのことを訊《たず》ねる。

昨夜、嫌な思いをさせられたばかりなのに、平気なのだろうか？　また嫌な思いをさせられてないだろうか？

文隆の心配をよそに、羽優美は楽しげに話した。

「綾奈さんと二人で、ここまで車で送ってくださったんです。心配なさらなくても大丈夫ですよ。綾奈さんがじっくり説明してくれたおかげで、明さんも事情をわかってくれたし、お詫《わ》びにっていろいろオゴってくださったんですよ。今日のお昼は高級レストランでごちそうになっちゃいましたし、食料品も買い出ししてきたんですが、支払いは全部明さん持ち。綾奈さんが高価《たか》い食材をばんばん買うものだから、明さんがおろおろしちゃって、面白かったですよ」

文隆に近付きながらくすくすと笑う羽優美を、文隆は信じられない思いで見つめた。

これは羽優美か？　文隆の知ってる羽優美なら、自分にひどいことをした相手が痛い目を見ているのをこんな風に笑ったりしなかった。むしろ、相手に過剰なほどの気遣いを見せて。

それがこの変わりよう。羽優美にはいい傾向だが、文隆は戸惑ってしまう。

「……何があったんだ？　どうしてここに……？」

目の前まで来た羽優美は、文隆の顔を見上げた。その瞳には今までにない強い意志が宿っている。

そして噛みしめるように、はっきりと告げた。

「綾奈さんに勧められて、文隆さんに文句を言いに来たんです」

＊＊＊

羽優美は、目を見張る文隆を見ながら、マンションでの綾奈との会話を思い出す。

――私のすること……？　文隆さんに会いに行くことですか？

――会わなきゃできないことだけど、羽優美ちゃんがしなくちゃいけないのは、文隆さんに文句を言うことよ。

――え……文句を、ですか？

──羽優美ちゃんは腹が立たないの？　文隆さんが反省するのはいいけれど、こんな風に置き去りにされちゃって。これって、文隆さんが羽優美ちゃんを振ったってことでしょ？　勝手に誤解したくせに、それを反省するために羽優美ちゃんを振るなんておかしくない？

──そう……かも……

──〝そうかも〟じゃなくて、そうなの！　他にもいろいろ思うことがあるんじゃない？　それを全部、文隆さんにぶちまけてやんなさいよ。……文隆さんはね、多分羽優美ちゃんがそんな風に萎縮《いしゅく》しちゃってるから、愛されてるって自信が持てなくなってるんだと思うの。羽優美ちゃんの性格だと難しいかもしれないけど、文隆さんのことが好きなら勇気を持ってぶつかっていってあげて。

その言葉を改めて噛みしめた羽優美は深呼吸をし、勇気を奮い立たせて話し始めた。

「何で手紙を一枚だけ残していなくなっちゃったんですか？　あの手紙を読んで、私がどんな気持ちになったか分かりますか？　綾奈さんが来てくれて、文隆さんが取締役を辞任したいって言ったって聞いて、私が罪悪感に苛《さいな》まれるとは思わなかったんですか？」

「い、いや、君が罪悪感を覚えることはないよ。辞任は僕の一存で」

その剣幕《けんまく》に文隆は戸惑い、弱々しく反論する。羽優美はそれを遮《さえぎ》って続ける。

「このタイミングで辞任しようとするなら、私が関係してるに決まってるじゃないですか。会社への責任も考えてください。だいたい何で、私が文隆さんのことを好きじゃないって勝手に決めつけるんですか？　私に悪いって思ってくださってるんですよね？　だったら何で、私が文隆さんにフラれなきゃならないんですか？」

綾奈の指摘をそのまま文隆にぶつけると、彼も初めてそれに気付いたようで、驚きに見開いた目で羽優美をまじまじと見る。が、その視線はすぐに、気まずげに逸《そ》らされた。

「だが、君は僕といても浮かない顔で……」

「私が浮かない顔をしていたのは、愛されてる自信がなかったからです。付き合い始めて同棲《どうせい》までしても、罪滅ぼしのためだけにそうしてくれてるんじゃないかって気がしてずっと不安で」

「ちょっと待って。罪滅ぼしのためだけに、僕が付き合ってると思ってたって？　誤解する前から君に惹かれてたって言ったじゃないか。なのに何でまた、そんな風に思ってたんだ？」

羽優美の不安が理解できない様子で頭を掻く文隆に、羽優美は泣きそうになりながら言った。

「だって、同棲してることを内緒にしようって言ったじゃないですか。それで、文隆さんは私と長く付き合う気がないんじゃないかって思って」

「〝しばらく〟って言ったじゃないか。内緒にしておこうって言ったのは、君を守るためだ。

君に敵意を抱《いだ》いているのは、先日左遷《させん》を拒否して退職願を出したあの女性社員だけとは限らないからね」

思い当たることがあって、羽優美は思わず口元に手を当てる。そういえば、明も秘書課で事実と違う話を吹き込まれていた。羽優美は思っていた以上に多くの人から敵意を受けていて、それに文隆は気付いていたということか。

文隆は羽優美の安全を考えてくれていたのに、それを曲解してしまい、羽優美は申し訳なくてしゅんとする。

文隆も落胆したのか、髪をくしゃっとかいてぼやくように言った。

「それだけで、僕が罪滅ぼしのためだけに付き合ってると思ったのか？　僕はそんな理由で女性と付き合うだなんて、失礼な真似はしないよ」

憤慨したようなその声音に非難の色を感じ取り、羽優美はムキになって反論する。

「不安だった理由は他にもあります。だって文隆さん、不必要に優しかったじゃないですか。生活費も出させてくれないし、生活費の代わりに引き受けたはずの家事も手伝ってくれるし。それに、特にその——夜のほうが！」

エッチのことまで口にするのは覚悟がいったけれど、一度出してしまえば後の言葉はすらすらと出てきた。

「誤解してた時はあんなに激しかったのに、誤解が解《と》けて付き合い出してからは、私から言わないとしてくれなかったし、してもすごくあっさりしてるし！　文隆さんはこれで満足してるの？　やっぱり罪滅ぼしのためだけに私と付き合ってるだけなんじゃないかって悩んで悩んで、ずっと不安だったんです！」

「ご……ごめん。誤解してた時に散々なことをしたから、優しくしたほうがいいんじゃないかって思って……」

羽優美からこんなことを言われるとは思ってなかったのだろう。文隆はおろおろとしながら羽優美を見下ろした。その両手は羽優美に触れるのを躊躇《ためら》うようにただ宙を彷徨《さまよ》っている。

そのはっきりしない態度が悲しくて、羽優美の言葉は涙交じりになっていく。

「優しいばっかりじゃ不安になります！　文隆さんは何で私と付き合いたいって思ったんですか？　私に要求したいことはないんですか？　一方的に優しくするばかりで何も求めないって、それで付き合ってるって言えるんですか!?　おまけに『他の男性と巡り合って幸せになってほしい』って！　文隆さんのことが好きでしょうがない私が、他の男性と出会って幸せになれるわけないじゃないですか！　私に悪かったって思うなら、文隆さんが私を幸せにしてよ!!」

羽優美が手のひらに顔を伏せてわっと泣き出すと、文隆はおそるおそるその背中に手を回して、羽優美をそっと抱きしめた。

「ごめん。本当にごめん……」

「……だったら抱いてください。罪滅ぼしじゃなくて私が欲しかったってことを証明してほしいんです」

そう口にした途端、何故か文隆は抱きしめていた腕を解《ほど》いてしまう。羽優美が顔を上げると、彼は弱ったような顔をして羽優美を見下ろしていた。

「ごめん。こういうことになると思ってなかったから、その……持ち合わせがないんだ」

何を言われているのか察した羽優美は、コートのポケットを探って四角い箱を取り出した。それを文隆に差し出す。

受け取った文隆は、戸惑った様子で箱と羽優美を見比べた。

文隆の困惑ぶりに、自分のしたことが猛烈に恥ずかしくなった羽優美はやけくそで叫んだ。

「こ、これも途中で買ったんです。なくちゃ困ることになるかもって思って！　話し合いによっては文隆さんとどうなるか分からなかったのに、それでも期待しちゃうような女なんです。そんな女は好きになれないっていうなら、今のうちに言ってください！」

やっぱり好きになれないって言われたらどうしよう……

ギュッと目を閉じて返事を待っていると、大きな手が羽優美の顎《あご》にかかる。

そして「大好きだよ」という言葉とともに、頬に優しい唇が触れた。

一緒に二階の主寝室に入り、エアコンと電気を点《つ》けた二人は、どちらからともなく上着を脱いで、ダブルベッドの端に座った。抱き合いながら互いの服を脱がせ合い、濃厚なキスを重ねている。

不意に唇を離して文隆は言う。

「舌を出してみて」

「……こうですか?」

そう言ってから控えめに舌を出すと、文隆はそこにちゅっと吸いついてくる。

「んんっ」

乳首を口に含まれる時とも、キスマークをつけられる時とも違う、ぞわぞわしたものが口腔《こうこう》内から首筋へと走ってくる。驚いて首を竦《すく》めると、文隆は心配げに羽優美の顔を覗き込んできた。

「気持ちよくなかった?」

答えられずにいると、もう一度言われる。

「正直に教えて」

「わ……からないです。何だか落ち着かないような、ぞわぞわした感じがして……」

「じゃあ、もうちょっと試してみようか」

今度はもっと強く吸われる。舌の付け根から持っていかれるような感触に、やはり首を竦めずにはいられない。

しかし何度か吸われているうちにその感触に慣れて、それと同時に舌の上がジン……と快感に痺《しび》れた。

「んっ、ふ……っ」

漏《も》れ出る吐息で羽優美の身体の変化を感じ取ったのだろうか。文隆は羽優美の舌を口に含んで、吸い上げながら舌先をちろちろと舐める。二つの刺激を同時に受けた羽優美は、眩暈《めまい》を覚えて文隆の腕にしがみついた。文隆が唇を離すと、羽優美はゆっくりと瞼《まぶた》を開き、とろんとした目で文隆を見る。

文隆は嬉しそうに微笑み、囁《ささや》くように言った。

「僕にも同じことをしてくれないか？」

ぼうっとしながら、羽優美は訊《たず》ねる。

「文隆さんって、普段は〝俺〟って言うんですよね？」

「うん？　そうだけど？」

「私……文隆さんが〝俺〟って言うの、好きです……」

好きと言うのは、何だか照れくさい。俯《うつむ》いて顔を隠そうとすると、文隆は羽優美の耳元に囁いた。

「どうして？」

「え？　あの……」

理由を訊《き》かれるとは思ってなかったので、羽優美は口ごもってしまう。

どうしてかといえば、文隆が〝俺〟と言いながら触れてくる時には、彼に強く求められていると感じるからだ。が、そんなことは恥ずかしくて口に出せない。

顔を真っ赤にしてさらに俯《うつむ》くと、文隆に顎《あご》を持ち上げられてしまった。

「返事をくれるまで焦《じ》らすっていうのも楽しいだろうけど、今はごめん。俺のほうに余裕がない……」

言いながら文隆は羽優美をベッドに押し倒し、覆い被さってくる。

羽優美はそんな荒々しさにどきどきしながら、文隆のキスを受け入れた。

キスをしながら、文隆の手は羽優美の背に回り、ブラのホックを外して羽優美の胸を解放する。そしてまだまとわりついているブラの下に手を入れて、羽優美の慎ましやかな胸を揉み始めた。

何度胸を触れられても、緊張してどきどきする。そこから、じんじんとした強い快感が湧き上がってくる。

文隆の唇は耳の側から首筋をなぞって、胸元へと辿《たど》りついた。そのままいつもするように鎖骨の下辺りに強く吸いついてくる。文隆の長い前髪と熱い吐息が素肌に当たって、羽優美はくすぐったさに小さく身を捩《よじ》った。

吸い付いては確認するを二、三度繰り返した後、文隆はようやく顔を上げた。

「ついた」

ようやくつけたキスマークを、満足そうに見つめる。

羽優美は不思議に思いながら言った。

「文隆さん、お好きですよね？　その……キスマークつけるの」

大変そうなのに、何故毎回つけるのだろう。

「君が気持ちよさそうにしてるからね」

文隆は指先でキスマークをなぞる。その繊細《せんさい》な刺激に羽優美がぴくんと震えると、文隆は愛おしげに目を細めた。

「俺のものだっていう証拠だ。この印は、今後絶対に消さないから」

それは、消えないようたびたびつけ直すという意味で――

いつまでも一緒にいたいと思ってくれているの……？

嬉しさに、心臓がさらに高鳴る。

文隆は羽優美からブラを取り去り、再び胸に触れてきた。すぐに唇が下りてきて、寄せ上げて高くなった頂《いただき》を口に含む。舌先で飴《あめ》を舐めるようにコロコロ転がされたり、軽く歯を立てられているうちに、愛された乳首は十分に硬くなり、ツキンとした痛みを訴えてくる。羽優美は我慢できなくなって文隆に言った。

「あの……そんなに丁寧にしてくださらなくても、いいですから……」

愛撫《あいぶ》は嬉しいけれど、今は早く彼と一つになりたい。

はっきりそう言うこともできず、恥ずかしさから目を合わせられずにいると、文隆も察したかのように羽優美の脚の間に手を伸ばしてきた。

文隆の指は柔毛をかき分け、その中から花芯を探り当てる。既に弾けそうなくらい膨《ふく》らんだそこは、そっと触れただけで羽優美に強い快感を伝えてくる。もっともっとその先の刺激が欲しくて、羽優美は恥ずかしさに耐えながら自ら脚を広げた。

文隆は嬉しそうに微笑んで、花芯の下へと指を滑らせる。

くちゅ……

すでに潤《うるお》いをたたえていたそこから、粘《ねば》ついた淫《みだ》らな音が聞こえた。恥ずかしくて、文隆の肩にしがみついて目をつむると、文隆は何も言わずに入り口をかき回す。

「あ……ん……はぁ……」

入り口も気持ちいいけど、逆に熱が籠《こ》もってしまってもどかしい。

羞恥《しゅうち》より快楽への欲求が勝《まさ》ると、羽優美は腰を上げてより深く指を迎え入れようとした。それに気付いた文隆は、指を一本、一気に根本まで挿《さ》し入れる。

「んぁ……!」

まだ解《ほぐ》されていなくても、そこはすでに綻《ほころ》んでいて、文隆の指をたやすく呑み込んだ。くちゅくちゅと音を立ててかき混ぜられ、羽優美はぴくぴくと身体を震わせる。

「あ……あぁ……」

満足げな吐息を漏《も》らす口を、文隆はキスで塞《ふさ》ぐ。すぐさま指を増やされ嬌声《きょうせい》を上げるものの、それは文隆の唇の中に消えていく。快感を散らす手段を失った羽優美の中で、熱が急速に膨らんで弾ける。中に埋め込まれた文隆の指をびくびくと締めつけながら羽優美が果てると、文隆はそれが緩むのを待って指を引き抜いた。

「ん……っ」

その刺激にも、羽優美はぴくんと身体を震わせる。

文隆がパッケージを破り準備をしている最中に、羽優美は快感の余韻でけだるい身体をのろのろと起こした。

「どうかした?」

羽優美は勇気を振り絞って言った。

「ベッドに横になってくださいませんか?」

「うん?　いいけど……」

準備を終えた文隆は、羽優美に言われるまま、ベッドの中央に横たわる。彼のたくましく雄々しい身体を目にして、期待に心臓が張り裂けんばかりになる。早く彼を迎え入れたいという気持ちに押され、羽優美は文隆を跨《また》ぐようにして立った。両手を伸ばすと、文隆は何を求めているか察して両腕を上げてくれる。羽優美は文隆としっかり指を絡めて手を握り合う。そうしてそれを支えにゆっくりと腰を下ろしていった。

途中、文隆が手伝ってくれて、彼の先端と羽優美の入り口が触れる。羽優美は文隆の熱さと硬さにビクリと震えた。同時に下腹部に切ないような痛みが走る。

羽優美は唾を呑み込んで緊張を解《ほぐ》すと、ゆっくりと彼を自分の中に沈めていった。こうやって自分から受け入れるのは二度目だ。まだ慣れなくて、なかなか受け入れられない。

「嬉しいけど、無理しなくていいよ」

気遣う文隆の声に、羽優美は首を横に振った。

「わ……私がしたいんです。その……体力がある時にしかできないので！」

恥ずかしさのあまり、つい力《りき》んで言ってしまう。

恥ずかしさついでに思い切って腰に力を込めると、ずるんと亀頭が入り込んだ。そのままずぶずぶと沈み込んでいく。彼から入ってきてもらう時とは違う、隘路《あいろ》をこじ開けるような感触に、羽優美はぞくぞくと身を震わせる。

前の時は恥ずかしさが勝《まさ》って大胆に振る舞えなかったけれど、本当はこんな風に彼を受け入れたかった。まるで、羽優美が彼を抱いているような気がして、胸の内に愛しさが溢《あふ》れてくる。

前回は気持ちよくしてもらう一方だったので、今回は彼を気持ちよくしてあげたい。けれど彼の全てを自分の中に収めた時には、羽優美は慣れない行為による緊張と快楽とで、肩で息をするほど疲れてしまっていた。

それでも奥に彼が当たる感覚に悩ましいため息をつく。

文隆はそっと手を解《ほど》くと、羽優美を引き寄せて胸元に抱き込む。

厚みがあってしっかりとした彼の胸に身体を預けると、羽優美は懸命に息を整えようとする。

文隆はそんな羽優美の前髪を優しくかき上げ、額に口づけた。

「俺が前にこれを要求したのは、君自身が俺を欲しがっていると思いたかったからなんだ。──俺は君に謂《い》われのない非難を浴びせて関係を強要した。君と付き合うようになってからも、君に求められている自信が持てなくて、君に嫌われたくなくて、思い切り抱けなくなった。……自業自得だな」

自嘲気味に笑う文隆に、羽優美は自分からキスをした。文隆にされるように角度を何度も変えながら唇をついばむと、少し驚いていた文隆に微笑みかける。

「私が文隆さんを嫌うわけがないです。だって、誤解されてる時でも嫌いになれなかったんですから」

それを聞いて、文隆は顔をしかめる。

「嬉しい告白をしてくれてる最中に申し訳ないけど、そろそろ限界なんだ……いいかな？」

軽く突き上げられて彼の言いたかったことを察した羽優美は、真っ赤になりながら身体を起こす。

が、結局困って文隆に訊《たず》ねた。

「あの……どうしたらいいですか？」

文隆は先ほどのように羽優美と指を絡め、両手を握り合わせながら言った。

「上下に動いてみてくれるかい？」

言われた通りに腰を上げてみようとするけれど、文隆の腰は羽優美より幅があるため、彼の両脇に膝をついても上手く腰を上げられない。頑張ってもほとんど上がらず、休んではまた頑張るの繰り返しになってしまう。どうにも上手くいかずに困っていると、文隆は熱い息を吐きながら言った。

「そのまま続けて」

戸惑いながら、羽優美は言われた通りにした。腰を上げようと脚に力を入れては、途中でその力を抜く。

「ああ……」

こうしていると力を入れる度に、中にある彼自身を締めつけているのが分かる。文隆の大きさや熱さ、力強い脈動をいっそう感じられる。羽優美も次第に高まってきているけれど、彼はもっと気持ちがいいらしい。嬉しくなって、羽優美はその動きを続ける。

文隆の息が荒くなり、彼の昂《たかぶ》りから感じる鼓動も、速く強くなってきたようだ。しばらくすると、その動きを続けるのが辛くなってきた。普段あまり使わない筋肉を使っているせいか、筋も少し痛い。それでも文隆が悦《よろこ》んでくれていると思い、やめられずにいると、文隆はそれに気付いてか、「ちょっと待って」と言った。

羽優美は動くのをやめてほっと力を抜く。文隆は手を解《ほど》いて言った。

「俺の腹に手を置いて」

羽優美がそろそろと触れると、文隆の引き締まった腹筋がぴくっと震えた。羽優美が驚いて手を引こうとすれば、文隆はその手を掴んでぐっと自分の腹部に押しつける。

「もっと体重をかけて大丈夫。——腰を前後に動かしてみて」

文隆が羽優美の臀部《でんぶ》に手を添えて前後に揺らし始めたので、羽優美はそれに合わせて、おそるおそる前後に腰を動かし始めた。すると通常より奥深くに入っている彼が、内壁を強く擦《こす》りながら小刻みに出入りする。

「んっ……はっ、あっ……ふぅ——んんっ」

気持ちよくて、勝手に声が出てしまう。

しばらくそうしていると、文隆は次の指示を出した。

「自分の気持ちいいところを探してみて」

「え……!?」

目を閉じて快楽に浸《ひた》っていた羽優美は、驚いて文隆を見下ろす。文隆も気持ちよさげに表情を歪《ゆが》めながらニッと笑った。

「好きなように腰を動かせばいいんだよ。こんな風に」

文隆は羽優美の臀部を、円を描くようにぐるっと回す。すると彼の先端が、それまで当たらなかった気持ちのいい場所にぐりっと当たって、羽優美は思わず仰《の》け反《ぞ》った。

「あぁん……っ!」

ひときわ大きな声を上げてしまい顔を真っ赤にすると、文隆は愉悦《ゆえつ》の笑みを浮かべて同じことを繰り返す。

「あっ、やっ、ま、待って……!」

気持ちのいいところを抉《えぐ》られる度に、羽優美はそこからぐずぐずと身体が溶け出しそうな快楽を覚える。

我を忘れてその快感を追ってしまいそうで怖い。

そうならないよう羽優美は懸命に意識を保とうとするのに、文隆は一層大きく羽優美の腰を回して言った。

「乱れてくれていい。もっと気持ちよくなって」

より強く抉られて、羽優美の自制の糸は切れてしまう。

「あぁ！　ん、いっ……あっ……あん……はっ……はぁ……」

羽優美の腰を動かす動きは大胆になり、羽優美は恥じらいも忘れて自ら気持ちのいい場所に彼の先端を当てようと腰を動かす。その動きを、文隆は臀部《でんぶ》に添えた手で助けた。

秘所から溢《あふ》れる蜜はますます濃厚になり、彼自身との繋がりがいっそう滑《なめ》らかになる。

時折、その手が羽優美の動きに逆らうよう羽優美の腰を動かす。リズムを乱されることで思わぬ所に快感が走り、羽優美はもう何も考えられない。

二人が繋がった場所が立てるいやらしい音が、次第に大きくなって羽優美の耳朶《じだ》を打ち、ますます身体を熱くさせる。

「あっ、はっ……やっ、ぅんっ……」

昇り詰めそうになって首が仰け反る直前、いきなり文隆が起き上がり、羽優美をベッドに押しつける。羽優美が驚いて、覆い被さってきた文隆を見上げると、文隆は大きく息をついた。

もしかして、文隆はよくなかったのだろうか。

「す、すみません……気持ちよくなかったですか……？」

文隆を気持ちよくするつもりが自分の快楽に溺れていた。羽優美は逃げ出したいほどの羞恥《しゅうち》を覚える。

文隆は必死に何かに耐えるような表情をして、羽優美の顔を覗き込んだ。

「すごく気持ちよかったよ。君が俺のために頑張ってくれて、俺に乱されてる姿にそそられた。だから我慢できなくなったんだ」

言うが早いか、文隆は羽優美の両脚を抱え上げて、勢いよく腰を打ちつけてくる。

「ひぁ！　あっ、や……っ」

がつっと奥を突かれ、羽優美は先ほど昇り詰めようとしていた時より、はるか高くに舞い上がっていく。

「あっ……文た、かさぁ……んっ、も、もう――」

「羽優美……っ、愛してる――！」

「私も――あっ、あぁあぁぁ――――！」

一際強く速く突き進んでくる彼に、羽優美の瞼《まぶた》の裏が真っ白に染まる。

全身を強張《こわば》らせて震える羽優美の奥深くで、薄い膜越しに迸《ほとばし》った彼の熱を感じた。

その後、シャワーを浴びて夕食を取り、また抱き合って、眠りについた。起きたらまた繋がって。

それを何度繰り返したことだろう。

今度はゆっくりお風呂に浸《つ》かろうということになって、大きな湯船にたっぷりお湯を張り、その中に二人一緒に身を沈めた。

湯船の縁にもたれ掛《か》かる文隆の脚の間に身を置き、羽優美は彼の胸に背中を預ける。

お湯の温かさに緊張が解《ほぐ》れてほうっと息をつくと、羽優美は文隆に訊《たず》ねた。

「今日って、いったい何日でしょう？」

文隆も同じように息をついて言った。

「日にちを気にするのも忘れてたな。長期休業中でよかったよ……」

そのぼやき声に、羽優美はくすっと笑う。

「役員を辞任したいって、もう思ってないみたいですね」

言われて思い出したのか、文隆は後ろ頭を掻いてばつが悪そうに言う。

「ああ、そりゃあまあ……父に、辞任を撤回する電話を入れないとな……」

羽優美はクスクス笑いながら言った。

「電話しなくても大丈夫ですよ。ここに来た日のうちに、私からの電話がなかったら、綾奈さんが文隆さんのお父様に〝文隆さんは辞任する気がなくなった〟って電話してくれると言ってたんです。ですから、文隆さんが連絡し忘れても心配しなくていいって」

文隆は、羽優美を背後から抱きしめた。

「綾奈の奴……こういうことになるって分かってたんだな」

「こういうことって何ですか?」

文隆は羽優美の頬に手をかけて後ろから羽優美にキスをする。ついばむように唇を動かしながら、互いの舌を絡め合う。

キスに夢中になった羽優美が何を話していたのか忘れそうになった頃、文隆は唇を離して言った。

「つまり君と仲直りできたら辞任の話もなくなるけど、その後こういうことに夢中になって、連絡を忘れると思われてたってこと」

羽優美は真っ赤になる。薬局で避妊具《ひにんぐ》を買った時に一緒にいたんだから、そう思われても仕方ない。だけど改めてそれを聞くと恥ずかしくていたたまれない気分になる。

お湯に沈んで隠れてしまいたい。

そう思った時、羽優美を抱きしめる文隆の手が胸へと上っていき、乳房をやわやわと揉みしだき始めたのに気付いた。

「え……あの、ここでするんですか……?」

「いや。するならベッドのほうがいいな」

それからすぐにお風呂から上がり、身体を拭いて寝室に上がる。

お互いの身体に触れて高め合い、それからベッドに横になった羽優美に文隆が覆いかぶさった。

「……いい？」

「はい……」

両腕を伸ばすと、文隆は身を屈《かが》めて首に抱きつかせてくれる。羽優美の両膝に手をかけ、一際大きく広げさせた文隆は、羽優美の潤《うるお》った部分を少しの間うっとりと見つめたかと思うと、ゆっくりと自身の昂《たかぶ》りをそこに沈めていった。

「ああ……」

羽優美の口から、吐息のような喘《あえ》ぎ声が漏《も》れる。

全てを羽優美の中に収めた後、文隆は羽優美を抱きこみ、快感を散らすように息を吐きながら言った。

「あー……何も隔《へだ》てるものなく、君と一つになりたいな」

えっと……それは避妊具なしでっていうこと……？

今以上の親密さを求める彼の言葉に、心臓がどきんと鳴る。

羽優美はピルを飲んでるわけじゃないから、妊娠する可能性がある。でも、彼が望むことはしてあげたいと思うし、何より羽優美自身がもっともっと彼と近付きたいと願っている。

羽優美は心の中で月のものの予定日を数え、可能性は低いことを確認すると、おずおずと切り出した。

「あの……い……いいですよ？　その、外に出してもらえれば……」

文隆は驚いたように目を見開いて羽優美の顔を覗き込み、それから残念そうに微笑んで言った。

「いや、前につけてないって言って脅《おど》かしておきながら何だけど、やっぱりそういう危険は冒せない」

遠慮されて、羽優美の胸は思いの外《ほか》痛んだ。

文隆が羽優美を思いやってくれているのは分かる。でも恋人以上に関係を発展させるつもりがないのかも、と思えて悲しくなる。

傷ついた表情を見られたくなくて、髪をかき上げるふりをして顔を隠そうとすると、文隆にその手を掴まれベッドに押し付けられた。

「そうじゃなくて」

「え？　何のことですか？」

「今、〝結婚までは考えてないのか〟って思っただろ？　そうじゃなくて、君こそ覚悟はあるのか？　俺は三十四歳でそろそろ結婚を考えたいと思っているが、君は二十四歳でまだまだ遊びたい年齢だろ？　結婚して、俺との子を産み育てる覚悟はあるのか？」

そう言われて初めて、羽優美はあまり具体的に考えてなかったことに気付く。妊娠出産は想像もつかないし、いずれ社長になる文隆と結婚するということは、社長夫人になるということでもある。その自信がないのはもちろんのこと、周囲の人たちに認めてもらえるか不安になる。

羽優美の躊躇《ためら》いに気付いたのだろう。文隆は残念そうに微笑んで、羽優美の前髪をかき上げた。

「いつか、その覚悟ができた時に、俺のプロポーズを受けてほしい」

以前の羽優美だったら、今の段階で「ごめんなさい」と言って逃げ出していただろう。でも、今なら簡単に諦めたりはしない。

もっと自分を磨いて自信をつけよう。そして文隆にふさわしい自分になれたら――

羽優美はその時のことに思いを馳《は》せて、顔を綻《ほころ》ばせながら言った。

「はい。私に覚悟ができたその時は――え!?」

羽優美の中にあった彼自身が、どくんと脈打ち、かさを増す。それに気付いて羽優美は絶句して真っ赤になる。

「――感極まった。動くよ」

あからさまに反応してしまったのが照れくさいのか、文隆はぶっきらぼうに言って動き出した。ゆっくりと、羽優美の中を広げようとするかのように腰を回しながら最奥まで入り込む。かと思うと、抜け落ちそうなくらいに腰を引いて、それからまた一気に沈めてきた。

「んっ……はぁ……あっ、あん……っ」

粘着質な水音が、次第に大きくなってくる。

羽優美を快楽へと追い上げながら、文隆の息も荒くなる。

「羽優美……っ、俺は、君を幸せに、できるのか……？」

「あっ、幸せです……！　今でも、とても……ッ」

本当だ。

誤解が解《と》けて、叶うはずがないと思っていた恋が実って、愛されながら抱かれる。

羽優美が勇気と自信さえ持てば、その先には幸せが待っている。

羽優美は幸せに満ち足りた微笑みを浮かべて、文隆に両手を伸ばす。

文隆は額に汗を浮かべたその顔に極上の笑みを浮かべ、羽優美をその腕に抱いた。

「もっと、もっと幸せにするから、覚悟しておいて……っ」

ベッドから掬《すく》い上げるように抱きしめられ、羽優美の身体は弓なりに反る。羽優美も
文隆の首に腕を回してぎゅっと力を込めた。

羽優美の奥へと突き進んでくる彼の動きが、いっそう速くなる。二人が繋がり合う場
所からは愛情に溢《あふ》れた水音が響き渡る。

「あぁ！　んっ……はっ、文――文隆さ……んっ」

「羽優美、一緒にいこう……っ」

最奥の感じる部分に彼の先端が一際強く当たり、文隆の呻《うめ》き声とともに羽優美の身体の奥深くに、力強い脈動を感じる。

「あ！　あぁぁあああぁぁぁ――――――！」

その刺激に煽《あお》られて、羽優美は文隆をきつく抱き締め、身体をしならせながら絶頂を迎えた。

明け方、ようやく服を着込んだ二人は、東の窓辺に並んで立ち、稜線《りょうせん》から昇りゆく太陽を眺めていた。

「いつの間にか、年が明けちゃいましたね」

「除夜の鐘がいつ鳴ったんだか」

文隆のぼやき声に、羽優美もちょっと困った笑みを浮かべながら応《こた》える。

「えっと……ちょうどその時、寝てたんじゃないですか？」

抱き合った後、そのまま寝入ってしまい、起きたのはちょうど日の出前だった。

充電の終わったスマホを何気なく確認した文隆が、今日が一月一日だということに気付き、せっかくだから日の出を見ようということになったのだ。

「ま、初日の出は拝めたから、よしとしよう」

文隆はすぐに気を取り直したようだ。

羽優美も気を取り直し、微笑んで隣に立つ文隆を見た。

「新しい一年の始まりですね」

文隆も、羽優美に微笑み返す。

「ああ——俺たちも、今度こそ最初からやり直そう」

「はい」

太陽がすっかり稜線から離れるまで、羽優美と文隆は寄り添いながら新しい朝の光景を眺め続けた。

書き下ろし番外編

木漏れ日の中で

避暑地として名高い地にあるリゾートホテルで、高梨羽優美はスイートルームに入ってほっと息をついた。

「疲れた？」

羽優美の後ろでドアを閉める三上文隆が、気遣わしげに声をかける。

羽優美は振り返って微笑んだ。

「ううん。疲れたんじゃなくて、至れり尽くせりで何だかお姫様になった気分」

羽優美の話し方に、以前の堅苦しさはない。

付き合い始めて半年が過ぎ、その間にも様々なことがあるうちに、二人の仲は深まった。

文隆も、羽優美に対してもう負い目は感じていない。腫《は》れ物を触るような扱われ方をされたくないと、羽優美が根気強く訴えるうちに、罪悪感を克服していったのだ。

文隆の罪悪感が消えたことで、二人の間に残っていた最後の垣根が取り払われた。それでようやく、本当の恋人同士になれたような気がする。

羽優美は、ドレスの胸に両手を当てて、いっぱいに吸い込んだ息を吐いた。

「もう胸いっぱい」

昨日と今日の午前中は近場の観光スポットを巡り、午後からは全身エステ。そこではレンタルしたカクテルドレスを着てスタッフの人に化粧をしてもらった。プロのメイクの仕上がりに、まるで別人になったみたいと驚く羽優美。そんな彼女を見て文隆だけでなくスタッフも笑う。その後に行くレストランの予約時間まであと三十分しかなかった。

レストランは羽優美たちが泊まっているホテルの中にある。ホテルが高台にあるため、レストランからは雄大な景色が楽しめた。夜景が湖に映る幻想的な景色を眺めながら、地元の食材をふんだんに使った創作料理のフルコースを堪能したのち、スイートルームに戻ってきたのだ。

このスイートルームも豪華だった。広々としたブルーグレーを基調とした、落ち着いた雰囲気のリビング。続きの部屋はベージュを基調とした暖かみのあるベッドルーム。部屋の窓からは、連山《れんざん》と眼下に生い茂る森が見える。今は夜の闇に沈んでいるが、昼間は大自然を一望できる。特に日の出の景色は格別で、太陽の光の具合によって刻々と姿を変えていくのだ。今朝は早起きをして、モーニングコーヒーを飲みながら、すっかり夜が明けるまで堪能した。

これらの費用は、全部招待主から出ている。その理由を思い出して、羽優美の顔は強《こわ》ばってしまった。

それに気付いて、文隆は苦笑する。

「余計なことは考えないで、リラックスリラックス」

羽優美は情けない声を出した。

「そんなこと言われても……やっぱりわたしに、PV出演なんて無理です……」

今回の旅行の目的はそれなのだ。

株式会社三上の関連企業が経営する、このリゾートホテルを始めとしたホテルチェーン。そのPR用のプロモーションビデオに、羽優美と文隆の二人が出演を依頼された。

依頼してきたのは紫藤守。彼には羽優美と文隆が出会った頃から、何くれとなくお世話になっている。様々な誤解を経て両想いになった二人だが、その後もごたごたが起こっては離別の危機にさらされた。そんなときも二人を支えてくれたのが紫藤だった。彼は今年ホテルチェーンの取締役に就任し、業績停滞のテコ入れのためにPV展開を企画した。そのPVに、出演してほしいと頼まれたのだ。

恩ある紫藤の頼みを断るわけにはいかないが、素人《しろうと》の羽優美にPV出演なんてできっこない。しかも一部ではテレビCMでも流すかもしれないと聞き、さらに怖気《おじけ》付いた。

けれど、乗り気じゃなかったはずの文隆にまで説得され——いや、言いくるめられて、いつの間にか契約書にサインしていた。

「俺たちが仲良くしてるところを撮りたいだけだっていうんだから、そんなに気負わなくてもいいと思うよ」

「撮りたいだけって言うけど、それをたくさんの人が見るんだから……」

「リラックスできないっていうなら、最後の手段だな」

いたずらっぽく笑うと、文隆は羽優美が驚く間も与えずキスをした。顎《あご》を持ち上げられ斜め上から重ねられた唇は、羽優美が唇を開いたことですぐに深くなった。

唇から、口腔《こうこう》からもたらされる快感に陶酔《とうすい》していると、文隆が少し唇を離してくすりと笑う。

「今夜はしないつもりだったけど、仕方ない」

文隆は羽優美を抱き締めて、隣の寝室に連れ込もうとする。

羽優美は慌てて言った。

「待って！　レンタルのドレスが！」

「あ、そうか」

羽優美の着ていた光沢のある青と白のドレスをするっと脱がせると、文隆はテーブルに置いた。

「ハンガーにかけないと皺《しわ》が……」

「皺になりにくい素材だって聞いてるよ。汚してもシミになりにくいっていうし、扱いが簡単だというのも、セールスポイントだからね」

借りたドレスは、このリゾートホテルに入っているブティックのものだ。レンタルで手軽に利用でき、気に入れば購入できる仕組みだ。

下着姿にされベッドに押し倒された羽優美は、必死に文隆を押し退《の》けようとした。

「だから待ってってって！　お肌が荒れるからちゃんと化粧を落としてから寝てくださいって、エステの人に言われてるんですっ」

今日エステでメイクをしてくれた人は、明日の撮影でもメイクを担当することになっている。『ラブラブしすぎて化粧を落とし忘れて寝ないでくださいね』とからかわれてしまったから、化粧を落とし忘れて肌が荒れたなんてことは絶対に避けたい。

「はぁ……分かったよ」

萎《な》えたように、文隆は羽優美の上から退《ど》く。羽優美はその隙にバスルームに駆け込んだ。

急いで化粧を落としながら、羽優美は自己嫌悪する。

あとで落とせばいいだけだったのに、あんなふうに拒むなんて。でも文隆と愛し合ったあとは、いつも他のことを考えられなくなる。息が切れて身体はベッドに沈み込み、その上に文隆が崩れ落ちてきて、互いの息が落ち着くまで抱きしめ合う。

思い出して、羽優美は頬が熱くなるのを感じた。

やだもう、手も止めて思い出にふけっちゃうなんて……

クレンジングを再開しようとしたとき、羽優美は背後に文隆が立っていることに気付いた。彼が洗面所に入ってきたことにも気付かないなんて、どれだけ思い出にふけっていたのかと恥ずかしくなる。

洗面台の鏡に映る文隆の上半身は裸だった。

「あ、文隆さん。お風呂使う？　ど、どうぞ」

付き合い始めてすぐ同棲《どうせい》を始めたから、半年以上一緒に暮らしている。文隆のマンションも洗面所とお風呂が続きになっているから、こういうニアミスはたまにあった。気にすることないと何度も言われて慣れてはきたけど、やっぱり恥ずかしいものは恥ずかしい。

バスローブをまとってから化粧を落とし始めればよかったと思いながら、クレンジングを化粧になじませていると、不意にブラのホックがぷつんと外れた。

「文隆さん!?」

素《す》っ頓狂《とんきょう》な声を上げて振り向こうとすると、キャミソールごとブラを取り去られてしまう。

「化粧を落としたいんでしょ？　早く落とさないと始めちゃうよ」

そう言いながら、ストッキングに手をかけて、ショーツごと引き下ろす。

「文隆さんっ、待って、嫌」

手がクレンジングで汚れているので、文隆を押し退《の》けることができない。それをいいことに、文隆は羽優美の足の間に指を這《は》わせた。

「嫌？　ここは嫌って言ってないみたいだけど？」

彼の指は潤《うるお》っている部分をすぐに見付け出し、蜜壷の入口をかき混ぜる。

「あ……んっ、やぁ……」

胸も同時に揉みしだかれ、甘い痺《しび》れにろくな抵抗ができなくなる。

「ね？　だから早く化粧を落として」

「だったらっ、いったん、やめてください——あんっ」

指が蜜壷深くに入り込んできて、羽優美は快感にたまらず仰《の》け反《ぞ》る。

文隆は羽優美の中に指を沈めたまま、もう一方の手でストッキングとショーツを足から引き抜こうとした。羽優美は嫌と言っておきながらも、自然と片足ずつ上げて手伝ってしまう。

羽優美をすっかり裸にした文隆は、再び指を動かし始めた。

広い洗面所に響く、ぐちゅぐちゅという淫靡《いんび》な水音。とろりとしたものが内股を伝い、羞恥《しゅうち》に頬を染めた。

その羞恥を文隆があおる。

「すぐ入れられそうなくらい、たっぷり濡れてるね。そんなに欲しかった？」

「んっ、ふっ、文隆さんだって……っ」

羽優美も気付いていた、さっき抱き締められた時、スラックスを押し上げる彼の昂《たかぶ》りが身体に当たったことに。

「そうだよ。羽優美が欲しくてたまらないんだ。だって、今日の羽優美は驚くほど綺麗だったから。滑《なめ》らかな生地のドレスの中を想像して、ずっと興奮してたんだ」

臆面《おくめん》もなく言われ、羽優美のほうが真っ赤になる。

「ほら、手が止まってるよ」

蜜壷の中を広げるようにばらばらと動く三本の指に快感を押し上げられながら、何とか化粧を落とし終える。

「もういい？」

「まだっ、んっ、手と、顔を洗ってから——あっ」

洗面台の鏡に映る、とろんとした目の扇情的な自分。そんな自分を見るのがたまらなく恥ずかしくて、羽優美はできるだけ鏡を見ないようにしながら手をすすぎ、洗顔料で顔を洗う。

洗面台の脇にかけられていたふかふかなタオルを手に取って顔に押し当てると、文隆は羽優美の中から指を引き抜いて、自身をあてがい入り込んできた。

「あんっ、いきなり——あっあぁっ」

一気に羽優美の中を満たし、最奥を容赦なく突き上げる彼の昂《たかぶ》り。

「たまにはッ、こういうのも、いいね――ッ」

興奮した彼の声が、忙しい呼吸とともに羽優美の耳元にかかる。

「やっ、です、こんな――んんっ、あっ、あっ、……」

顔をちゃんと拭けていないのにタオルを落としてしまったが、洗面台の縁に手をついて律動に耐える。

身体は激しく上下に揺れ、足の裏が時折床から浮く。大きくて熱い手のひらで腰をしっかり掴まれているけど、しがみつくものがないと転んでしまいそうで怖い。

それなのに身体のほうは、なりふり構わず求められることに高揚して、勝手に快楽を貪《むさぼ》ろうとする。文隆をいっそう深く受け入れようと、足を開いてお尻を後ろに突き出し、背中を大きくしならせる。

体格差のせいで、文隆はかなり腰を低く落としていた。その体勢がキツくなったのか、羽優美の中からいったん自身を引き抜いて、羽優美を洗面台と続きになっている台の上に座らせる。

化粧をしたり、お風呂に入る際に脱いだものや着替えを置いたりするためのスペースだろうか。ひやっとした感触がお尻と太腿《ふともも》に当たって身を竦《すく》ませるのと同時に、身体の中からとろりと蜜が零《こぼ》れ出すのを感じる。

汚しちゃうと思った瞬間、文隆は羽優美の腰を手前に引き付けた。お尻が台からずり落ちそうになり、羽優美は背後の大きな鏡にもたれかかりながら、台の縁にしがみつく。文隆は、身体のバランスを取るために羽優美が振り上げた足を両腕にかけて、再び自身を羽優美の中に沈めた。

「文隆さ――んぁっ、あっ、んっ」

抗議の声は、喘《あえ》ぎ声に取って代わる。狭い台の上で取らされた窮屈な体勢。それでも眉根を寄せ、汗を滴らせる文隆がよく見えて、苦しさより愛おしさに胸がはちきれんばかりになる。

「あっ、文隆さんっ、好きっ、好きなの、あなたが――あぁ！」

「羽優美ッ、好きだよっ、俺も――！」

羽優美は台から落ちそうになっているのもかまわず、両手を伸ばし文隆にしがみつこうとする。文隆も、羽優美のお尻をしっかりと支えて抱き上げる。

あとはもうめちゃくちゃだった。

文隆は足のばねと両手を使って羽優美を激しく揺さぶり、羽優美は振り落とされまいと文隆に回した腕と足に力を込める。素肌をさらした胸と胸が擦れ合う。二人が繋がり合っている場所が激しくぶつかり合い、びちゃびちゃと愛液を飛び散らせていると気付いていても、羽優美はもう気にかけている余裕がなかった。

「あっ、んっ、文隆さ――んっ、文――あぁ……っ」

「羽優美ッ、羽優美……ッ」

文隆のものが一際大きく膨《ふく》らむ。それが羽優美の中を何度も勢いよく行き来して、羽優美を追い上げ膣をうねらせる。

「文隆さんっ、もっ、もう――！」

「イッて！　俺もイ――く……っ」

瞼《まぶた》の裏の裏が真っ白になる。絶頂のすさまじさに背中がしなり、手足に力が入り過ぎてびくびくと震える。

文隆も、羽優美を抱きかかえたまま、薄い膜越しに情熱をほとばしらせた。その奔流《ほんりゅう》が途切れると、文隆の身体からがくっと力が抜ける。

「え――きゃ……！」

すべり落ちそうになり、羽優美は小さな悲鳴を上げ、文隆にしがみついた。

「くぅ……っ」

文隆は羽優美を落とさないように抱きかかえながら数歩後退《あとずさ》った。背中が壁に当たると、それを伝ってずるずると座り込む。

僅《わず》かな衝撃とともに完全に座り込むと、二人は少し身体を離して顔を見合わせた。

「ぷっ」

二人同時に噴き出して、声を上げて笑い出す。

「あー焦った！」

「文隆さんったら無茶するから」

「羽優美がしがみついてこようとしたんだろ？」

「持ち上げられるなんて思わなかったんだもん。――もう、床もそこの台の上もちゃんと掃除しないと」

文隆が、不意に笑うのをやめる。

「――その前にもう一回、いい？」

羽優美はぽっと赤くなる。

もう一度したくなったのは、羽優美も同じだった。笑った震動で最奥が小刻みに刺激され、快感が再びせり上がってきている。いっそう気持ちよくなろうとする膣が、大きさを失わない彼を勝手に締め上げる。

でも、彼の言う通りにばかりしているわけにはいかない。

「ここの掃除をしてから」

羽優美が言いかけると、文隆はすかさず言う。

「あとから俺がやるよ」

「顔を洗ったから化粧水をつけたいの」

「それもあとで俺がやってあげる」

羽優美は遠慮がちに付け加えた。

「……次はベッドがいい、です」

「りょーかい」

文隆はくすくす笑うと、羽優美をいったん自分の上から下ろした。それから優しく抱きかかえて立ち上がり、早足で寝室に向かう。

羽優美をベッドに押し倒すと、文隆はすかさず覆いかぶさってくる。それを羽優美は手を上げて押し止め、最後の注文を付けた。

「あ、明日のことがあるんで、お手柔らかにお願いしマス……」

「分かってるよ。今度はゆっくりしよう」

文隆は微笑んでそう言うと、羽優美にそっと口づけた。


翌日、朝靄《あさもや》がまだ残る森林の遊歩道に、スタイリストさんから渡された服を着た二人はいた。文隆は青のデニムシャツにジーンズ、腰に薄手のカーディガンを結んで。羽優美は白の膝下丈のワンピースに、水色のボレロジャケットを着て、まるで深窓のお嬢様になった気分だった。

その高揚した気分も撮影が始まる前までで、今はまたかちこちになっている。そんな羽優美に、文隆は苦笑しながら昨夜と同じことを口にした。

「羽優美。ほら、リラックスリラックス」

「そんなこと言われても……」

朝早いというのに、周りは人だらけだ。監督さんに照明さんや音声さんまでいて、ライトは当てられるし、マイクも頭上に掲げられている。他のスタッフさんたちも一言も声を出さなければ物音一つ立てずに、羽優美たちを見つめている。

こんな状況だというのに、監督さんは気軽な声をかけてきた。

「高梨さ～ん。こっちは気にせず、いつも通りいちゃついてくれていいんだよ～」

人前でいちゃついたことなんてない。

羽優美はそのつもりなのに、周囲の意見はそうじゃないらしい。

「とりあえず歩こうか」

文隆に手を引かれ、羽優美はおずおずと歩き出した。

倒木や石など、自然のものを使って整備された遊歩道。正面にはカメラや照明さんがいて、気にせずになんてとても無理だ。

文隆の後ろにやや隠れがちにこそこそと歩く。

不意に文隆が横道に逸《そ》れた。

「え？　いいんですか？」

「この辺りを歩くようにってことなんだから、いいんだよ。――ですよね？」

「道が作ってあるところなら、どこを歩いてもらってもいいですよ」

監督からすぐ返事がある。

でもその道は、小川を渡る道だった。幅は一メートルもなく、川の中にはいくつか飛び石も置かれている。それでも転んでしまったらどうしようと躊躇《ちゅうちょ》していると、先に渡り始めていた文隆が振り返った。

両脇に手を差し入れられ、抵抗する間もなく高く持ち上げられる。

「きゃ……！」

小さく悲鳴を上げて文隆の肩に手を置いた羽優美は、反対側の岸辺にすとんと下ろされた。

驚きから覚めると、羽優美はこぶしを振り上げる。

「文隆さん！　川を渡してくれるならくれるって、先にそう言って！」

「ははっ、驚いた？」

「驚いたに決まってます！」

驚いたあまり、周囲の人たちが気にならなくなる。

朝靄はいつの間にか晴れ、羽優美の左薬指にはまったエンゲージリングが、木漏れ日を浴びてきらりと光った。

大好評連載中！
（毎月第1水曜日更新）
エゴイストは秘書に恋をする。
漫画 小牧夏子
Natsuko Komaki
原作 市尾彩佳
Saika Ichio
甘くて激しい上司との関係――
大人気オフィスラブ待望のコミカライズ！
私…常務と繋がってる
…奥まで届いたのがわかるか？
ETERNITY WEBMANGA
エタニティWEB漫画！
無料で読み放題！
他にも人気漫画が多数連載中!!
今すぐアクセス！
エタニティ Web漫画
検索

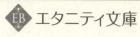

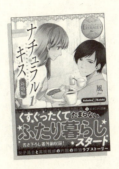

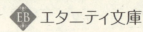

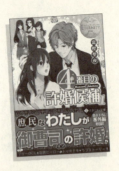

セレブな親戚に囲まれているものの、本人は極めて庶民のまなみ。そんな彼女は、昔からの約束で、一族の誰かが大会社の子息に嫁がなくてはいけないことを知る。とはいえ、自分は候補の最下位…と安心してたのに就職先の会社には例の許婚がいて、あろうことか彼の部下になっちゃった！　おまけになぜか、ことあるごとに構われてしまい大接近!?

B6判　定価：640円+税　ISBN 978-4-434-22330-3

大手商社で働く新人の美月《みづき》。任される仕事はまだ小さなものが多いけど、やりがいを感じて毎日、楽しく過ごしている。そんな彼女が密かに憧れているのは、イケメンで頼りがいのある、専務の輝翔《あきと》。兄の親友でもある彼は、何かと美月を気にかけてくれるのだ。だけどある日、彼からの突然の告白で二人の関係は激変して――!?

B6判　定価：640円＋税　ISBN 978-4-434-22536-9

本書は、2015 年 3 月当社より単行本として刊行されたものに書き下ろしを加えて文庫化したものです。

エタニティ文庫

エゴイストは秘書《ひしょ》に恋《こい》をする。

市尾彩佳《いちおさいか》

2016年 12月 15日初版発行

文庫編集－西澤英美・塙綾子
発行者－梶本雄介
発行所－株式会社アルファポリス
〒150-6005 東京都渋谷区恵比寿4-20-3 恵比寿ガーデンプレイスタワー5階
TEL 03-6277-1601（営業） 03-6277-1602（編集）
URL http://www.alphapolis.co.jp/
発売元－株式会社星雲社
〒112-0005東京都文京区水道1-3-30
TEL 03-3868-3275
装丁イラスト－園見亜季
装丁デザイン－ansyyqdesign
印刷－株式会社暁印刷

価格はカバーに表示されてあります。
落丁乱丁の場合はアルファポリスまでご連絡ください。
送料は小社負担でお取り替えします。

ISBN978-4-434-22661-8 C0193